黄庭坚诗文鉴赏辞典

缪钺 领衔撰稿
缪　钺　羊春秋　周振甫　霍松林
陶文鹏　赵昌平　韦凤娟　胡中行

上海辞书出版社

《黄庭坚诗文鉴赏辞典》领衔撰稿

缪　钺　羊春秋　周振甫　霍松林

陶文鹏　赵昌平　韦凤娟　胡中行

撰稿人（按姓氏笔画排列）

王镇远　韦凤娟　邓小军　邓乔彬　龙　晦

史　乘　朱明伦　羊春秋　李廷先　李济阻

李敬一　吴孟复　吴调公　张　兵　陆永品

陈长明　陈永正　陈伯海　陈祥耀　周本淳

周振甫　周啸天　周慧珍　赵昌平　胡中行

祝振玉　高　原　唐玲玲　陶文鹏　黄国声

黄宝华　蒋哲伦　谢楚发　蔡厚示　缪　钺

潘君昭　霍松林

责任编辑　石晓玲

【前言】

【前言】

黄庭坚(1045—1105)　宋文学家、书法家。字鲁直,号涪翁,又号山谷道人。洪州分宁(今江西修水)人。自幼警悟好学,博闻强记,遍览经史百家之书。英宗治平四年(1067)举进士,调叶县尉。后教授北京国子监。苏轼见其诗文大为激赏,由是名声始振。神宗元丰二年(1079),黄庭坚知吉州太和县,六年移监德州德平镇。哲宗立,召秘书省校书郎,元祐元年(1086)任《神宗实录》检讨官。六年,《实录》成,擢起居舍人。八年,为秘书丞,提点明道宫,兼国史编修官。绍圣元年(1094),黄庭坚以修《实录》不实,贬涪州别驾、黔州安置。元符元年(1098)又移戎州。徽宗崇宁元年(1102),知太平州,为转运判官陈举所劾,摘其所作《承天院塔记》,以为幸灾谤国,除名,羁管宜州;四年,卒于宜州贬所。

黄庭坚与张耒、晁补之、秦观俱游苏轼门,时称"苏门四学士",而黄庭坚于诗影响尤大,于元祐间即与苏轼并称"苏黄"。黄庭坚承欧、梅、苏等人余绪,尤推尊杜甫。对诗歌创作有较为系统的理论主张:强调独创与个性,主张"以故为新,以俗为雅"(《再次韵扬明叔·引》),惠洪《冷斋夜话》引其有"点铁成金"、"夺胎换骨"之论。又谓"自作语最难,老杜作诗,退之作文,无一字无来处……古之能为文章者,真能陶冶万物,虽取古之陈言入于翰墨,如灵丹一粒、点铁成金也"(《答洪驹父书》);又以为"诗词高胜,要从学问中来"(《苕溪渔隐丛话》前集);讲求谋篇布局与章法句法。然亦主张自然,反对雕琢,"文章成就,更无斧凿痕,乃为佳作耳"(《与王观复书》)。

黄庭坚诗今存近二千首,内容除少量反映北宋中后期社会现实与民生疾苦的作品外,多为思亲怀友、感事抒怀、羁旅行役及书画题咏之篇章,较全面反映出宋代士大夫文人日常生活及精神世界。其诗语言生新瘦硬,音节拗峭挺拔，句意曲折跌宕。尤注意学杜甫，创拗律。以七律论，拗体几占半数。清人施补华云："少陵七律，无才不有，山谷学之，得其奥峭。"(《岘佣说诗》)其诗又用典繁富，往往出入经史子集、道藏佛典乃至稗官小说，有浓厚书卷气，常能以少胜多，出奇制胜，但亦难免生僻艰涩之病。其诗歌理论及实践对宋诗影响极大，江西诗派即受此影响而产生，而庭坚亦被推为此派宗师。后世诗论对其诗评价不一。又善作词，陈师道以为"今代词手，惟秦七、黄九尔"(《后山诗话》)。今存一百八十余首词作，品类较杂，部分词作则以疏宕笔致表达现实人生感受，颇具风格，然成就不及诗歌。黄庭坚还长于书法，行草兼善，楷法亦自成一家，与苏轼、米芾、蔡襄合称"宋四家"。有墨迹《华严疏》、《松风阁诗》、《诸上座帖》等传世。著作有《豫章黄先生文集》、《山谷诗内、外、别集》等。

本书是本社中国文学鉴赏辞典系列之一。精选黄庭坚代表作品 120 篇，其中诗 75 篇、词 25 篇、文 20 篇，另请当代研究名家为每篇作品撰写鉴赏文章。其中诠词释句，发明妙旨，有助于了解黄庭坚名篇之堂奥，使读者尝鼎一脔，更好地了解黄庭坚文学成就之雅健而奥峭、兀傲而多样。另外本书末还有附录《黄庭坚生平与文学创作年表》，供读者参考。不当之处，尚祈读者指正。

上海辞书出版社文学鉴赏辞典编纂中心

2011.11

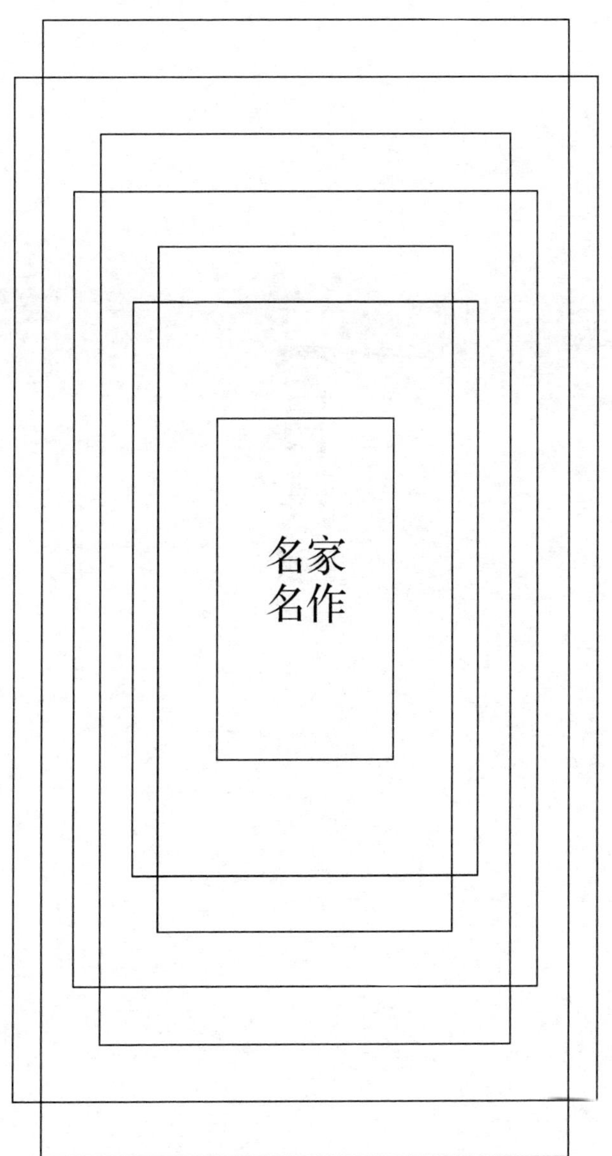

名家名作

缪钺 羊春秋 周振甫 霍松林 陶文鹏 赵昌平 韦凤娟 胡中行 等撰写

【目录】

【目录】

诗

词

文

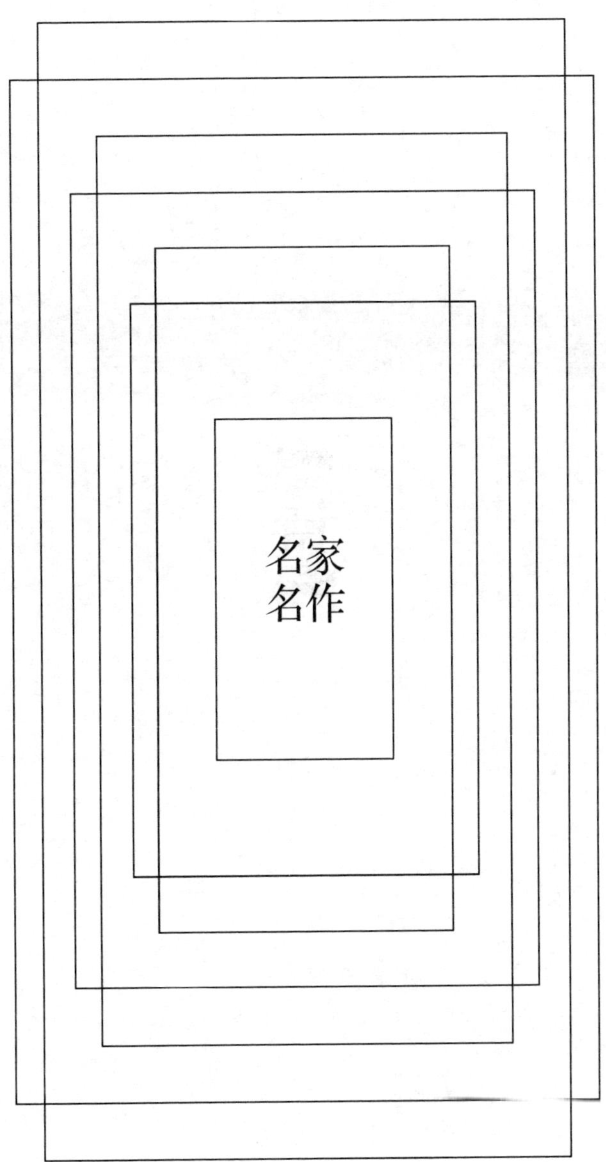

名家名作

缪钺 羊春秋 周振甫 霍松林 陶文鹏 赵昌平 韦凤娟 胡中行 等撰写

【诗】

【原文】

赣上食莲有感

莲实大如指，分甘念母慈。
共房头𩬽𩬽，更深兄弟思。
实中有么荷，拳如小儿手。
令我念众雏，迎门索梨枣。
莲心政自苦，食苦何能甘？
甘飡恐腊[1]毒，素食则怀惭。
莲生淤泥中，不与泥同调。
食莲谁不甘，知味良独少。
吾家双井塘，十里秋风香。
安得同袍子，归制芙蓉裳。

〔注〕 ① 腊（xī，西）：极。

元丰三年（1080），庭坚在吉州太和县（在今江西，本作“泰和”）做知县。四年，有事到虔州（今江西赣县），即诗题所说的赣上，因吃莲子而作此诗。

开头说：“莲实大如指，分甘念母慈。”看到莲子像手指大，就想到在家里时，母亲分莲子给他们吃，怀念母亲的慈爱。吃莲子时，是先拿到莲房，即莲逢，一个莲蓬里有好多莲子，共占一房，头露出在房外。“共房头𩬽𩬽，更深兄弟思。”看到一房里的许多莲子，就想到一房里的众多兄弟，也像莲房里的莲子那样相处。𩬽𩬽状聚集，当作“濈濈”。《诗·小雅·无羊》：“尔羊来思，其角濈濈。”羊来，角相聚集，不斗，有和睦意。正像一房莲子相处，因此加深对兄弟的怀念。"实中有么荷,拳如小儿手。"莲子中间有莲心,莲心头上有些拳曲,像小儿的手。"么荷"指莲心。"令我念众雏,近门索梨枣。"从小儿手就想到家里众小儿,作者回家时,众小儿在门口迎接,要梨枣吃。这是从看到莲房、莲子、莲心,引起对母亲、兄弟和众雏的怀念。

接下来从自身的体会上说。"莲心政自苦,食苦何能甘。甘飡恐腊毒,素食则怀惭。"承上就莲心说,莲心正是苦的,"政"通"正"。吃苦的东西怎么能感到甜呢? "甘飡恐腊毒",飡同餐,吃甜的怕有极毒。《国语·周语下》:"高位实疾颠,厚味实腊毒。"官位高的,实在很快会倒下来,味道厚的,实在有极毒。这里就自己的经历说,吃甜的怕有毒,比方做大官拿重禄,贪图享受,害了自己。"素食则怀惭",做官不办事吃白食,便感到惭愧。《诗·魏风·伐檀》:"彼君子兮,不素餐兮。"素餐即白吃,白吃是可耻的。庭坚在做知县,既不是高官,不拿重禄,又不白吃饭。在这里也表示了他的志节。

诗人然后又从另一角度发生感想。"莲生于泥中,不与泥同调。"莲生在淤泥之中,出淤泥却不受污染,指品德高洁的人能保持操守,像《史记·屈原传》赞美屈原那样,"自疏濯淖汙泥之中,蝉蜕于浊秽,以浮游尘埃之外,不获世之滋垢,皭然泥而不滓者也。""食莲谁不甘,知味良独少。"讲到吃莲子的多,知味的却很少。这首诗主要是讲他的食莲而能知味,由于知味的少,这首诗写出了很少人知道的东西。

最后跟开头的"念母慈"呼应,想到"吾家双井塘",双井在分宁县(今江西修水),那里有池塘。"十里秋风香",池塘里荷花盛开,在初秋时香闻十里。这里又跟开头的"兄弟思"相应,"安得同袍子,归制芙蓉裳。"同袍,《诗·秦风·无衣》:"岂曰无衣? 与子同袍。"袍,长衣。同袍本指友爱,这里当指兄弟。屈原《离骚》:"进不入以离尤(遇祸)兮,退将复修吾初服。制芰荷以为衣兮,集芙蓉以为裳""归",指惧祸而退归。制芙蓉(荷花)裳,比喻保持高洁的情操。这里借用屈原的话,可见上文的“不与泥同调”也含有赞美屈原一尘不染的意思在内。

这首诗构思很新,写出了前人未写过的食莲知味。他从食莲子的分甘“念母慈”,从莲房的共房多莲子想到“兄弟思”,从莲子心的“拳如小儿手”而“念众雏”,这是因食莲而起的对家人的怀念。再从莲心苦引出食甘,比喻禄重的有害,素餐的怀惭,是入仕经历的有感之言。再从莲生淤泥而不染而生新的感受。这样的食莲知味,就是从“分甘”“食苦”中引出各种感想来。最后想到归隐,效屈原的修吾初服,含蓄地表示进不免遇祸,还不如退归,具有深切的感慨。

(周振甫)

秋思寄子由

黄落山川知晚秋,小虫催女献功裘。
老松阅世卧云壑,挽著沧江无万牛。

元丰四年(1081),诗人任吉州太和县(今江西泰和)令,很不得意。他在草木枯黄的晚秋季节,殷殷思念着好友苏子由(即苏辙)。这时苏子由被贬在筠州(治所在今江西高安)为监盐酒税,两人相距不远。诗人因秋而思,触景生情,写了这首诗,抒发了自己在仕途上坎坷多难、功名未遂的感慨。同时又强烈地表达了与恶浊的社会现实格格不入的孤傲之情,也有慰勉苏子由之意。

全诗虽只短短四句,却蕴含着相当丰富的情感。开头两句,表面上是在描写晚秋自然景物的凋落，而实际上是借此来反衬自己落魄无依的郁闷心境。“小虫”，指促织（即蟋蟀）。晚秋天凉，促织鸣声四起，催促妇女织布，赶制裘衣。言外之意是：今又到了晚秋的季节，妇女们都在辛劳不息。自己当年也曾想过要干一番事业而落魄至今，一事无成，再也难以展露才华。光阴徒催人老。一个“知”字，一个“催”字，表达出这种难遣的郁闷心境。

三四句，诗人的笔锋陡然一转，把自己比作高卧云壑的老松，早已饱尝了人间的炎凉世态，对功名富贵之类都看透了。因此，绝不与时俗同流合污。他说，只有沧江挽纤的万牛才能把老松拖走。言外之意是：此志甚坚，难以动摇。诗人在这里化用了杜甫“云壑布衣鲐背死”，“万牛回首丘山重”两句诗，显得贴切自然。

此诗精雕细刻，瘦劲拗峭，体现了山谷诗瘦硬的特色。诗人曾说过：“古之能为文章者，真能陶冶万物，虽取古人之陈言，入于翰墨，如灵丹一粒，点铁成金也。”此诗可说是他对上述主张的实践。全诗除第一句外，句句用典，但并不显得晦涩难懂，亦无斧凿之痕。

前人评山谷诗，有所谓“草蛇灰线”之说，意即章法娴熟，结构细密，似断实连，不露痕迹。此诗正具有这样的特点。诗人感秋抒怀，但不明言，而把情融入景，写得十分含蓄，足见诗人笔力之高。

（张　兵）

送王郎

酌君以蒲城桑落之酒，泛君以湘累秋菊之英。

赠君以黟川点漆之墨，送君以阳关堕泪之声。

【原文】

酒浇胸次之磊块，菊制短世之颓龄。
墨以传万古文章之印，歌以写一家兄弟之情。
江山千里俱头白，骨肉十年终眼青。
连床夜语鸡戒晓，书囊无底谈未了。
有功翰墨乃如此，何恨远别音书少。
炒沙作糜终不饱，镂冰文章费工巧。
要须心地收汗马，孔孟行世日杲杲。
有弟有弟力持家，妇能养姑供珍鲑。
儿大诗书女丝麻，公但读书煮春茶。

这首诗作于元丰七年(1084)，时庭坚年四十，从知太和县(今属江西)调监德州德平镇(今山东德平)。王郎，名纯亮，字世弼，是作者的妹夫，亦能诗，作者集中和他唱和的诗颇多。这时庭坚初到德州，王纯亮去看他，临别之前，作此送王。

这首诗自起句至“骨肉十年终眼青”为第一段，写送别。它不转韵，穿插四句七言之外，连用六句九言长句，用排比法一口气倾泻而出；九言长句，音调铿锵，词藻富丽：这在庭坚诗中是很少见的“别调”。这种机调和词藻，颇为读者所喜爱，所以此诗传诵较广，用陈衍评庭坚《寄黄几复》诗的话来说，是“此老最合时宜语”。但此段前面八句，内容比较一般：说要用蒲城的美酒请王喝，在酒中浮上几片屈原喜欢吞嚼的“秋菊之落英”，酒可用来浇消王郎胸中的不平“磊块”，菊可以像陶渊明所说的，用来控制人世因年龄增而早衰；要用歙州黟县所产的好墨送王，用王维《渭城曲》那样“阳关堕泪”的歌声来饯别，墨好让王郎传写“万古文章”的“心印”(古今作家心心相印的妙谛)，歌声以表“兄弟”般的“一家”亲戚之情。此外，这个调子，也非作者首创,从远处说来自鲍照《拟行路难》第一首"奉君金卮之美酒,玳瑁玉匣之雕琴,七彩芙蓉之羽帐,九华蒲萄之锦衾"等句;从近处说,来自欧阳修的《奉送原甫侍读出守永嘉》起四句:"酌君以荆州鱼枕之蕉,赠君以宣城鼠须之管。酒如长虹饮沧海,笔若骏马驰平坂。"虽有发展,犹属铺张,不能代表庭坚的诗功。到了本段最后两句:"江山千里俱头白,骨肉十年终眼青。"才见黄诗功力,用陈衍评《寄黄几复》诗的话来说,就是露出"狂奴故态"。这两句诗,从杜甫诗"别来头并白,相对眼终青"化出,作者还有类似句子,但以用在这里的两句为最好。它突以峭硬矗立之笔,煞住前面诗句的倾泻之势、和谐之调,有如黄河中流的"砥柱"一样有力。何以见得呢?从前面写一时的送别,忽转入写彼此长期的关系,急转硬煞,此其一;两句中写了十年之间,彼此奔波千里,到了头发发白,逼近衰老,变化很大,不变的只是亲如"骨肉"和"青眼"相看的感情,内容很广,高度压缩于句内,此其二;词藻仍然俏丽,笔力变为遒劲峭硬,此其三。这种地方,最见黄诗本领。

第二段八句,转押仄韵,承上段结联,赞美王郎,并作临别赠言。"连床夜语"四句,说王郎来探,彼此连床夜话,常谈到鸡声报晓的时候,王郎学问渊博,象"无底"的"书囊",谈话的资料没完没了;欣喜王郎读书有得,功深如此,别后必然继续猛进,就不用怨恨音书不能常通了。由来会写到深谈,由深谈写到钦佩王郎的学问和对别后的设想,笔调转为顺遂畅适,又一变。"炒沙作糜"四句,承上读书、治学而来,发为议论,以作赠言,突兀遒劲,笔调又再变而与"江山"两句相接应。炒沙,出于《楞严经》:"若不断淫,修禅定者,如蒸沙石欲成其饭,经百千劫,只名热沙。何以故?此非饭,本沙石故。"镂冰,出自《盐铁论》:"内无其质而学其文,若画脂镂冰,费日损力。"汗马,比喻战胜,作者《答王雩书》:"想以道义敌纷华之兵,……要须心地收汗马之功,读书乃有味。"杲杲,明亮貌。这四句的意思是:追求写"工巧"的文章,像"炒沙作糜",无法填饱肚子,像镂刻冰块,不能持久;应该收敛心神,沉潜道义,战胜虚华,才能体会出孔、孟之道如日月经天。庭坚肆力词章,力求“工巧”,但又有文要为“道”服务的观念,所以认为读书治学,要以身体力行孔、孟之道为主。实际上庭坚本身是诗人,不可能真正轻弃词章,这里只是表现他把儒家的修身、济世之道放在第一位而已。

最后四句为第三段。说王郎的弟弟能替他管理家事,妻子能烹制美餐孝敬婆婆,儿子能读诗书,女儿能织丝麻,家中无内顾之忧,可以好好烹茶读书,安居自适。王郎曾经考进士不第,这时又没有出仕,闲居家中,所以结尾用这四句话劝慰他。情调趋于闲适,组句仍求琢炼,表现了黄诗所追求的“理趣”。

这首诗多数人喜欢它的前半,其实功力见于“江山千里”以下的后半。方东树《昭昧詹言》说:“入思深,造句奇崛,笔势健,足以药熟滑,山谷之长也。”要体会这种长处,主要在后半。

（陈祥耀）

寄黄幾复

我居北海君南海,寄雁传书谢不能。
桃李春风一杯酒,江湖夜雨十年灯。
持家但有四立壁,治病不蕲三折肱。
想见读书头已白,隔溪猿哭瘴溪藤。

此诗作于神宗元丰八年(1085),其时诗人监德州(今属山东)德平镇。黄幾复,名介,南昌(今属江西)人,与诗人少年交游,此时知四会县(今属广

东);其事迹见《黄幾复墓志铭》(《豫章黄先生文集》卷二三)。

首句"我居北海君南海"化用《左传·僖公四年》楚子问齐桓公"君处北海,寡人处南海"的话,起势突兀。写彼此所居之地一"北"一"南",已露怀念友人、望而不见之意;各缀一"海"字,更显得相隔辽远,海天茫茫。作者跋此诗云:"几复在广州四会,予在德州德平镇,皆海滨也。""海滨",当然不等于"海上"。作者直说"我居北海"、"君(居)南海",一是为了"字字有来历",二是为了强调相隔之远、相思之深。

"寄雁传书谢不能",从第一句中自然涌出,在人意中;但又有出人意外的地方。两位朋友一在北海,一在南海,相思不相见,自然就想到寄信;"寄雁传书"的典故也就信手拈来。李白长流夜郎,杜甫在秦州作的《天末怀李白》诗里说:"凉风起天末,君子意如何?鸿雁几时到,江湖秋水多。"强调音书难达,说"鸿雁几时到"就行了。黄庭坚却用了与众不同的说法:"寄雁传书——谢不能。"——我托雁儿捎一封信去,雁儿却谢绝了。这样一来,立刻变陈熟为生新。黄庭坚是讲究"点铁成金"法的,这句可算成功的例子。

"寄雁传书",本非实事,《汉书·苏武传》讲得很清楚。但既用此典,就要考虑雁儿究竟能飞到何处。相传大雁南飞,至衡阳而止,故王勃《秋日登洪府滕王阁饯别序》云:"雁阵惊寒,声断衡阳之浦。"黄庭坚这一句,亦同此意;但写得更有情趣。

第二联在当时就很有名。《王直方诗话》云:"张文潜谓余曰:黄九云:'桃李春风一杯酒,江湖夜雨十年灯。'真奇语。"这两句所用的词都是常见的,谈不上"奇"。张耒称为"奇语",是就其整体的意境而说的。上句追忆京城相聚之乐,下句抒写别后相思之深。诗人摆脱常境,不用"当年相会"之类的说法,却拈出"一杯酒"三字。"一杯酒",这太常见了!但惟其常见,正可给人以丰富的暗示。杜甫《春日忆李白》云:"何时一樽酒,重与细论文?"故人相见,或谈心,或论文,总离不开饮酒。当日相聚时的种种情事,尽包含在这三字之中。诗人又选了“桃李”、“春风”两个词。这两个词，也很陈熟，但正因为熟，能够把阳春烟景一下子唤到读者面前，给人以美感和快感，同时又喻示了彼此少年时春风得意的神情。

下句“江湖”一词，能使人想到流转飘泊，远离朝廷。杜甫《梦李白》云：“江湖多风波，舟楫恐失坠。”“夜雨”，能引起怀人之情，李商隐《夜雨寄北》云：“君问归期未有期，巴山夜雨涨秋池。”在“江湖”而听“夜雨”，就更增萧索之感。而“十年灯”，则是作者的首创。此语和“江湖夜雨”相联缀，就能激发读者的一连串想象：两个朋友，各自飘泊江湖，每逢夜雨，独对孤灯，互相思念，深宵不寐。而这般情景，已延续了十年之久！

温庭筠《商山早行》云：“鸡声茅店月，人迹板桥霜。”二句不用一动词，而早行境界全出。此诗吸取了温诗的句法，创造了独特的意境。“桃李春风”与“江湖夜雨”，这是“乐”与“哀”的对照，快意与失望，暂聚与久别，往日的交情与当前的思念，都从时、地、景、事、情的强烈对照中表现出来，令人寻味无穷。张耒评为“奇语”，确有见地。

后四句，从“持家”、“治病”、“读书”三个方面表现黄幾复的为人和处境。

“持家，——但有四立壁”，“治病，——不蕲三折肱”。这两个句子，也是相互对照的。作为一个县的长官，家里只有立在那儿的四堵墙壁，说明他清正廉洁，这句是化用司马相如“家居徒四壁立”的典故。“治病”句是化用《左传·定十三年》记载的一句古代成语：“三折肱，知为良医。”意思是：一个人如果三次跌断胳膊，就可以成为一个好医生；因为他必然积累了治疗和护理的丰富经验。在这里，是说黄幾复善“治国”。“治病”和“治国”的道理是相通的，所以《国语·晋语》里就有“上医医国，其次救人”的说法。黄庭坚在《送范德孺知庆州》诗里也说范仲淹“平生端有活国计，百不一试埋九京”。作者称黄幾复善“治病”、但并不需要“三折肱”，言外之意是他已经有政绩，显露了治国救民的才干，为什么还不重用，老要他在下面跌撞呢？

尾联以"想见"领起，与首句"我居北海君南海"相照应。在作者的想象里，十年前在京城的"桃李春风"中把酒畅谈理想的朋友，如今已白发萧萧，却仍然像从前那样好学不倦！他"读书头已白"，还只在海滨作一县令。其读书声是否还像从前那样欢快悦耳，没有明写，而以"隔溪猿哭瘴溪藤"作映衬，就给整个图景带来凄凉的氛围；不平之鸣，怜才之意，也都蕴含其中。这句诗是从李贺"不见年年辽海上，文章何处哭秋风"（《南园》十三首之六）化出，而意思更为深沉。

黄庭坚好用典故，此诗虽"无一字无来处"，但不觉晦涩；有的地方，还由于活用典故而丰富了诗句的内涵；而取《左传》、《史记》中的散文语言入诗，又给近体诗带来苍劲古朴的风味。

黄庭坚又主张"宁律不谐而不使句弱"。他的不谐律是有讲究的，方东树就说他"于音节尤别创一种兀傲奇崛之响，其神气即随此以见"。此诗"持家"句两平五仄，"治病"句也顺中带拗，其兀傲的句法与奇峭的音响，正有助于表现黄幾复廉洁干练，刚正不阿的性格。

总之，此诗善用典实，内蕴丰富，以故为新，运古于律，拗折波峭，很能表现出黄诗的特色。

（霍松林）

送范德孺知庆州

乃翁知国如知兵，塞垣草木识威名。

敌人开户玩处女，掩耳不及惊雷霆。

【原文】

平生端有活国计，百不一试薶九京[1]。
阿兄两持庆州节，十年骐骥地上行。
潭潭大度如卧虎，边头耕桑长儿女。
折冲千里虽有馀，论道经邦政要渠[2]。
妙年出补父兄处，公自才力应时须。
春风旍旗[3]拥万夫，幕下诸将思草枯。
智名勇功不入眼，可用折箠笞羌胡。

〔注〕 ① 薶：埋的本字。九京：即九原，山名，在今山西新绛县北，原为晋国卿大夫之墓地，称九京为字误，后世即以指墓地。 ② 政：正。渠：他。 ③ 旍旗：旌旗。《周礼·春官·司常》："凡军事，建旍旗。"

这是一篇送人之作。范德孺是范仲淹的第四子，名纯粹。他在元丰八年(1085)八月被任命知庆州(治所在今甘肃庆阳)事，此诗则作于翌年(元祐元年)初春。庆州当时为边防重镇，是北宋与西夏对峙的前哨，环庆路的辖区，相当今甘肃庆阳、合水、华池等县地。范仲淹和他的第二子范纯仁都曾知庆州，并主持边防军政大事。所以诗就先写范仲淹和范纯仁的雄才大略，作为范德孺的陪衬，并寄寓勉励之意，最后才正面写范德孺知庆州，揭出送别之意。全诗共十八句，每段六句，章法井然。

诗一开始就以纵论军国大事的雄健笔调，写出了其父范仲淹的才能、业绩和威名，确有高屋建瓴的气势。"塞垣草木识威名"，用翻进一层的写法，极写范仲淹的名震边陲。草木为无情之物，本谈不上识与不识，现在草木都能识，足见其声威之盛！草木尚能如此，人则更不待言。所以透过草木，实是写人。同时这一句也是用典：唐德宗曾对张万福说过："朕以为江淮草木亦知卿威名。"(《旧唐书·张万福传》)据史载,康定元年(1040)范仲淹为陕西经略安抚副使,兼知延州,翌年,徙知庆州,为环庆路经略安抚招讨使,兵马都部署。他在主陕期间,功业卓著,"威德著闻,夷夏耸服,属户蕃部率称曰'龙图老子'"(《渑水燕谈录》),人称为"小范老子腹中有数万甲兵"(《名臣传》)。因而这一句是对他功业威名的高度概括。接着写其杰出的军事才能。"敌人开户玩处女"一句用《孙子·九地》语:"是故始如处女,敌人开户,后如脱兔,敌不及拒。"此形容宋军镇静自若,不露声色。"掩耳不及惊雷霆",则写迅捷的军事行动,出其不意,攻其不备。这里用"惊雷"代替"脱兔"的比喻,见出山谷对典故的改造与化用。《晋书·石勒载记》有"迅雷不及掩耳"之说,《旧唐书·李靖传》也说:"兵贵神速,机不可失……所谓疾雷不及掩耳,此兵家上策。""惊雷"对"处女",不仅有动静的对比,而且更加有声有色,形象的反衬更为鲜明。这两句诗确是范仲淹用兵如神的真实写照。如他率兵筑大顺城,"一旦引兵出,诸将不知所向。军至柔远,始号令告其地处,使往筑城。至于版筑之用,大小毕具,而军中初不知。贼以骑三万来争,公戒诸将,战而贼走,追勿过河。已而贼果走,追者不渡,而河外果有伏。贼失计,乃引去。于是诸将皆服公为不可及。"(欧阳修:《文正范公神道碑铭》)接下二句又是一转:范仲淹不仅是杰出的统帅,更是治国的能臣。"平生端有活国计"就是赞扬他的经邦治国的才能,惜乎"百不一试",还未来得及全面施展,就溘然长逝,沉埋九泉了。这两句也是写实。仁宗庆历三年(1043),范仲淹入为枢密副使,旋为参知政事,推行了一系列刷新朝政的措施,史称"庆历新政",但只一年多即遭挫折而失败。

第二段写范纯仁。"两持庆州节",指神宗熙宁七年及元丰八年两度为庆州知州。"骐骥地上行"袭用杜甫的诗句"肯使骐骥地上行"(《骢马行》)。骐骥是一种良马,《商君书·画策》:"骐骥騄駬,每一日千里。"驰骋广野的千里马正用以比范纯仁。"潭潭"二句写他戍边卫国的雄姿。"潭潭",深沉

【鉴赏】

宽广，形容他的统帅气度，如卧虎镇边，敌人望而生畏，不敢轻举妄动。“边头”一句则写他的美政：劝民耕桑，抚循百姓，使他们生儿育女，安居乐业。同上段的中间二句一样，这两句也是一个对比：对敌人有卧虎之威，对人民则具长者之仁。“折冲”一句承上经略边事之意而来，是活用成语。《晏子春秋》云：“夫不出尊俎之间，而折冲于千里之外，晏子之谓也。”原指在杯酒言谈之间就能御敌致胜于千里之外，此处用以指范纯仁在边陲远地折冲御侮，应付裕如。但下句一个转折，又把意思落到了经邦治国之上：范纯仁虽富有军事韬略，但治理国家正少不掉他。

第三段归结为送别范纯粹，临别赠言，寄以厚望。“妙年”一句承上父兄而来，衔接极为紧密。“春风”二句描写仪仗之盛、军容之壮，幕下诸将士气高昂，期待着秋日草枯，好及锋而试。王维《观猎》诗云：“风劲角弓鸣，将军猎渭城。草枯鹰眼疾，雪尽马蹄轻。”所谓“射猎”有时常用以指代作战，如高适《燕歌行》云：“校尉羽书飞瀚海，单于猎火照狼山。”照理，顺着此层意思应是希望战绩辉煌，扬威异域。但是诗意又一转折：不要追求智名勇功，只需对“羌胡”略施教训即可。孙子曾经说过：“善战者，无智名，无勇功。”“折箠”，即折下策马之杖，语出《后汉书·邓禹传》：“赤眉来东，吾折箠笞之。”诗至最后，宛转地揭出了诗人的期望：不要轻启战端，擅开边衅，守边之道不在于战功的多少，重要的是能安边定国。

至此，就可以体会这首诗的立意与匠心了。诗中写韬略，写武功，只是陪衬，安邦治国才是其主旨。所以第一句就极可玩味，“知国如知兵”，“知国”为主，“知兵”为宾，造语精切，绝不可前后颠倒。“知国”是提挈全诗的一个纲。因而一、二段写法相同：先写军事才能，然后一转，落到治国之才。诗人突出父兄的这一共同点，正是希望范德孺继承其业绩，因而最后一段在写法上也承接上面的诗意：由诸将之思军功转为期望安边靖国，但这一期望在最后却表达得很委宛曲折。尽管如此，联系上面的笔意，读者自可体会出来，如果直白说出，倒反嫌重复浅露，缺乏蕴藉之致。

这首送人之作，不写依依惜别之情，不作儿女临路之叹，而是发为论道经邦的雄阔慷慨之调，送别意即寓于期望之中。诗人好似在写诗体的史传论赞，雄深雅健，气度不凡。这正表现出山谷以文为诗的特色。这种特色还体现于独特的语言风格方面。他以散文语言入诗，多用虚词斡旋，大量运用典故成语，力盘硬语，戛戛独造，使诗产生散文一样的气势，好像韩愈写的赠序，浑灏流转。如"敌人"一联，点化成语，别具一种格调，确是未经人道之语。"平生"、"折冲"二联都是十足的散文句式，古雅朴茂，"百不一试"连用四个仄声字，奇崛顿挫，惋惜之情溢于言表。

本诗的用韵也别具一格。它一反常用的以换韵标志段落的写法，第一段用"名、霆、惊"韵，第三段押"须、枯、胡"韵，中间一段却三换其韵，首联、尾联分别与第一及第三段押同一韵，中间一联则押仄声的"虎、女"。全诗三段，句子安排匀称，而韵律却参差有变。

（黄宝华）

次韵王荆公题西太一宫壁二首

风急啼乌未了，雨来战蚁方酣。
真是真非安在？人间北看成南。

晚风池莲香度，晓日宫槐影西。
白下长干梦到，青门紫曲尘迷。

这两首诗当是元祐元年（1086）秋天所作。王安石有《题西太一宫二

【鉴赏】

首》："柳叶鸣蜩绿暗，荷花落日红酣。三十六陂春色，白头想见江南。"（蜩，即蝉。）三十六陂在今江苏江都县，所以称"想见江南"，因三十六陂接近江南。"三十年前此地，父兄持我东西。今日重来白首，欲寻陈迹都迷。"王安石又有《西太一宫楼》："草际芙蕖零落，水边杨柳欹斜。日暮炊烟孤起，不知鱼网谁家。"从诗看，西太一宫当已荒凉了。庭坚用王安石的诗韵和诗题来写，所以称《次韵题西太一宫》。

第一首开头"风急啼乌未了，雨来战蚁方酣"。这两句写眼前景物。王安石诗的开头写"柳叶鸣蜩"和"荷花落日"，也是写眼前景物。这首诗里的写景似有寓意。《述征记》："长安宫南有灵台，有相风铜乌。或云：此乌遇千里风乃动。"乌可以用来观察风。《易林・震之蹇》："蚁封穴户，大雨将至。"蚁是知道大雨要来的，为了争穴而斗。在乌啼蚁斗中间，说明风急雨骤。这两句的含意，从下两句中透露。"真是真非安在？人间北看成南。"《庄子・齐物论》："故有儒墨之是非，以是其所非，而非其所是；欲是其所非而非其所是，则莫若以明。"两派的是非不同，各以自己的是为是，以对方的是为非；以自己的是为是，以对方的是为非，还不如调过来说明问题，即用对方的是非来看自己的是非。这些都不是真是真非，那么真是真非在哪里？任渊注："《楞严（经）》曰：'如人以表为中时，东看则西，南观成北。表体既混，心应杂乱。'在熙、丰则荆公为是，在元祐则荆公为非，爱憎之论，特未定也。"立一表为中心，在表的东面看，表在西面；在表的南面看，表在北面。这样把表的中心弄混了，方向也乱了。神宗熙宁二年（1069），用王安石为参知政事，设制置三司条例司，筹划变法，元丰时，变法实行，这段时期以王安石为是。哲宗元祐元年，用司马光为相，反对新法，以王安石变法为非。作者认为新旧两派的是非之争，只是两派的立场不同所造成的，分不清真是真非来。

本着"真是真非安在"来看，那么"风急""雨来"，正指政治上的风雨；"啼乌""战蚁"，暗指新旧两派的政治斗争。这种斗争不过是立场不同，并不能分清真是真非。这样看是有道理的。这首诗的“真是真非安在”是议论,但它跟开头一联的形象结合,并透露含意,所以还是诗的议论。

第二首写眼前景,第一句写晚景,“晚风池莲香度”,第二句写晓景,“晓日宫槐影西”。王安石的诗句“荷花落日”,“芙蕖零落”,也讲荷花。这里写“香度”,从晚风送香来写,又有不同。西太一宫里是种槐树的,写“晓日宫槐”很自然。“白下长干梦到”,白下,地名,本名白石陂,后人在此筑白下城,故址在今南京市金川门(北门之一)外南区。唐武德九年(626),曾改金陵为白下,因用以代指金陵。长干,地名,在今南京市南。王安石诗:“白头想见江南”。这里正写王安石的想望江南。“青门紫曲尘迷”,《三辅黄图》:“长安城东出南头第一门曰霸城门,民见门色青,名曰青城门。”这里借指汴京的城门。紫曲,犹紫陌,指长安的道路。刘禹锡《元和十年自朗州承召至京》“紫陌红尘拂面来”。这句指京城里尘土使人迷茫,即用王安石诗:“今日重来白首,欲寻陈迹都迷。”这首诗的后两句,概括了王安石的两首诗意。这样的次韵,不仅用了王安石两首诗的原韵,还写了题西太一宫的景物,概括了原诗的诗意。但写得又有同有异。就写法说,王安石的第一首,先写景,后抒怀,这诗的第二首,也是先写景,后抒怀,是写法相同。但王安石抒自己的怀抱,这诗是概括王安石的怀抱,把王的第二首的感慨也概括进去,这就不同了。第一首联系新旧两派之争来写,就跟王的原作完全不同了。

(周振甫)

次韵子瞻武昌西山

漫郎江南酒隐处,古木参天应手栽。

石坳为尊酌花鸟,自许作鼎调盐梅。

【原文】

平生四海苏太史，酒浇不下胸崔嵬。
黄州副使坐闲散，谏疏无路通银台。
鹦鹉洲前弄明月，江妃起舞袜生埃。
次山醉魂招仿佛，步入寒溪金碧堆。
洗湔尘痕饮嘉客，笑倚武昌江作罍。
谁知文章照今古，野老争席渔争隈。
邓公勒铭留刻画，刳剔银钩洗绿苔。
琢磨十年烟雨晦，摸索一得心眼开。
谪去长沙忧鹏入，归来杞国痛天摧。
玉堂却对邓公直，北门唤仗听风雷。
山川悠远莫浪许，富贵峥嵘今鼎来。
万壑松声今在耳，意不及此文生哀。

按苏轼《武昌西山》诗有叙：

嘉祐中，翰林学士承旨邓公圣求为武昌令，常游寒溪西山，山中人至今能言之。轼谪居黄冈，与武昌相望，亦常往来溪山间。元祐元年十一月二十九日，考试馆职，与圣求会宿玉堂，偶话旧事。圣求尝作《次元次山洼樽铭》，刻之岩石。因为此诗，请圣求同赋，当以遗邑人，使刻之铭侧。

黄庭坚这首诗是和苏轼的，诗中要写的正是苏轼序中说的那一些。至于如何立意、如何取材，如何描写与结构，则出于黄庭坚的匠心。

可以设想：它可以由苏轼“步上西山”写起，也可以由苏、邓会宿时追溯上去；然而，他在开头四句中先写元结（次山）作樽。第一句中，“漫郎”是元结自号；江南即指武昌；"酒隐"概括元结当时生活，简洁明朗，且便于与"樽"联结。第二句写其地之胜：突出"古木参天"，形象优美；想象其为元结所手栽，有助于表现元结性格，且为末尾"万壑松声"作伏笔。第三、四句写元结就"石坳"处作樽，并想象其用樽以"酌花鸟"，且点明元结抱负，写出他"自许"为"调和鼎鼐"之手，即治理天下的宰相之才（《尚书·说命》有"若作和羹，用汝作盐、梅"，盐与酸梅皆调味品）。这样就把作洼樽与治天下联结起来。用手栽林木，樽"酌花鸟"，志"调盐梅"，把元结写成既务实，又脱俗，既豪迈不羁，又关心民物的人物，因而此樽也就不同寻常。元结是一位循吏，是关心人民的诗人，曾为杜甫所推重，所以，黄庭坚所想象的有一定根据，其中虽有夸张，但非揄扬过实。至其立意之高远与想象之丰富，则又是值得称赞的。

"平生"以下十二句，转写苏轼在黄州"往来溪山"，访得洼樽，并就樽饮客。妙在奇峰突起，先写苏轼胸襟。此段第一句用"四海"修饰苏太史，虽是套用习凿齿会见释道安时说"四海习凿齿"那句话（见《世说新语》），但同时更概括了苏轼屡遭贬谪、南北奔波的经历与名重天下的身份（当时人说苏"四海共知霜鬓满"），这是切合实际的。紧接着点出"酒浇不下胸崔嵬"。"崔嵬"与"垒块"意略同。《世说新语·任诞》载：王忱谓阮籍胸中垒块故须以酒浇之。"垒块"谓心中郁结不平，"崔嵬"而"酒浇不下"，则郁结不平之气更高更大。这就进一步刻画出苏轼的心灵。苏轼认为"士以气为主"，他所推重是范滂、孔融、李白这样一些人，所以黄庭坚这样写是把握了苏轼性格特征的。这也正是苏与元结的"自许作鼎调盐梅"，所以有相通之处。

接下去转入苏在黄州。用"谏疏无路通银台"（按：银台，即御史台），进一步写苏虽被贬，心不忘国，只因无路可通，才不得不寄情山水，而于"鹦鹉洲前弄明月"（鹦鹉洲，点明武昌；其地又是弥衡墓的所在）、"江妃起舞袜生埃"，使人想起黄庭坚在咏水仙花诗中讲的"凌波仙子生尘袜，水上盈盈步微月"，这里则用来刻画苏诗的"感天地"、"动鬼神"，使女仙也为之起舞。

【鉴赏】

这六句是对苏轼形象的刻画。接着进一步刻画苏“步入寒溪”，招得“次山醉魂”，点出洼樽，这才与第一段衔接起来。接着又想象苏轼“洗湔”掉洼樽上的“尘痕”，把大江这个大“罍”中的美酒，舀入洼樽，再由洼樽中舀出，分“酌嘉客”。苏轼原诗中，就有“春江绿涨葡萄醅”，黄说“江作罍”，正是根据苏诗来的。这与第一段中写元结的“酌花鸟”，又可互相补充，互相映照。苏轼的“嘉客”中，固有二三士大夫，更多的是山中“野老”（见苏辙《武昌九曲亭记》）和渔樵（苏轼《答李端叔书》：“扁舟草屦，放浪山水间，与渔樵杂处，往往为醉人所推骂”）。黄说“野老争席渔争隈”，不仅写当时情景，更暗示苏轼文章虽好，但不得列于朝廷，只好与渔樵相处。

黄庭坚此诗主要是为苏轼而作，故以浓墨重笔写苏。写苏既豪放、又平易，既执着、又洒脱，“文章憎命”，然犹不忘君国，久经迁谪，而犹豁达自如，刻画出苏轼的个性，写得栩栩如生。

接下去，“叙东坡摩挲邓公之铭”（曾国藩《求阙斋读书记》），这是题中应有之笔。苏轼原诗中有“公有妙语留山隈，至今好事除草棘，常恐野火烧苍苔”。黄则只就苏轼来说，详略得宜，亦见剪裁之妙。按邓名润甫，绍圣时，官至尚书左丞。

最后，即“谪去”至末八句，“叙东坡还京与邓同值玉堂”（同上）。其中又可分为几层。

“谪去”句回应“黄州”一段，把苏轼比作贾谊。“归来”谓还京，“天摧”一向解为指神宗之死。这是纪事。按苏轼在《武昌西山》的第二首中说自己“欲收暮景返田里，远泝江水穷离堆。还朝岂独羞老病，自叹才尽倾空罍”，心情并不很好。黄庭坚针对这点，指出“山川悠远莫浪许，富贵峥嵘今鼎来”，（鼎，一解为“大”）这是劝勉之词。联系第一段，即希望苏轼也象元结那样“自许作鼎（古人以鼎喻‘三公’）调盐梅”。这里有个问题值得研究：当时哲宗即位，太后临朝，尽废王安石“新法”，苏轼并不完全同意这种做法。当时有人写诗给苏轼说“遥知丹地开黄卷（按：谓做皇帝侍读），解记清波没白鸥”，即劝苏隐居，为什么黄反以“富贵”为言？这是不是黄太庸俗了呢？这要联系末两句来看。在末两句中，他指出，苏轼想的并不是“富贵鼎来”，而是“松声在耳”，这是事实，值得深思。他“意不及此（按：指富贵，或者说‘作鼎调盐梅’）”，自然有原因，因为他“坐闲散”时还想写“谏疏”，还朝以后，“富贵鼎来”之时，为什么反而想着江湖，想着退隐呢？这不是值得深思的吗？什么原因，他没有写，也不需要写，因为“文生哀”三字就能传之言外。不然，为什么“生哀”呢？作者正是在抑扬顿挫中写出“难言之意”的。这也是用“不说出”来写“说不出”之情，是诗的神韵所在。任渊说，“山谷诗律妙一世，用意未易窥测”（《山谷诗注》），实则黄诗虽“笔势放纵”（《豫章先生传赞》），但前后关锁联结之处，有迹可寻，苟能细心玩其词气，理出脉络，则其用意自明。其立意之高、尽意之巧，也就可得而欣赏了。

（吴孟复）

子瞻诗句妙一世，乃云效庭坚体，盖退之戏效孟郊、樊宗师之比，以文滑稽耳。恐后生不解，故次韵道之。子瞻《送杨孟容》诗云：“我家峨眉阴，与子同一邦。”即此韵

我诗如曹郐，浅陋不成邦。
公如大国楚，吞五湖三江。
赤壁风月笛，玉堂云雾窗。
句法提一律，坚城受我降。

【原文】

枯松倒涧壑，波涛所舂撞。
万牛挽不前，公乃独力扛。
诸人方嗤点，渠非晁张双。
但怀相识察，床下拜老庞。
小儿未可知，客或许敦庞。
诚堪婿阿巽，买红缠酒缸。

这首诗的题目等于一篇小序，交代了写诗的缘由，而且说得很有情趣。北宋两位大诗人苏轼和黄庭坚，诗风各异，但并不妨碍他们之间互相钦慕与学习。苏轼有《送杨孟容》诗，自称仿效黄庭坚的诗体。黄庭坚认为这是苏轼一时的戏笔，就好像当年韩愈在《答孟郊》、《酬樊宗师》等诗中，摹拟孟郊与樊宗师的风格一样。他怕后人误会为苏轼有意向他学习，特地写了这首诗来表明自己对苏轼艺术才能的倾倒，还怕人不明瞭写诗的用意，再加上这段小序作说明，可见两位诗人的深情厚谊。由于本诗具有和答苏诗的性质，所以通篇采用苏诗的韵脚。又，苏轼原诗作于元祐二年(1087)，本篇当亦作于此时。这期间他们两人都在京城任职，经常诗酒酬唱，是一生中比较愉快的时期。

诗篇一上来，就用生动的比喻，把自己的诗才与苏轼作了鲜明对比。曹、郐都是西周分封的小诸侯国，后来分别为宋、郑所灭。《左传》记载吴公子季札曾到鲁国听乐观风，听到郐、曹的乐曲，不屑加以评论。楚国则是当时南方新兴的大国，土地辽阔，物产丰富，五湖三江(说法不一，这里泛指长江中下游众多的江河湖泊)尽在它疆域之内。诗人谦逊地以曹、郐自比，并热情赞美苏轼诗风如楚国那样气势宏伟，包罗万象，不仅充分表露了自己景仰之情，说法也很别致，给人以新鲜而强烈的印象。这是全诗的总括。

接下来八句具体称赞苏诗的成就。

先说它感兴的丰厚。赤壁，山名，在黄州(治所在今湖北黄冈)，风景秀丽，苏轼贬官期间尝遨游于此。玉堂，指翰林院，苏轼于元祐元年(1086)拜翰林院学士，担任草拟诏书等重要职务，诗中把它写成云雾缭绕的神仙洞府。赤壁和玉堂，分别代表苏轼一生中失意与得意的时期，并列对举，是为了表明苏轼的诗歌艺术曾在不同的生活环境里受到锤炼，所以能达到精妙的极诣。这一联含意丰富，却被概括在纯用名词构成的十字对仗中，句意省净之至。

次说句法的精严。“提一律”，据任渊《山谷诗集注》：“言自提一家之军律也”，是用治军严整有法来喻指苏诗句律精严，形成了独特的风貌。坚城受降，则是用的汉、唐故典。汉武帝击败匈奴后，曾在北方边境筑受降城，接受匈奴贵族的投降。唐中宗时，张仁愿也在黄河以北筑起三座受降城，有效地防御了突厥贵族的侵扰。这里把苏轼的诗艺比作坚不可摧的城垒，自己在它面前只有认输投降，可谓设想奇特，别开生面。

再说苏诗笔力的健举，也是寓抽象评价于具体描述之中。作者想象：有一株巨大的枯松倒插在幽涧深壑中，被激流终日冲刷推撞，上万头牛也拖它不动，而苏轼一支笔就能把它扛起来。这样极度的夸张，突出地显示了苏诗的力量。当然，这四句诗包含的意境，不完全出于作者独创。杜甫《古柏行》云：“大厦如倾要梁栋，万牛回首丘山重。”韩愈《病中赠张十八》云：“龙文百斛鼎，笔力可独扛。”作者化用了杜、韩的诗意，在艺术形象上更为展开，从而取得了推陈出新的效果，这就是所谓“点铁成金”的手段。

对苏诗的多方面成就作了推崇备至的论述以后，诗篇转入两人关系的叙写。晁、张，指晁补之与张耒，他们和黄庭坚、秦观同游于苏轼门下，并称“苏门四学士”。作者这里假托旁人的嗤点，表示自己比不上晁、张二人，不足以托附苏门，言外之意也就是自己得列门墙，是出于苏轼的加意赏识。因此，自己只有怀着受知遇的心情，终身拜倒在苏轼面前。拜老庞，用的是

【原文】

三国时的典故。老庞即庞德公，东汉末年襄阳人，他很早就察识了诸葛亮的才能，称之为“卧龙”，而诸葛亮每次去看他，也总要独拜于床下。诗中借庞德公对诸葛亮的器重和诸葛亮对庞德公的敬仰，来比况苏轼与自己相互间的关系，既切合身份，又显得情意深长。

话说到此，似乎题意已尽，而诗的结尾却又陡然一转。作者抛开了一直在谈论的有关诗艺的话题，说：我的小儿将来怎样虽未可知，但也有来客称赞他淳厚朴质的；如果真能同您的孙女阿巽订亲的话，那我先买些红彩来缠在酒瓶上吧。表面看来，这完全离题了，实际并非如此。说自己的孩子或许可与阿巽相配，正表明自己的诗才不足与苏轼相匹。由于这个主旨前面已反复说过，所以收结处不再犯重，而改用诙谐的语气，作旁敲侧击的表白，使对方读到这里不禁会哑然失笑，而诗篇也就在这种幽默亲切的气氛里结束。宋人写诗，喜欢讲求机趣。黄庭坚曾说：“作诗如作杂剧，临了须打诨，方是出场。”本篇结尾正是实践了这个主张，对于后来杨万里“诚斋体”的所谓“活法”，有直接的影响。

本诗通过诗艺的讨论，揭示了苏、黄两位诗人之间互敬互学的深厚情谊，取材新颖。作者善于将抽象的事理转化为具体生动的形象，有丰富的想象力。此外，像比喻的奇特、典故成语的活用、字句的烹炼、文气的拗折以及押“降”、“扛”、“双”、“庞”之类险韵等等，都体现了黄庭坚以及整个江西诗派的风格特点。

（陈伯海）

双井茶送子瞻

人间风日不到处，天上玉堂森宝书。

想见东坡旧居士，挥毫百斛泻明珠。

我家江南摘云腴，落硙霏霏雪不如。

为君唤起黄州梦，独载扁舟向五湖。

双井茶是黄庭坚老家分宁（今江西修水）出产的一种名茶。元祐二年（1087）诗人在京任职时，家乡的亲人给他捎来了一些，他马上想到分送给好友苏轼品尝，并附上这首情深意切的诗。

诗篇从对方所处的环境落笔。苏轼当时任翰林院学士，担负掌管机要、起草诏令的工作。玉堂语意双关，它既可以指神仙洞府，在宋代又是翰林院的别称。由于翰林学士可以接近皇帝，地位清贵，诗人便利用了玉堂的双重含义，把翰林院说成是不受人间风吹日晒的天上殿阁，那里宝书如林，森然罗列，一派清雅景象。开首这一联起得很有气派，先声夺人，为下面引出人物蓄足了势头。

第二联转入对象本身。东坡原是黄州的一个地名。苏轼于元丰二年（1079）被贬到黄州后，曾在东坡筑室居住，因自号“东坡居士”。这里加上一个“旧”字，不仅暗示人物的身份起了变化（由昔日的罪臣转为现时的清贵之官），也寓有点出旧情、唤起反思的用意，为诗篇结语埋下了伏笔。“挥毫百斛泻明珠”一句，则脱胎于杜甫《奉和贾至舍人早朝大明宫》诗中的“诗成珠玉在挥毫”。杜诗表现的是早朝皇帝的场面，用“珠玉”比喻诗句，在夸赞对方才思中兼带有富贵气象。与诗歌题材相切合。所以作者这里也用“明珠”来指称苏轼在翰林院草拟的文字，加上“百斛”形容其多而且快，更其是一个“泻”字，把那种奋笔疾书、挥洒自如的意态，刻画得极为传神，这也是化用前人诗意成功的范例。

第三联起，方转入赠茶的本事。云腴，即指茶叶。腴是肥美的意思，茶

【鉴赏】

树在高处接触云气而生长的叶子特别丰茂，所以用云腴称茶叶。硙，亦作“碨”，小石磨。宋人喝茶的习惯，是先将茶叶磨碎，再放到水里煮沸，不像现代的用开水泡茶。这两句说：从我老家江南摘下上好的茶叶，放到茶碨里精心研磨，细洁的叶片连雪花也比不上它。把茶叶形容得这样美，当然是为了显示自己送茶的一番诚意，其中含有真挚的友情。但这还并不是本篇主旨所在，它只是诗中衬笔，是为了引出下文对朋友的规劝。

结末一联才点出了题意。作者语重心长地对朋友说：喝了我家乡的茶以后，也许会让您唤起黄州时的旧梦，独自驾着一叶扁舟，浮游于太湖之上了。五湖，太湖的别名。最后一句用了春秋时的典故。相传范蠡辅佐越王勾践灭掉吴国之后，不愿接受封赏，弃去官职，“遂乘轻舟以浮于五湖”（《国语·越语》）。苏轼贬谪在黄州时，由于政治上失意，也曾萌生过“小舟从此逝，江海寄余生”（《临江仙》）的退隐思想。可是现时他应召还朝，荣膺重任，正处在春风得意之际，并深深卷入了当时政治斗争的漩涡。作者一方面为友人命运的转变而高兴，另一方面也为他担心，于是借着送茶的机会，委婉地劝告对方，不要忘记被贬黄州的旧事，在风云变幻的官场里，不如及早效法范蠡，来个功成身退吧。末了这一笔，披露了赠茶的根本用意，在诗中起着画龙点睛的作用。而这番用意又并非一本正经地说出来，只是从旧事的勾唤中轻轻点出，不仅可以避免教训的口吻，也见得情味悠长，发人深思。

整首诗词意畅达，不堆砌典故，不生造奇词拗句，在黄庭坚诗作中属于少见的清淡一路。但由高雅的玉堂发兴，引出题赠对象，再进入送茶之事，而最终点明题意，这种千回百转、一波三折的构思方式，仍体现了黄诗的基本风格。

（陈伯海）

戏呈孔毅父

管城子无食肉相，孔方兄有绝交书。
文章功用不经世，何异丝窠缀露珠？
校书著作频诏除，犹能上车问何如。
忽忆僧床同野饭，梦随秋雁到东湖。

黄庭坚一生政治上不得意，所以常有弃官归隐的念头，而有时还不免夹带一点牢骚。这首写给他朋友孔毅父（名平仲）的诗，题头冠一“戏”字，正表现了他对自己浮沉下位、无所事事的生活境遇的自嘲自解。

开头两句就写得很别致。管城子，指毛笔。韩愈的《毛颖传》将毛笔拟人化，为之立传，还说它受封为管城子，诗语来源于此。食肉相，用《后汉书·班超传》的典故。据《后汉书·班超传》记载，看相的人曾说班超“燕颔虎颈，飞而食肉，此万里侯相也”，后来班超投笔从戎，立功西域，果然封侯。孔方兄，钱的别称。古时的铜钱中有方孔，故有此称，语出鲁褒《钱神论》：“亲爱如兄，字曰孔方”，暗含鄙视与嘲笑之意。绝交书，则取自嵇康《与山巨源绝交书》。两句诗的意思是：我靠着一支笔杆子立身处世，既升不了官，也发不了财。但作者不这样明说，而是精心选择了四个本无关联的典故，把它们巧妙地组合到一起，构成了新颖奇特的联想。笔既然称“子”，当然可以食肉封侯；钱既然称“兄”，也就能够写绝交书。将自己富贵无望的牢骚，用这样的方式表达出来，非但不觉生硬，还产生了诙谐幽默的情趣。

三四句承上作进一步阐述：我的文章既然没有经邦济世的功用，那跟蜘蛛网上缀着的露珠又有什么两样呢？这是解释自己未能博取功名富贵的原因，归咎于文章无益于世，表面看来是自责，实际上说的反话，暗指文章不为世人赏识，在自嘲中寓有自负的意味。丝窠缀露珠，用清晨缀附于蛛网上闪闪发亮的露水珠子，来比喻外表华美而没有坚实内容的文章，构想新奇动人。

五六句转入当前仕宦生活的自白。作者于元丰八年(1085)应召还京，受任秘书省校书郎，元祐二年(1087)改官著作佐郎，诗中“校书著作频诏除”，就是指的这件事，“除”是授官的意思。但这两句诗不单纯是记实，同时也在用典。北齐颜之推《颜氏家训·勉学》中谈到，梁朝全盛之时，贵家子弟大多没有真才实学，却担任了秘书郎、著作郎之类官职，以致当时谣谚中有“上车不落则著作，体中何如即秘书”的讽刺语。这里套用成语，说自己受任校书、著作，也跟梁代那些公子哥儿们一样，不过能登上车子问候别人身体如何罢了。校书郎、著作佐郎在宋代都是闲散官职，位卑言轻，无可作为。诗意表面上说自己尸位素餐，其实是对于碌碌无为的官场生涯的不满。

仕宦既不如意，富贵又无望，怎么办才好呢？于是逼出了最后两句的追思。诗人说：忽然回忆起当年跟你一起在僧床便饭的情景，我的梦魂便随着秋雁飞到了老家东湖边。东湖，在今江西省南昌市郊，距离作者的家乡分宁(今江西修水)不远。回忆东湖旧游，含有弃官归隐的意思。这是诗人在内心矛盾解脱不开的情况下所能想到的唯一出路。而不直说退隐，却写对往事的追忆，也给诗篇结尾添加了吞吐含茹的风韵。

这首诗抒写不得志的苦闷，却采用了自我嘲戏的笔调，感情上显得比较超脱，而诗意更为深曲。不明瞭这一点，反话正听，把作者真看成一个对功名事业毫不婴心的人，则是出于对诗篇的误解。文字技巧上的最大特点是善用典故，不仅用得自然贴切，还能通过生动的联想，将不同的故事材料串联组合起来，形成新的意象，取得出奇制胜的效果。这已经是一种艺术的再创造,没有深厚的文学修养是做不到的。黄庭坚为后来的江西诗人开了这个重要的法门,虽然他也不免有钻入牛角尖的时候。

(陈伯海)

陈留市隐

市井怀珠玉,往来人未逢。
乘肩娇小女,邂逅此生同。
养性霜刀在,阅人清镜空。
时时能举酒,弹镊送归鸿。

这首诗前有序,说陈留(今属河南开封市)市有位刀镊工,年四十余,没有家室子姓,只有一女年七岁,每天以做刀镊工所得的钱与女子醉饱,喝醉了酒就簪花吹长笛,把女儿放在肩上搭回来,没有一天感到忧虑,终生是快乐的。山谷认为这个刀镊工很懂得人生的道理。陈师道为他作了诗,山谷也为此刀镊工作了上面这首诗。

刀镊工,据王若虚诗:"清晨理短发,已见数茎白。刀镊虽可施,殆似儿子剧。"(《滹南王先生诗集·盛秋》)似乎是理发美容工人,但据《都城纪胜》:"……此等刀镊,专攻街市皂院,取奉郎君子弟、干当杂事,说合交易等",而《梦粱录》还在《都城纪胜》所叙之外添上了"插花挂画",似乎刀镊工在宋代除了理发、美容之外,还要兼干其他杂事,结合本诗所述情况,似以理发、美容为主。但不管怎么说,刀镊工在当时居于社会最下层,是所谓"操贱业"者。

【鉴赏】

本诗是一首五律，首联即夸刀镊工，他虽是“市井人”，但俗是他的外装，“怀珠玉”是用《老子》的话：“知我者稀，则我者贵，是以圣人被褐怀玉。”据王弼注：“谓圣人之道足于己而不形于外也。”《参同契》也说：“被褐怀玉，外为狂夫。”山谷根据这些看法，给刀镊工以很高的评价，认为他寄迹于刀镊，是一个把他的金玉本质隐藏起来的“市隐”，这种人是难于逢遇的。颔联“乘肩娇小女”两句，描写刀镊工善于生活，据山谷的见解，由于刀镊工有道，具有了高超的人生境界，虽处“低贱”下位，安于劳动平淡生活，不贪慕挣多余的钱。只要最低生活足够，把自己的小女儿搭在肩上，簪花微醉，自得其乐，因此胸襟异常超脱和潇洒。颈联“养性霜刀在，阅人清镜空”，是说刀镊工的行业，“霜刀”指刀镊工用以整容谋生的主要工具，刀经过磨洗，白亮如霜，替人整容完毕，还得要顾主对镜检查，发表意见，直至满意为止，工作是够麻烦的，服侍人在封建社会被认为是“低下”的，养性即“养生”，陈师道的《陈留市隐者》：“诗书工发冢，刀[illegible]得养生。”“养生”也就是山谷诗中的“养性”。

尾联“时时能举酒，弹镊送归鸿”，咏叹刀镊工在每日工作完毕，还能略喝点酒，微醺之后，还能弹镊作歌，此暗用《战国策·齐策》冯驩故事，“送归鸿”用嵇康《四言赠兄秀才入军诗》“目送归鸿，手挥五弦”，用古代的冯驩和魏时的高士嵇康来比喻陈留刀镊工的人品，可见山谷对他的景仰了。

全首共四十个字，没有一个生僻的字，首联即揭出陈留隐者的高风，颔联用“乘肩娇小女”勾勒出一幅平凡却怡愉自适的隐者的画面，颈联紧接颔联，举出隐者职业特征，同时也阐明了首联的“市井怀珠玉”，故结构谨严，首尾呼应一贯，尾联虽用了两个典故，但为人所熟知，一反山谷造句生瘦，喜在小说、佛书上找寻僻典的诗风，全诗格调清新，音韵铿锵，是他的集子中较好的作品。

（龙　晦）

次韵子瞻题郭熙画秋山

黄州逐客来赐环，江南江北饱看山。
玉堂[1]卧对郭熙画，发兴已在青林间。
郭熙官画但荒远，短纸曲折开秋晚。
江村烟外雨脚明，归雁行边余叠巘。
坐思黄柑洞庭霜，恨身不如雁随阳。
熙今头白有眼力，尚能弄笔映窗光。
画取江南好风日，慰此将老镜中发。
但熙肯画宽作程，十日五日一水石。

〔注〕 ① 玉堂：汉代待诏在玉堂殿，唐代在翰林院，故唐人已多以玉堂代指翰林院，至宋初，苏易简为翰林学士，太宗红罗飞白大书“玉堂之署”四字以赐之。玉堂遂确定为翰林院之代称。（见《汉书·李寻传》王先谦补正、叶梦得《石林燕语》七）

郭熙，字淳夫，温县（今属河南）人，宋神宗时为御画院艺学。他师法李成，由五代荆（浩）关（仝）画派一路拓展，创为“景外意，意外妙”（郭熙《林泉高致·山水训》）之说，尤工山水寒林，蜚声当时。元祐二年（1087），苏轼（字子瞻）任翰林学士时，见郭熙《秋山》图，因作七古《郭熙画平远山水》，时黄庭坚任著作郎兼集贤院校理，遂依子瞻原韵次序和作一诗，故题曰《次韵子瞻题郭熙画秋山》。

早在元丰二年（1079）苏轼因反对王安石新政，被贬黄州（治所在今湖北黄冈）团练副使，次年庭坚亦由北京（今河北大名）国子监教授调知吉州

【鉴赏】

太和县(今江西泰和),六年更调监德州德平镇(今山东德平)。八年,哲宗即位,新党失势,庭坚与子瞻先后被召任京职,二人作题郭画诗时,正在久迁召返后不久,宦海沉浮,记忆犹新。故山谷此诗虽曰题画,却颇多咏怀言志之意,以题画为线索,融画意友情感慨于一体,于意象超远中见奇崛之气。

全诗十六句,四句一转韵。

黄州四句,平声删韵。按次韵诗惯例,隐括子瞻原作大意,叙其在玉堂,即翰林院看郭熙画,因而萌动青林之思,亦即隐逸之想。(庾信《任洛州酬薛文学见赠别》"青林隐士松")。子瞻原作是从玉堂观画起笔,渐次写到郭熙《秋山》图,从而勾出贬谪江南时的回忆,更发为"不觉青山映黄发"之叹,而有求郭熙画取龙门伊川图,以寄隐逸之思的遐想。山谷次韵,语句多与子瞻原诗相应,却变化其次序。他从子瞻贬谪黄州起笔,转入玉堂观画,同时引发青林之想。

山谷这一变化首先突出了郭画的传神处。郭熙所谓"象外意"、"景外妙",就是要使人"见青山白道而思行,见平川落照而思望,见幽人山客而思居,见岩扃泉石而思游"。总之,要使人观此画而"起此心,如将真即其处"(《林泉高致·山水训》)。苏轼原诗已有此意,山谷更用倒插句法突出之。首四句是说,子瞻虽贬谪黄州,没有召还("环"与"还"谐音),却因此得以饱览大江南北山水;如今召回京师,虽尊荣倍加,却因此与大自然隔绝。然而今日一见《秋山》图,顿然逸兴焕发,仿佛已置身青林之间。由"卧对"而"发兴",用一"已"字,写出了子瞻身在玉堂,心游青林,顿然间神驰魄动的精神状态,点出郭画使人"真即其处"的特点,真是"笔所未到气先吞"(苏轼《题王维吴道子画》)。

这一变化更使此诗起笔即有龙腾虎跃之势。黄州与京师地隔千里,子瞻遭贬至召回,时已七载。这四句却以极简省的笔墨将偌大的时空距离紧紧相连。前二句由"黄州逐客"起，起得陡健；三句转入玉堂观画，转得突兀；四句既应照二句"饱看山"，将前三句紧相钩连，又落脚于"青林间"，点出一篇主旨，为后文开出无穷天地。山谷诗力大气健，工於发端，这正是一个范例。

"郭熙官画"四句转上声阮韵，承上"郭熙画"正写画面，应原作"离离短幅"二句。第五句的意思是：郭熙《秋山》图虽为"官画"，即御院画，却不像当时画院派那样偏重形似，而是专尚荒旷杳远的意境。第六句含三重意，说此画虽为短幅，但是笔致曲折，能于尺寸之间开拓出一派秋晚旷远景色。"短"、"曲折"、"开"一语一转，句法拗折夭矫。五、六两句是虚写，七、八两句则实写申足上意。从苏轼原作可知此画是一幅平远秋山图，《林泉高致·山水训》说山有三远：高远、深远、平远。所谓平远，是从近山望远山，其色"有明有晦"，其意"冲融而缥缥渺渺"。"江村烟外雨脚明，归雁行边余叠巘"，正写出了这种特点。从"外"字、"余"字可以看出这是远景，正合从近山望远山之意。近景处将霁未霁，故雨脚明晰可辨，而景深处渐远渐淡，叠嶂江村正在烟岚之外若沉若浮。山峦的另一端上方，又有一行秋雁高飞南向。雨烟与叠巘的隐显变化，雁行与层峦的远近映衬，构成了"有明有晦"的色调、"冲融而缥缥渺渺"的意境。虽然画面上并未致力于秋山形状的刻画，然其荒远之致却由纸上浮溢而浸淫着观赏者的心灵，遭际相同，气味相投的两位大诗人，在郭熙荒旷杳远的画意中又一次发生了共鸣。

"坐思"四句转平声阳韵，"画取"四句复转入声质韵，此二节韵意不双转。前四句承上秋雁之行而生南归之思，意脉遥应首节"青林"之想。山谷是江西分宁(今江西修水)人。江外盛产桔柚，《尚书·禹贡》就有记载，历代更多所题咏，唐代韦应物《答郑骑曹青桔绝句》曾云："书后欲题三百颗，洞庭须待满林霜。"山谷"坐思黄柑"句即由此化出。秋霜降，桔柚黄，诗人

【鉴赏】

却不能归去，不禁感叹“恨身不如雁随阳”。这句是化用杜甫《登慈恩寺塔》“君看随阳雁，各有稻粱谋”句意。看来与上文意不相续，实则“雁随阳”句点明“黄柑”之思的含意，复将诗脉接回到画上来，以顿挫回旋之笔转入下文：谓既然归休之愿不遂，那么慰情聊胜无，趁郭熙头虽白而目力尚堪映窗作画时，请他“画取江南好风日”，以稍慰衰鬓客子的归心吧。这里“熙今”二句韵与“黄柑”二句相协（霜、阳、光），意思则直接下节“画取”云云，是三、四节的关键，不但补写了《秋山》图的主人形象，且极自然地由三节过渡到四节。最后二句仍就求画言，化用杜甫句意收束全诗。杜甫《戏题王宰画山水图歌》云：“十日画一水，五日画一石，能事不受相促迫，王宰始肯留真迹”。说的是盛唐名画家王宰的佳作都成于舒闲不迫之间。山谷却变化其意，笔锋一转，说道，只是郭熙虽然肯作画，但他像王宰一样，要十日五日方能画得一幅，这对于渴望立刻见到家乡山水的诗人来说，不是略嫌迟缓了吗？至此，全诗在迫切期待中结束。从次韵角度看，与子瞻原作诗末求取龙门伊川图相应；而从此诗意脉看，又与开首苏轼的“青林”之思遥相呼应，画意、友情、归休之思，一笔总收，余意荡漾于尺幅之外。有的注本释末二句说，“只要郭熙肯画，那么即使慢点也不妨事”，虽亦可通，但似未得山谷原意。山谷用典有“脱胎”法，《诗宪》释为“因人之意触类而长之”。《诗文发源》载：“山谷云：作诗如作杂剧，初时布置，临了须打一诨，方是出场。”必如前一解，末二句方有打诨妙趣。

从以上分析可见，此诗艺术上最成功之处是能于跌宕恣纵间见法度深严。可从三方面体会。

章法：山谷尝云：“文章必谨布置，每见后学，多告以《原道》命意曲折。后以此概求古人法度，如老杜《赠韦见素》诗布置最得正体。”此诗正可见其“命意曲折”之妙。此诗的内涵很复杂，有子瞻与郭画的关系，诗人自己与郭画的关系、与子瞻的关系。在这众多意思中，山谷把握住情趣高洁旷远这一点，这正是郭画的精髓，也是苏黄友谊的基础，这就在命意上抓住了根本，然后通过精心的结构，曲折有序地加以表现。首叙子瞻对画，末写自己求画，中间正写郭画以联结两端。在顺叙中处处用逆笔作顿宕勾勒，诗势似断复续，读来有龙腾虎跃之势。

韵法：此诗不像江西派某些篇章那样，押韵以险窄取胜，而是用韵甚宽平，且遵守七言四句一转韵、平仄互押的惯例。首四句用平声删韵，音调舒展清亮，正适于表现子瞻观画的旷逸情致。次四句上声阮韵，音调上扬宛转，又于表现郭画悠远之意境分外相宜。这两节意随韵转，故节奏舒徐，有清远之趣。由观画而思乡，陡转平声阳韵，如大钟骤鸣，噌吰镗鞳，诵之似能感到画境在诗人心中引起的强烈振动。末章又转入声质韵，短促的节律又仿佛在诉说诗人渴望家乡山水的焦切心情。这两节韵脚音质变化大，又参用古诗韵意不双转之法，遂于古朴峭折的音律中隐隐透出一种抑郁之气。由舒徐清远而峭折不平，正反映了诗人观画时心情的变化。

句法：山谷诗工于锤字练句，前述"郭熙官画"二句之含意屈折、"但熙肯画"二句之善于点化，均是好例。更从全篇看，此诗前后两部分造句均陡快豪健，而偏偏中段的"江村"、"归雁"二句，明丽清秀，摇曳生姿，如同老树着花，于槎枒中别添一段妩媚。全诗因之而有变化神奇之妙。

山谷七言宗尚杜甫、韩愈，于昌黎所谓"横空盘硬语，妥贴力排奡"(《荐士》)尤其心折。山谷诗或得或失，多半在此。此诗未从杜、韩诗表面的奇语险韵去学步效颦，而是抓住了杜、韩七古力大气雄的精神，於排奡中力求妥贴，所以能传颂不衰。

（赵昌平）

【原文】

题郑防画夹五首(其一、其二)

惠崇烟雨归雁，坐我潇湘洞庭，
欲唤扁舟归去，故人言是丹青！

能作山川远势，白头唯有郭熙。
欲写李成《骤雨》，惜无六幅鹅溪。

郑防是藏画的人，画夹大概相当于今天的集锦画册之类。这是作者题咏郑防画夹中作品的诗，共五首。这里选了二首。

第一首题惠崇的画。惠崇是僧人，能诗善画。《图绘宝鉴》说他“工画鹅、雁、鹭鸶”；《图画见闻录》说他“尤工小景，为寒江远渚，潇洒虚旷之象，人所难到”。正因为惠崇的山水、花鸟饶有诗意，才格外引起诗人品题的兴味。王安石、苏轼都有诗题咏他的画。苏轼的七绝《惠崇春江晚景》，更是脍炙人口。黄庭坚这首诗的首句六字，既点明画的作者，又描绘出画境。画中景物当然不止“烟雨”、“归雁”，但作者有意留给读者想象的空间。人们眼前仿佛展现着一幅烟雨归雁图。二三句承上，一气而下，写因欣赏画中景色而生幻觉：恍惚之间，好像坐在潇湘、洞庭的烟波之上，目送行行归雁，乡情油然而生。多么想唤一叶扁舟，回归故乡。第三句中的“唤”字，有的版本作“买”。“买”字不如“唤”字灵活。这三句不仅笔致疏朗轻淡，传写出画中的“虚旷之象”，而且化画境为实境，融入思归之情。第四句从前三句中跌落，描写自己身心已沉浸于幻境之中，忽听得友人说：这是丹青！才恍然省悟，知道错把画境当作真境。这样结尾，峰回路转，饶有情趣。

“诗是无形画，画是有形诗”(郭熙《林泉高致》)，诗画有相通之处。因此，诗歌可再现画境。但以诗题画，一般不宜于全写真境，更不宜全写画境。全写真境，变成了山水景物诗，不成其为题画诗；全写画境，用诗句一一描述画中景物，无异于舍诗歌想象和抒情之长，容易写得呆滞而无生气。沈德潜说杜甫题画诗“全不粘画上发论。如题画马、画鹰，必说到真马真鹰，复从真马、真鹰发出议论。后人可以为式”（《说诗晬语》）。他的《奉先刘少府新画山水障歌》，便从画面引出真景，又由真景返回画景。黄庭坚这首诗，便学习了杜甫题画诗的手法，使画中之景与画外真景水乳交融，并同自己的感情发生交流。

杜甫的题画诗，还有一个特点，便是在描绘画境中道出画理。如《戏题王宰山水图歌》，因题画而道出“尤工远势古莫比，咫尺应须论万里”的艺术见解。黄庭坚在此题的第二首咏郭熙画，也运用这一表现手法。郭熙是北宋山水画家，其画强调“取势”。他说：“真山水之川谷，远望之以取其势。”他的山水画论《林泉高致》，提出的“三远”——高远、平远、深远，就是要取山川之远势。黄庭坚对绘画有很高的艺术素养，所以这首诗的前二句“能作山川远势，白头唯有郭熙”，是很精当的评价。三四句具体咏赞画夹中郭熙之作。郭熙曾为苏才翁家摹写宋初北派山水画家李成的《骤雨图》六幅，因此笔墨大进。诗人在郑防画夹中得睹此《骤雨图》真迹，当然非常兴奋。但三四句不直说，而是曲折达意。自见郭熙画后，禁不住跃跃欲试，也来摹写《骤雨图》，可惜一时找不到六幅好绢。“鹅溪”，在今四川三台，以产上好画绢著称。把六幅画绢说成是“六幅鹅溪”，以出人意料的语言，创造出新奇的意象。溪水清澈透明，恰似皎洁轻柔的画绢。黄庭坚学杜诗，以善于锤炼句法、字法著称，于此句可见。这两句既奇警，又自然天成，而且给整首诗增添了盎然意趣，补足前二句之意，使全诗不流于枯燥。

从章法和句法来看，第二首三四句，一起一落，折出笔势，同前一首三

【原文】

句一气连贯、第四句陡然转折不同。可见诗人用笔灵活多变，绝不重复，总是力求创新与出奇。

（陶文鹏）

次韵王定国扬州见寄

清洛思君昼夜流，北归何日片帆收？
未生白发犹堪酒，垂上青云却佐州！
飞雪堆盘脍鱼腹，明珠论斗煮鸡头。
平生行乐亦不恶，岂有竹西歌吹愁？

这首诗当作于宋哲宗元祐二年(1087)，黄庭坚正在汴京为秘书省著作佐郎。王定国是真宗时名相王旦之孙，有才气。苏轼为其诗集作序，黄庭坚为其文集作序，可见他们关系密切。元丰年间，土定国受苏轼牵连也被贬。元祐初，苏轼还京，荐他为宗正丞，不久又遭指谪，出为扬州通判。他从扬州寄诗给黄庭坚，黄步其韵而成此诗，表达了对朋友的思念与劝慰之情，颇为感人。

古人常以流水为比，表达悠悠不尽的情思，如徐干《室思》："思君如流水，何有穷已时"、李白《沙丘城下寄杜甫》："思君若汶水，浩荡寄南征"、李煜《虞美人》："问君能有几多愁？恰似一江春水向东流"、欧阳修《踏莎行》："离愁渐远渐无穷，迢迢不断如春水"、鱼玄机《江陵愁望寄子安》："忆君心似西江水，日夜东流无歇时"等，例子举不胜举。这首诗第一句也是以流水喻情，而不用"是"、"如"、"若"、"似"等字，径直说是清洛在思君，是昼夜不断的流水向王定国送去绵绵情思，显得更为劲拔。元丰年间，导洛入汴，清洛即清汴。这一句既有喻意又是写实。它表明了诗人是在汴京(今河南开封)，也暗示了王定国就是顺汴水到扬州的。汴水是联结汴京、扬州的纽带，是沟通朋友间信息的渠道，使两人诗歌唱和，息息相通。不仅如此，而且清洛也是王定国北归汴京的水道，所以诗人又写出了第二句，昼夜盼王定国早日归来，补足了思君的内涵。“何日”句见思念之切。王定国刚出任扬州通判，诗人就盼其北归汴京，足见两人友情之深，也表明诗人对朋友遭贬的不满。

在三四句中，诗人对朋友现在的处境表示了关切。劝慰朋友趁白发未生，还可饮酒作乐；遗憾的是刚要直上青云又被外放扬州作副守。吴汝纶说：“‘未生白发’等联，皆痛撰出奇，前无古人，自辟一家蹊径。”(引自《唐宋诗举要》卷六)“犹”、“却”二字，转接有力，意思陡下，含有无限感慨。一句之中语意有变，两句之间也有曲折。两句诗顿挫有力，诚为奇警。

五六句具体写王定国在扬州的生活。鱼腹细切成脍，堆放盘中像飞来的白雪；煮熟的鸡头米，像千万颗晶莹的珍珠。这是倒装句，借两个生动的比喻，特意把“飞雪”、“明珠”放在句首，以引起人们对美好事物的充分联想。美化这种生活，恰好说明实际上有可悲之处。因此可以说与上联意同，只是换了一种写法。

结联更作宽慰语。平生行乐本来不坏，哪有竹西的歌吹反倒惹起愁怀？隋唐以来，扬州一直是商业都会，歌舞繁盛之地。“岂有竹西歌吹愁”是从杜牧“谁知竹西路，歌吹是扬州”(《题扬州禅智寺》)脱胎而来。然而诗人并没幻想王定国会像杜牧那样在“春风十里扬州路”尽情享乐，“行乐亦不恶”的“亦”字有无可奈何的意味。王定国的原诗是以“愁”字作结的(次韵要求依原诗用韵次序)。“岂有”二字耐人寻味。因为愁与扬州的繁华热闹极不和谐，所以诗人希望朋友借歌吹以破愁。效果如何，不得而知。诗结束了，诗人对朋友的思念之情却像长江大河一样无穷无尽。全诗八句如同一句，一气回转而下，其中又多顿挫起伏。

（朱明伦）

次韵柳通叟寄王文通

故人昔有凌云赋，何意陆沉黄绶间？
头白眼花行作吏，儿婚女嫁望还山。
心犹未死杯中物，春不能朱镜里颜。
寄语诸公肯湔祓，割鸡令得近乡关。

山谷常与一些怀才不遇之士结为莫逆之交，在一些赠答诗中展现他们的精神风貌，借以抒发抑郁不平之情。作于元祐二年(1087)的这首七律就是这一类诗，诗寄王文通，显然诗中所写就是他的形象。

"故人昔有凌云赋"一句，借司马相如的故事来写老友的才华横溢。汉武帝读司马相如所作的《大人赋》"飘飘有凌云之气"，见《史记・司马相如传》。但接下来笔锋一转：如此才士，为何沉沦下僚呢？这一句以疑问形式出之，更能表现愤懑之情。它是慨叹，但更是责问，是对执政者的谴责。"陆沉"一词出于《庄子・则阳》："方且与世违，而心不屑与之俱，是陆沉者也。"意思是说：虽在陆地，却如沉于水一般，比喻生活在人世间而实际过着避世的生活。故后人常用来称所谓"市隐"、"吏隐"之类的处世态度，如《史记・东方朔传》云："陆沈于俗，避世金马门。"也兼含沉晦埋没之意。"黄绶"是黄色的印绶，低级官吏的标志。这一句既写出了人才的遭受埋没，也是暗写友人的亦官亦隐。此联将高才与不遇相对比，一是“凌云”，一是“陆沉”，确有转折跌宕之势，故方东树评为：“起叙事往复顿挫”（《昭昧詹言》）。

中间二联对“陆沉黄绶”加以生发。“头白眼花”本应是儿孙绕膝、安度余年的时候，如今却还要奔走仕途。待到“儿婚女嫁”之后，才可望挂冠归去，终老家山。“儿婚女嫁”用《后汉书·逸民列传》中向子平的典故，写友人的为官，实是迫于生计，非其本愿，见出他不慕荣利的品格。“心犹未死杯中物”，饮酒的豪兴尚不减当年，但“春不能朱镜里颜”，春天能使万物复苏，但不能恢复他青春的红颜。（朱，这里作动词用。）豪兴犹在，盛年不再，颈联又是一个转跌，在豪放旷达中含无限感慨。即以“心犹未死”一句而论，貌似放达，内里却有种种牢骚抑郁。

尾联则为友人向执政诸公吁请，希望他们从中斡旋，让他能在近乡之处做一个地方官。“湔祓”一词为山谷所常用，源出《战国策·楚策》：“今仆之不肖，……沈洿鄙俗之日久矣，君独无意湔祓仆也，使得为君高鸣屈于梁乎？”亦作“翦拂”，见刘孝标《广绝交论》“剪拂使其长鸣”。原意是拂除旧恶，后多用作荐拔之意。“割鸡”用作治理一县的代称，出《论语·阳货》。孔子到了子游作县宰的武城，“闻弦歌之声。夫子莞尔而笑曰：‘割鸡焉用牛刀？’”“肯”即“肯不肯”，出语宛转，但仍包含怨愤不平之意。“割鸡”则呼应首联的才高位卑，见出诗人组织的绵密。

描写怀才不遇之士是山谷诗的一个重要主题。山谷入仕之后，强烈地不满现实政治，尤其对那班暴发的新贵投以蔑视，而对被埋没的才识之士则倾心相交，视为知音。在山谷诗中，这一对比十分鲜明，如：“金张席贵宠，奴隶乘朱轩。丈夫例寒饿，万世无后先”（《圣柬将寓于卫，行乞食于齐，有可怜之色，再次韵感春五首赠之》）；“我官尘土间，强折腰不曲。饱饭逐人行，君来方拭目”(《送陈季常归洛》)；“不堪市井逐乾没，且愿朋旧相追攀”(《再次韵呈明略并寄无咎》)等。正因为山谷与他们遭际相似，品格相类，同声相应，同气相求，所以描写其形象也就分外真切。诗中人物的贫贱自守、兀傲奇崛、放旷不羁、愤世嫉俗，又何尝不是山谷的自我写照？诗人为其坎坷遭遇大鸣不平，抗议世道的不公，实是借他人之酒杯，浇自己之块垒。此诗作于元祐二年(1087)，正值旧党执政，山谷入京调任史官，但他并未感到春风得意，而是对激烈的党争十分反感。当时不仅新旧两党斗争剧烈，而且旧党内部也各立门户，党同伐异，所以他呼吁消弥党争、重用人材。这首诗正是反映了他内心的不平之气。

山谷多以长篇古体描写人物形象，但以短章勾勒，同样生动传神，本诗即是一例。它像一幅写意人物画，笔触简练，风格奇拗。作为律诗，本诗无论在风格还是在语言上，都显出山谷的独创性。传统的七律，讲究以景传情，追求流利圆转。山谷则着重在律诗中正面刻画人物的精神境界，所以他的律诗颇多不借景抒情，而是直抒胸臆，意在矫写景的柔弱。这一特色多表现在中间二联的组织上，他一反中二联俪青配白、装点景物的传统，以拗硬之笔，写奇崛之态。如本诗颔联以“头白眼花”对“儿婚女嫁”，在上下相对中，每句又自成对偶，有着往复回环的效果。颈联却奇峰突起，以不合正常节奏的散文句式构成对偶，原来每句前半部分双音节的两个音步变成了“一——三——三”的节奏，这样就成为：“心——犹未死——杯中物，春——不能朱——镜里颜。”读来拗崛顿挫，生动地传达出牢骚不平的情怀。这种奇句拗调，确是前人少有的，可谓力盘硬语，戛戛独造，不是大手笔、大功力，是绝难达到这一境界的。

(黄宝华)

次韵幾复和答所寄

海南海北梦不到，会合乃非人力能！
地褊未堪长袖舞，夜寒空对短檠灯。
相看鬓发时窥镜，曾共诗书更曲肱。
作个生涯终未是，故山松长到天藤。

据《黄山谷诗内集》卷八载，山谷旧跋此诗曰："丁卯岁幾复至吏部改官，追和予乙丑在德平所寄诗也。"则此诗写于哲宗元祐二年(1087)。从《寄黄幾复》到这首诗，两年过去了，生活发生了很大变化。山谷由德平调汴京，在秘书省任著作佐郎，幾复亦来京，阔别十余年的老朋友终于见面了！

两个人天南海北，相隔万水千山，鸿雁都捎不到信，就连梦中也难会面，可是现在却会面了，而且是在汴京相会。诗人想到了唐朝经历贬谪之后在东都邂逅相逢的韩愈与李础，"离十三年，幸而集处得燕，而举一觞相属，此天也，非人力也"(韩愈《送湖南李正字序》)就化成了这第二句诗。此联用了拗体，挺拔而起，笔力极强；而且化用典故，语如己出；很能体现黄诗特色。

顺着这个情绪写下去，诗人自然想到朋友岭南十年的艰辛与清苦。黄幾复有才有识，"孝友忠信"，"胸次隗磊"，处事多"便民"(均引自黄庭坚《黄幾复墓志铭》)。但却一直在偏僻的岭南小县任地方官，未得一展长才。纵使长袖善舞，在褊狭之地又怎能施展本领？只得寒夜孤灯，空自叹息了。《汉书》应劭注记定王为景帝歌舞称寿，"定王但张袖，小举手，左右笑其拙。

上怪问之,对曰:'臣国小地狭,不足回旋。'"在古人心中,短檠灯是书生苦读的象征。所以韩愈有《短灯檠歌》描写书生"两目眵昏头雪白"的形象。这两句也是妙用典故,自然恰当。

第五句又转到相会之时。两人相对,往事涌上心头。《论语》载孔子说:"饭疏食饮水,曲肱而枕之,乐亦在其中矣。"诗人意谓:当日二人虽然清贫,但是朝夕相处,曲肱饮水,切磋诗书,自有乐趣。而今相对窥镜,各添白发。岁月如流,更见此会之难得。

想到这里,自然引起思乡之情。于是诗人希望这久沉下僚的生涯早日结束。"个"犹"这","个生涯"即"这生涯"。《黄幾复墓志铭》云:"改宣德郎,知永新县。"幾复依然是飘泊南北,而自己也是浪迹他乡。如此生涯,终不是长久之计。于是想到了故乡:古松挺立山颠,直耸天际,老藤盘绕于上。向往之情溢于言表。虽不说归隐,而归隐之情自见。诗写到此,虽戛然而止,却饶有余韵。

严羽说:"对句好可得,结句好难得,发句好尤难得。"(《沧浪诗话·诗法》)这首诗结句好,发句也好。全诗以情为气脉,忽今忽昔,或开或合,亦乐亦苦,有扬有抑,皆由诗人感情起伏而定,显得深沉而苍劲。

(朱明伦)

次韵子瞻以红带寄眉山王宣义

参军但有四立壁,初无临江千木奴。
白头不是折腰具,桐帽棕鞋称老夫。
沧江鸥鹭野心性,阴壑虎豹雄牙须。
鹔鹴作裘初服在,猩血染带邻翁无。

昨来杜鹃劝归去，更待把酒听提壶。
当今人材不乏使，天上二老须人扶。
儿无饱饭尚勤书，妇无複裈且著襦。
社瓮可漉溪可渔，更问黄鸡肥与癯。
林间醉著人伐木，犹梦官下闻追呼。
万钉围腰莫爱渠，富贵安能润黄垆？

这首诗大约作于元祐三年(1088)。题中所称“王宣义”，即苏轼的叔丈人王淮，字庆源。王庆源曾作洪雅主簿、雅州户曹参军，后辞官归里，有书致苏轼求红带。苏轼因之作《遗王庆源诗》。山谷的这首诗即步《遗王庆源诗》之韵而作。任渊注此诗作《次韵子瞻以红带寄王宣义》。

虽然是步韵之作，但山谷并没有随意敷衍成篇。七言二十句，笔墨淋漓，曲折多姿，将一个耿介傲岸之士写得栩栩如生。

前八句从“身外之物”落墨，通过对他的家境、服饰及外貌的描绘，渐次烘托出人物的内在精神面貌。

开头两句“参军但有四立壁，初无临江千木奴”，连用两个典故。前句用司马相如事：“家居徒四壁立”；后句用汉末李衡事。李衡为丹阳太守时，派人在武陵龙阳洲上作宅，种柑千株，临死时对儿子说：“吾州里有千头木奴，不责汝衣食”。山谷将这两个典故信手拈来，写王庆源的家境。值得注意的是，这两个典故虽然都是用来表现人物的清贫淡泊，但在意义上并不重复。前一个典故，是指他辞官归里后，栖身之所唯有四壁颓然而立；后一个典故则补叙他当官时清廉自守，无意置产，点明他归里后生计维艰的原因。两句之间，由“果”及“因”，层次分明；由表及里，显出人物的清高之节。从这里可以看出山谷用典的精细。

【鉴赏】

接下去的"白头不是折腰具"，用陶渊明不肯"为五斗米折腰向乡里小儿"而辞官归隐之典，紧承首句归来"但见四立壁"之意，章法缜密；同时又以"白头"引出下文，转入对人物服饰、外形的描述，承转自然。"白头"而不"折腰"，明白写出人物的傲世之情，随后又补上"桐帽棕鞋称老夫"一句，更见其不衫不履不头巾的狂放独行之态。接着，又用"沧江鸥鹭"来比喻其人的心性，用"阴壑虎豹"的牙须来形容其人长相的清奇。"鸥鹭"一句暗用了《列子·黄帝篇》中"鸥鹭忘机"的典故，写出其人性情的自然闲适。

至此，一个风神潇洒、仪态威严的银须老者形象已经勾画出来了。然而，诗人又运纡回之笔，再次从服饰上点染："鹔鹴作裘初服在，猩血染带邻翁无。"据《西京杂记》，司马相如归成都时，"居贫愁懑，以所著鹔鹴裘就市人阳昌贳酒与文君为欢"。而"初服"一词出自《离骚》："退将复修吾初服"。在"鹔鹴"句中用这两个典故，一是将其人比作司马相如，再次呼应首句；二是赞美其隐退而修高洁之志。"猩血染带"句暗点苏轼寄红带之意。值得注意的是，"鹔鹴"是传说中的西方神鸟，而古人又认为"猩血"染物，"色鲜不黯"，均是神奇之物。山谷显然是借写物之罕见而叹其人之难得。

开头这八句虽然都是刻画其人的形象，但前四句言朴意质；后四句却采用比喻、夸张手法，还带一点奇幻色彩。如此行笔，更见出山谷对其人的推崇、向往之情。

试想，如此一个心胸闲散、傲骨铮铮的人物，怎能混迹于官场中呢？诗人用"昨来杜鹃劝归去"一句，将往事便捷利落地一笔带过，七字之中运用了杜鹃啼血唤归及陶渊明赋《归去来》的典故，包含着其人出仕、辞官、归隐的生活经历，可谓言简意赅。接着写道："更待把酒听提壶"，开出一派新气象：如今归隐山林，把酒独酌，静听鸟儿啼鸣，何其悠然自在！在这短短的两句中，显示了作者谋篇布局的匠心和调动时空的魄力。本来前八句是叙归里后的情景，而一句"昨来"，将人忽地引向过去；紧接着一句"更待"，又将人的视线牵向现实，一挽一纵，收束前意，开启下文。运笔遒劲自如，大有动荡开合的气势。

从诗势上看，这十句之间可称得上一波三折。开头两句中，一个“但有”，一个“初无”，一往一复，已是笔底波澜。而且这两句起势突兀，有开门见山之妙，随后笔锋一提，另开一端，跌宕之间，自见波折。前四句采用散体句式，后四句却对仗工整，音节铿锵，形成由缓而疾的流动之势。“昨来”二句却又猛地顿住，闪出悠扬之韵。

接续上文的闲淡语，又作轻快语：“当今人材不乏使，天上二老须人扶。”“天上二老”指当时主持朝政的旧党领袖文彦博、吕公著。山谷虽然称赞王安石是“一世之伟人也”（《跋王荆公禅简》），但在政治上是属于旧党一派的。元祐初年，旧党东山再起，力废新法，山谷也在这一时期主持编写《神宗实录》。这是他一生中政治上最为得意的时期。因此他宽慰王庆源说：当今人材济济，文、吕二公主持朝政，尽可归隐于林泉之间。

下面六句尽情描绘归隐的情趣。“儿无饱饭尚勤书，妇无複裈且著襦”，写家居清寒，而自得其乐。“妇无”句，用晋人韩伯少时贫困、其母为之缝制寒衣，只能先作“襦”（短夹袄）而无法作“複裈”（能套棉絮的夹裤）的典故。这两句造句古拙而有野趣。“社瓮”二句写他渔樵山林之乐。前一句“社瓮可漉溪可渔”，两个“可”字，写足了心满意足之态；后一句化用李白《南陵别儿童入京诗》中的“黄鸡啄黍秋正肥”句。李白此句是叙事，而山谷着一“问”字，则见出其人的洒脱神情，野趣横生。“林间”二句，更是神来之笔。山谷写其人携酒独游、醉卧林间，朦胧中仿佛听到“追呼”之声，醒来方知是伐木喧噪。言语之间，使人意会到，隐居林下，官场的争斗、尘世的喧嚣都远远退去了，回忆往事，竟然像是一场梦。这两句出语闲淡、情致悠远，似有无限感慨。

最后，作惊叹之语：“万钉围腰莫爱渠，富贵安能润黄垆？”万钉宝带，意

【原文】

味着高官厚禄，其人并不爱慕。“黄垆”即黄泉之土，《列子·杨朱篇》曰：“馀名岂足润枯骨”，山谷稍加点化。言外之意是，能像这样啸傲于林泉之下，便足以快慰平生，功名富贵有什么用呢？末句“安能”一问，令人起无穷之思。

这首诗很有特点。首先是擅长用典。山谷素来主张“诗词高胜，要从学问中来”。而要显示学问，很重要的一个方法就是用典。这首诗几乎句句用典，有的寄意颇深。但由于山谷精于选择、提炼、点化，读起来还是流畅自然。像“四立壁”、“折腰”、“鸥鹭”等，均有炼意传神之妙。其次，此诗虽用典颇多，但又时见古拙之语，如“桐帽棕鞋称老夫”、“儿无饱饭尚勤书，妇无複裈且著襦”等，使通篇笔墨典重而不失其灵动，具有雅俗妙合之趣。从音律上看，全篇一韵到底，音节安闲和平，颇有雍容气度。山谷为了弥补一韵到底而造成的平板之失，在二十句中夹入四句对仗工整的诗句，以句式的变化来协调音节。

不过，能在章法严谨中见错综变化之妙，是这篇七言古诗使人传诵不绝的主要原因。全章以其人归故里开篇，处处照应此意，将林泉之士的心性气格写得神完气足。而苏轼寄红带之旨，也在诗中以“猩血染带邻翁无”、“万钉围腰莫爱渠”暗暗点出，写人写事，照应得很巧妙。通篇笔墨纵横，情思曲折而跌宕，放得开、收得拢，开合自然，全不费力，没有深厚的艺术功力是很难做到的。

（韦凤娟）

听宋宗儒摘[①]阮歌

翰林尚书宋公子，文采风流今尚尔。

自疑耆域是前身，囊中探丸起人死。
貌如千岁枯松枝，落魄酒中无定止。
得钱百万送酒家，一笑不问今余几。
手挥琵琶送飞鸿，促弦聒醉惊客起：
寒虫催织月笼秋，独雁叫群天拍水；
楚国羁臣放十年，汉宫佳人嫁千里；
深闺洞房语恩怨，紫燕黄鹂韵桃李；
楚狂行歌惊市人，渔父拏[②]舟在葭苇。
问君枯木著朱绳，何能道人意中事？
君言此物传数姓，玄壁庚庚[③]有横理。
闭门三月传国工[④]，身今亲见阮仲容。
我有江南一丘壑，安得与君醉其中，
曲肱听君写松风。

〔注〕 ① 摘(tì 替)：弹奏。 ② 拏(ráo 饶)：通“桡”，本指船桨，这里是以桨划船。葭苇：芦苇。 ③ 庚庚：横貌。 ④ 国工：指教场的乐工。

宋宗儒，生平不详。阮，即阮咸，一种形似琵琶的乐器，相传为西晋著名音乐家、文学家阮咸（字仲容）所创制。

从内容着眼，这首诗可分四段。

开头八句为第一段。其中：一二句叙宗儒家世，以“文采风流”写其深厚的家学基础，进而暗示他从小就得到很好的艺术熏陶；三四句用神僧耆域作比，以起死回生喻技艺绝妙；五六句写宋宗儒的形貌和生活；七八句写他的性格，展示出他潇洒不羁的艺术家风度。这一段为描写摘阮作准备，

【鉴赏】

恰似音乐中的序曲。八句中又每两句一义，正如四条涓涓细流，为第二段中滚滚的音乐浪潮汇聚了充足的水源。“翰林尚书宋公子”：宋祁修《唐书》成，迁左丞，进工部尚书，拜翰林学士承旨。宗儒当是宋祁的后代。耆域，人名。《高僧传》记载：“耆域，天竺人……汝南滕永文两脚挛屈不能起行。域取净水一杯，杨柳一枝，拂水举手向永文而咒。如此者三。因以手搦永文膝令起，即行如故。”故事中无“囊中探丸”，黄庭坚改造用之，更能够显示耆域的不凡身手，以及宋宗儒的超群技艺。

“手挥”到“葭苇”为第二段，是描写摘阮的重点段落，在全诗中的地位与作用，正象一支乐曲中的主题乐章。“手挥琵琶送飞鸿”，用嵇康《赠秀才入军》：“目送归鸿，手挥五弦。”在第二段中，“手挥”两句独成一节，以对演奏者和听众两方面的描写，引出大规模的音乐场面。分而言之：上句写宗儒，“手挥琵琶”是动作，“送飞鸿”是精神状态；下句写听众，“聒”，指用声音扰乱人。写客曰“醉”，不但应第一段的“酒中”、“酒家”，使主客协调，而且用“醉”者尚被“聒”起，反衬音乐的强烈效果。“寒虫”以下八句具体描写阮乐。“催织”即促织。“寒虫”两句以虫禽之声取喻，写乐声辽远清幽，有海阔天空之感。“楚国羁臣”指屈原。“汉宫佳人”指王昭君，据说她出塞时曾携带琵琶，马上弹奏。这两句用历史上两个去国怀乡、忧谗畏讥的人物作比，仿佛使人听到阮咸上奏出的凄凉哀婉、生离死别的曲调。以下曲调有了变化：“深闺洞房语恩怨”传达的是最和谐、最深情的人间之声；“紫燕黄鹂韵桃李”表现的是最优美的环境中产生的最动人的自然之声，都是无限悦耳宜人的轻快节奏。琴曲有《沉湘》、《昭君》二曲，分别写屈原、王昭君之事。又，韩愈《听颖师弹琴》：“昵昵儿女语，恩怨相尔汝。”白居易《琵琶行》：“间关莺语花底滑。”“楚国”以下四句从字面上看乃是对阮咸乐的直接描写，已十分逼真、生动；可是在字面的背后，作者又暗暗套用琴曲名和韩愈、白居易咏写音乐的名句，更容易把读者带入优美的音乐境界。诗句写到这么圆熟的地步，是难能可贵的。"楚狂行歌惊市人"用《论语·微子》："楚狂接舆歌而过孔子，曰：'凤兮凤兮，何德之衰！往者不可谏，来者犹可追。已而！已而！今之从政者殆而！'""渔父挐舟在葭苇"用《庄子·渔父》渔父"杖挐而引其船，……刺船而去，延缘苇间。颜渊还车，子路授绥。孔子不顾，待水波定，不闻挐音，而后敢乘。"这两句咏写阮咸振聩发聋的铿锵镗锴之声，是全曲激越高亢的结尾。

"问君"至"横理"为第三段，主要结构由一问一答组成。问句中"枯木著朱绳"用抑法，极言阮咸之貌不惊人；"道人意中事"用扬法，极言宗儒用它奏出了神异的乐曲——抑扬之间自然出现一大段空白，回答的三句，就是填补这段空白的。"传数姓"与"玄璧庚庚有横理"从这支阮咸的历史、构造写其不同寻常，使"枯木著朱绳"和"道人意中事"间的距离大大缩短。

"闭门"至篇末为第四段。诗人又用"闭门三月传国工"补足了宗儒摘阮的全部奥妙：精美的乐器加上演奏者超群的功力。"身今亲见阮仲容"总提，因为作者确信"枯木"、"朱绳"真的出了奇迹，所以传染给读者的感情当然是高度的肯定和赞美。"阮仲容"，又从乐器的阮咸想到音乐大师的阮咸，因而进一步用阮仲容的音乐造诣指称宋宗儒，这是十分自然又十分巧妙的。这一段没有再写演奏，但却与演奏密切相关，好像是乐章中的尾声——这首诗描写音乐，结构上便有意仿照乐曲的组织法，使形式与内容达到了高度统一，这是很有意思的。其中"江南"、"丘壑"、"醉"、"曲肱"、"松风"等等，看似随手拈来，实际上是照应首段对宋宗儒生活和性格的描写，暗示他到了那里将会有更相宜的环境，因而阮咸的演技也将达到新的境地。"松风"既系实指，又双关琴曲《松入风》，含义更深远。用这样的段落结尾，一方面更加渲染了本次摘阮的音乐效果，一方面又对下次演奏提出了新的要求，可见黄庭坚追求章法布局的奇崛新巧。

用文字来表现音乐是极不容易的。然而黄庭坚用有形的文字成功地记录了无形的音乐,而且以他敏锐精细的分辨力、入木三分的表现才能,再现了不同于其他乐器的阮咸的特殊风格。朱承爵《存余堂诗话》说:"苕溪渔隐评昔贤听琴、阮、琵琶、筝诸诗,大率一律,初无的句,互可移用。余谓不然。……山谷《听摘阮》云:'寒虫促织月笼秋,独雁叫群天拍水;楚国羁臣放十年,汉宫佳人嫁千里'以为听琴,似伤于怨;以为听琵琶,则绝无艳气,自是听摘阮也。"这首诗之所以取得如此巨大的成功,和以下两种方法的采用是分不开的。第一、比喻。音乐是听觉艺术,送入人们感官的音响稍纵即逝,是不可捕捉、无法停留的。诗是语言艺术,用文字写下来的东西却可以让万里之外、千年之后的人去感知。要在这两种艺术之间架起桥梁,比喻无疑是最有效的方法之一。也就是说,用能够凭文字记下来的、可以引起他人联想的事物,来唤起读者的想象,就会促成读者对并未听到过的音乐的体验。黄庭坚此诗的中间八句接连使用比喻,正是借助人们熟知的声音、感情、韵味、风调来完成由视觉到听觉的过渡的。第二、烘托与反衬。此诗开头八句从多方面酝酿感情,在进入第二段以前已为诗篇创造了浓郁的气氛,读者也被带进了音乐世界。篇末九句,又采取种种手段,不断巩固和发展已经在读者头脑中留下的音响效果。这些地方虽然不是正面描写摘阮,但由于它们的烘托与反衬,中间十句的描写才更自然、更有力。

(李济阻)

题子瞻枯木

折冲儒墨阵堂堂,书入颜杨鸿雁行。

胸中元自有丘壑,故作老木蟠风霜。

元祐三年(1088),庭坚在史局任著作佐郎。春天,苏轼知贡举(主管考试),庭坚做他的属官。苏轼这年曾在酺池寺壁画了小山枯木,庭坚作《题子瞻寺壁小山枯木》诗,苏轼又作枯木,庭坚题了这首诗。

任渊注:"第一句元作'文章日月与争光',后改焉。"为什么改?可能是因为"文章日月与争光"指苏轼是大作家,与《题子瞻寺壁小山枯木》之二"海内文章非画师"指苏轼是大作家,意思有些重复,所以改了。开头说:"折冲儒墨阵堂堂",折冲,本义是折坏敌方的战车,即打退敌人的进攻,这里是斟酌调停的意思。说苏轼用堂堂之阵来平息儒墨之争,学术不偏激,能得其平。"书入颜杨鸿雁行",苏轼的书法可跟唐朝颜真卿和后周的杨凝式相比。《晋书·王羲之传》:"我书比钟繇当抗行,比张芝草书犹当雁行也。"雁飞成行,指并列。这里不是说苏轼的书法象颜真卿、杨凝式,而是说他和颜杨两家一样是当时第一流的书法家。

后两句说,"胸中元自有丘壑,故作老木蟠风霜。"任渊注:"此两句元作'笔端放浪有江海,临深枯木饱风霜。'"为什么改?因为他的《题子瞻寺壁小山枯木》之一说:"白发千丈濯沧浪。""濯沧浪"跟"有江海"意思相近,所以改了。《世说新语·品藻》:"明帝问谢鲲:'君自谓何如庾亮?'答曰:'端委庙堂,使百官准则,臣不如亮;一丘一壑,自谓过之。'"这里指苏轼胸中原来有一种高尚的境界,所以画出老树蟠曲,迎接风霜。这里有以画喻人的意思。老树经过多年风霜的打击,造成蟠曲,正与苏轼历经政敌攻击而其节愈劲相似。这幅枯木,是他胸中的郁结自然吐露的。跟凡庸之辈不同,所以落笔作画,自有"老木蟠风霜"之态。至于称赞书法,当是画上有题字的原故。这首诗的构思特点是,不光写"老木蟠风霜",还写出了苏轼的为人,写出了他的"折冲儒墨",写出了他的"胸中丘壑"。

(周振甫)

【原文】

题竹石牧牛 并引

子瞻画丛竹怪石，伯时增前坡牧儿骑牛，甚有意态。戏咏。

野次小峥嵘，幽篁相倚绿。
阿童三尺棰，御此老觳觫。
石吾甚爱之，勿遣牛砺角！
牛砺角犹可，牛斗残我竹。

宋代绘画艺术特别繁荣，题画诗也很发达，苏轼、黄庭坚都是这类诗作的能手。本篇为苏轼、李公麟（字伯时）合作的竹石牧牛图题咏，但不限于画面意象情趣的渲染，而是借题发挥，凭空翻出一段感想议论，在题画诗中别具一格。

诗分前后两个层次。前面四句是对画本身的描绘：郊野间有块小小的怪石，翠绿的幽竹紧挨着它生长。牧牛娃手执三尺长的鞭子，驾驭着这头龙钟的老牛。四句诗分咏石、竹、牧童、牛四件物象，合组成完整的画面。由于使用的文字不多，诗人难以对咏写的物象作充分的描述，但仍然注意到对它们的外形特征作简要的刻画。“峥嵘”本用以形容山的高峻，这里拿来指称石头，就把画中怪石嶙峋特立的状貌显示出来了。“篁”是丛生的竹子，前面着一“幽”字写它的气韵，后面着一“绿”字写它的色彩，形象也很鲜明。牧童虽未加任何修饰语，而称之为“阿童”，稚气可掬；点明他手中的鞭子，动态亦可想见。尤其是以“觳觫”一词代牛，更为传神。按《孟子·梁惠王》：“王曰：舍之，吾不忍其觳觫，若无罪而就死地。”这是以“觳觫”来形容牛的恐惧颤抖的样子。画中的老牛虽不必因恐惧而发颤,但老而筋力疲惫,在鞭子催赶下不免步履蹒跚,于是也就给人以觳觫的印象了。画面是静态的,它不能直接画出牛的觳觫,诗人则根据画中老牛龙钟的意态,凭想象拈出"觳觫"二字,确是神来之笔。诗中描写四个物象,又并不是孤立处理的。石与竹之间着一"倚"字,不仅写出它们的相邻相靠,还反映出一种亲密无间的情趣。牧童与老牛间着一"御"字,则牧童逍遥徜徉的意态,亦恍然如见。四个物象分成前后两组,而在传达宁静和谐的田园生活气息上,又配合呼应,共同构成了画的整体。能用寥寥二十字,写得这样形神毕具,即使作为单独的题画诗,也应该说是很出色的。

但是,诗篇的重心还在于后面四句由看画生发出来的感想:这石头我很喜爱,请不要叫牛在上面磨角!牛磨角还罢了,牛要是斗起来,那可要残损我的竹子。这段感想又可以分作两层:"勿遣牛砺角"是一层,"牛斗残我竹"另是一层,它们之间有着递进的关系。关于这四句诗,前人有指责其"何其厚于竹而薄于石"的(见陈衍《石遗室诗话》),其实并没有评到点子上。应该说,作者对于石与竹是同样爱惜的,不过因为砺角对石头磨损较少,而牛斗对竹子的伤残更多,所以作了轻重的区分。更重要的是,石与竹在诗人心目中都代表着他所向往的田园生活,磨损石头和伤残竹子则是对这种宁静和谐生活的破坏,为此他要着力强调表示痛惜,而采用递进的陈述方式,正足以体现他的反复叮咛,情意殷切。

说到这里,不免要触及诗篇的讽喻问题。诗中这段感想议论,除了表现作者对大自然的爱好和破坏自然美的痛心外,是否另有所讽呢?大家知道,黄庭坚所处的北宋后期,是统治阶级内部党争十分激烈的时代。由王安石变法引起的新旧党争,在神宗时就已展开。哲宗元祐年间,新党暂时失势,旧党上台,很快又分裂为洛、蜀、朔三个集团,互相争斗。至绍圣间,新党再度执政,对旧党分子全面打击。统治阶级内部的这种哄争,初期还带有一定的政治原则性，愈到后来就愈演变为无原则的派系倾轧，严重削弱了宋王朝的统治力量。黄庭坚本人虽也不免受到朋党的牵累，但他头脑还比较清醒，能够看到宗派之争的危害性。诗篇以牛的砺角和争斗为诫，以平和安谧的田园风光相尚，不能说其中不包含深意。

综上所述，这首诗从画中的竹石牧牛，联想到生活里的牛砺角和牛斗，再以之寄寓自己对现实政治的观感，而一切托之于“戏咏”，在构思上很有曲致，也很有深度。宁静的田园风光与烦嚣的官场角逐，构成鲜明的对比。通篇不用典故，不加藻饰，以及散文化拗体句式（如“石吾甚爱之”的上一下四，“牛砺角犹可”的上三下二）的使用，给全诗增添了古朴的风味。后四句的格调，前人认为是摹仿李白《独漉篇》的“独漉水中泥，水浊不见月；不见月尚可，水深行人没”（《陵阳先生室中语》引韩驹语），但只是吸取了它的形式，词意却翻新了，不仅不足为病，还可看出诗人在推陈出新上所下的工夫。

（陈伯海）

寺斋睡起二首[1]

小黠大痴螳捕蝉，有余不足夔怜蚿。
退食归来北窗梦，一江风月趁鱼船。

桃李无言一再风，黄鹂惟见绿匆匆。
人言九事八为律，傥有江船吾欲东。

〔注〕 ① 个别字与诗帖不一致，此据《山谷集》。

元祐四年(1089)春,庭坚在史局任秘书省著作佐郎。任渊注:"后诗云:'桃李无言一再风',盖春时作。又有'人言九事八为律'之句,是时东坡为台谏所攻,求出补外,而山谷亦不容于时,故云。"

第一首开头用了两个比喻:"小黠大痴螳捕蝉,有余不足夔(神话中一足兽)怜蚿(百足虫)。"《庄子·山木》:"庄周睹一异鹊,执弹而留(伺便)之。睹一蝉方得美荫而忘其身,螳螂执翳(以叶自蔽)而搏之,见得而忘其形。异鹊从而利之,见利而忘其真。庄周怵然曰:'噫!物固相类,二类相召也。'捐弹而反走。"蝉得美荫是痴,螳螂要捕蝉,比超蝉来是小黠,但比起异鹊要捕螳螂来,螳螂的捕蝉又成了痴,相比之下,异鹊捕螳螂成了大痴,所以小黠实是大痴。(此语出自韩愈《送穷文》:"驱我令去,小黠大痴。")自以为狡黠去害对方,实际上为另一对方所害成为大痴,另一对方也这样。"有余不足夔怜蚿",《庄子·秋水》:"夔怜蚿,蚿怜蛇,蛇怜风。"夔用一足行动,自以为有余,可怜蚿的多足无用,这个怜是可怜。蚿以多足行,自以为不及蛇的无足,蛇又自以为不及风的无形,这两个怜是企羡。看来这个"怜"字兼有这两义,在自以为有余,即可怜对方;在自以为不足,即企羡对方。正说明智愚的相角逐。任渊注:"诗意谓巧诈之相倾,智愚之相角,与此数虫何异,得失竟安在哉!"相倾相角正指封建社会中的派系斗争。这正同杜甫《缚鸡行》所说的"鸡虫得失无了时,注目寒江倚山阁",把这种相倾相角比作鸡虫得失,不值得关心,还是弃置不顾,注目寒江吧。

下联也是杜诗这个意思,"退食归来北窗梦,一江风月趁鱼船。"《诗·召南·羔羊》:"自公退食。"原指从公家减膳,指节约。这里借指从公家下来进食。陶渊明《与子俨等疏》:"五、六月中,北窗下卧,遇凉风暂至,自谓是羲皇上人。"这里指在北窗下卧,梦见趁着渔船,领略一江风月。即抛开鸡虫得失的相倾相角,注目于一江风月。

【鉴赏】

第二首:“桃李无言一再风,黄鹂惟见绿匆匆。”《汉书·李广传赞》:“桃李不言,下自成蹊。”指桃李结果,人家多来采摘,因此树下成路。这里指桃李花。任渊注:“桃李(花)一再经风,无复颜色,红紫事退,遽成绿阴。意谓卒卒(猝猝)京尘中,未尝得细见春物也。”绿匆匆,很快地成了绿阴。“人言九事八为律,倘有江船吾欲东。”任渊注:“《汉书·主父偃传》曰:‘所言九事,其八为律。’又《韩信传》:‘高祖曰:吾亦欲东耳,安能郁郁久居此乎?’此皆借用谓世途狭隘,动触法令,宁自放于江海也。”

这两首诗在构思上各有特点。第一首举了两个比喻,以“螳捕蝉”比“小黠大痴”,以“夔怜蚿”比“有余不足”。但它不是简单的比,有辩证意味。再说,这两个比喻又别有寓意,这些寓意又在表面意义之外。像“巧诈之相倾,智愚之相角”,这是言语以外的含意,这就显出构思的深沉。接下来讲“北窗梦”,梦见“一江风月”。这个梦境跟上文两个比喻无关,跟两个比喻的寓意也无关,是抛开两个比喻的梦境。这种抛开的含意又在“北窗梦”里透露。“北窗梦,”从“北窗下卧”,“自谓是羲皇上人”来,含有厌弃当时的政治斗争之意,这就同上文两个比喻的寓意相关了。抛开这种政治斗争生活,才有“一江风月”的境界。这里不说“北窗卧”,却说“北窗梦”,又加上一个“趁鱼船”,因为在寺斋北窗下卧,是看不见“一江风月”的,所以加上“梦”字,点明是梦境。加上在梦中“趁鱼船”,才能尽量领略“一江风月”。

第二首的构思也有特色。不说桃李花飞,却说“桃李无言”,用拟人化写法。不说绿叶成阴,却说“绿匆匆”,极言成阴之快。不从作者眼中看出,却从黄鹂眼中看出。这样说就避免了前人说过的话,别出新境。这里的“桃李无言”是从“桃李不言”来的,又稍加变化。“人言九事八为律”,从“所言九事,其八为律”来,在诗语中大量化用经史中的语言是黄诗的一个特点。结语“吾欲东”,从“人言”句来,正由于人言,所以想离开朝廷。元祐三年(1088),杨康国、赵挺之、王觌论苏轼试馆职廖正一策题发问不当,攻击不已(见施宿《东坡先生年谱》)。苏轼因而屡次请求放外郡。他又侍哲宗读祖宗宝训,论及各种时弊,为当权大臣所恨。元祐四年三月,就被外放知杭州(同上)。庭坚因亦有求去的意思。这首诗上句两说桃李花落尽,绿叶成阴,与下两句因人言而吾欲东,两者似无联系。但上用"桃李无言"与下用"人言"相对,又似有关。元祐四年,苏轼上疏:"闻班列中纷然言近日台官论奏臣罪状甚多,而陛下曲庇,不肯降出,故许臣外补。伏望圣慈将台谏官章疏降付有司,令尽理根治,依法施行"(同上)。"人言"指台谏的攻击,"桃李无言"似与苏轼对攻击的不自辩有关。"九事八为律"似指执政者多听从这些谰言,所以苏轼去而他也不想留了。

(周振甫)

北 窗

生物趋功日夜流,园林才夏麦先秋。
绿阴黄鸟北窗簟,付与来禽安石榴。

季节转换之际,自然界一些事物的变化,往往特别引人注意。黄庭坚这首描写初夏景色的小诗,用意精深而下语平淡,读来颇耐人寻味。这首七绝可能作于宋哲宗元祐四年(1089),当时黄庭坚在汴京(今河南开封)任著作佐郎,参与编修《神宗实录》。诗中所写为诗人在寓所北窗下之所见所闻。

第一句"生物趋功日夜流",说的是自然界的普遍规律。植物的开花、结果,动物的成长、繁衍,仿佛都有各自的追求目的,像长江大河,日夜奔流不息。这是不以人的意志为转移的。这句诗起得突兀,像一篇文章的总论。

【鉴赏】

以下三句进入具体描写。第二句“园林才夏麦先秋”，写自然界各种生物的变化、发展在某一时期又有各自的特点，有盛有衰。眼前正是初夏时节，园林中花木茂盛、郁郁葱葱，一片生机，而麦子却已黄熟，有待收获的时候了。“秋”字有两种含义，一指节候，一指收获，一般植物秋天成熟，叫做收秋，而麦子是在夏天收成的，所谓“孟夏麦秋至”（《礼记·月令》）。诗中一个“才”，一个“先”，生动地写出了生物代谢变化中的差异，其中包含着诗人的一番感慨：自然界是如此，人世间何尝不然！

三四两句，更进一步借窗外景色，抒发感受。诗人靠在铺着竹席的床上，悠闲地听窗外绿树阴中黄鸟（黄鹂）在婉转地啼鸣。陶渊明曾说，“见树木交荫，时鸟变声，亦复欢然有喜。尝言五、六月中北窗下卧，遇凉风暂至，自谓是羲皇上人。”（《与子俨等疏》）“绿阴黄鸟北窗簟”，既是实写眼前之景，也是概括陶文之意，以凝炼的笔墨写出诗人对陶渊明为人的向往。最后一句“付与来禽安石榴”，看似平淡，却曲折地写出诗人深沉的寄托。“来禽”，就是林檎，俗称花红；“安石榴”，略称石榴，因系张骞从西域安息带回，所以叫安石榴。这两种果木都是初夏开花。为《山谷诗集》作注的任渊说：“末句盖有所寄，言物化用事于一时，姑听其自然耳。”元祐四年四月，黄庭坚的知己苏轼，由于朋党之争不容于当权者，曾多次乞求放外郡，这时，苏轼以龙图阁学士知杭州。从此黄庭坚失去了一个多年来朝夕相处、诗酒倡和的伴侣，心里极不舒畅。但他生性又很达观，相信这种状况迟早会有所变化，那么目前且听其自然吧，好像现在窗外来禽、安石榴花开正艳，过些时日还不是为别的花所代替？诗中“付与”二字，细致入微地刻画了这种复杂、矛盾的心情。黄庭坚的诗一般写得生硬奇崛，但这一首却显得自然清新，寓哲理于形象之中，读来意味深长。

（史　乘）

和答元明黔南赠别

万里相看忘逆旅，三声清泪落离觞。
朝云往日攀天梦，夜雨何时对榻凉？
急雪脊令相并影，惊风鸿雁不成行。
归舟天际常回首，从此频书慰断肠。

山谷与兄弟，手足情深。他在绍圣二年(1095)因所谓“修史失实”之罪被贬涪州别驾、黔州安置。黔州地当今四川彭水、黔江一带。这时，山谷的长兄黄大临(字元明)亲自陪同他跋山涉水，送他到达贬所。山谷的《书萍乡县厅壁》就曾述及此事：“初元明自陈留出尉氏、许昌，渡汉沔，略江陵，上夔峡，过一百八盘，涉四十八渡，送余安置于摩围山之下。淹留数月，不忍别，士大夫共慰勉之，乃肯行，掩泪握手，为万里无相见期之别。”这首诗写的就是他们兄弟分手时，难分难舍的惜别之情。黄元明在六月十二日离黔州，此诗作于是年之冬，当是追和。

全诗感情深笃，首联即正面写离别的哀痛，掀起感情的波澜。在离家万里的边远之地，兄弟相对，情深谊长，似乎忘记了是谪居异乡，暂寓逆旅。但是无情的现实是离别在即，归途迢递，兄弟将天各一方。古乐府《巴东三峡歌》唱道：“巴东三峡巫峡长，猿鸣三声泪沾裳。”自然界动物的哀啼悲鸣陡然使他从幻想中清醒过来，于是点点清泪洒落在离别时的酒杯中。首联感情的跌宕起伏很大，给人以强烈的感染。

颔联写抱负落空，但求将来能兄弟相伴，晤言一室之内，长享天伦之乐。“朝云”用宋玉《高唐赋序》所述之事：楚怀王尝游高唐，梦见一女曰：

【鉴赏】

“妾在巫山之阳,高丘之阻,旦为朝云,暮为行雨,朝朝暮暮,阳台之下。”此句写当日与元明同过巫峡时,想起了楚王梦见神女的故事,同时也隐寓自己往日的抱负,只如登天之梦,已经破灭。“攀天”,在山谷的诗文中常用来指登上朝廷、施展宏图的意思,他还常常慨叹邪佞当道,要攀天登庸,阻力重重,如《代书》云:“屈指推日星,许身上云霞。安知九天关,虎豹守夜叉。”《送少章从翰林苏公余杭》云:“欲攀天关守九虎,但有笔力回万牛。”这一比喻又是来自屈原的“楚辞”,如《离骚》中说:“吾令帝阍开关兮,倚阊阖而望予。”《惜诵》云:“昔余梦登天兮,魂中道而无杭。”《招魂》云:“魂兮归来!君无上天些!虎豹九关,啄害下人些。”“夜雨”句则是用韦应物与苏东坡的诗意,感叹什么时候兄弟能长聚相伴,对榻话旧。韦应物《示全真元长》诗云:“宁知风雪夜,复此对床眠。”后经白居易沿用,“风雪”又化为“风雨”,其《雨中招张司业宿》诗云:“能来同宿否,听雨对床眠?”苏轼兄弟极喜此句,他们早年同读韦应物此诗,“恻然感之,乃相约早退,为闲居之乐”(苏辙:《逍遥堂会宿诗序》),所以他们的诗中常常咏及“对床夜语”,用以指摆脱了官场的束缚后,兄弟之间亲切温馨、自由自在的生活,如东坡“寒灯相对记畴昔,夜雨何时听萧瑟?”(《辛丑十一月十九日既与子由别于郑州西门之外,马上赋诗一篇寄之》)此句即为山谷所本。“凉”又是暗用陶渊明“五、六月中,北窗下卧,遇凉风暂至,自谓是羲皇上人”的意思(《与子俨等疏》),形容归隐后的逍遥自得。山谷在这里与长兄以退隐相约,表达了他在政治上遭受挫折而失望后,想在隐逸与天伦之乐中寻找慰藉的思想。

颈联既是写景,又是比兴,进一步申足兄弟之情。出句写大雪纷飞中,但见脊令鸟相互依傍,同时也是喻兄弟患难与共。《诗经·小雅·常棣》云:“脊令在原,兄弟急难。”对句则写惊风中,大雁离散失群,飞不成行。“雁行”也是切兄弟之意,《礼记·王制》曰:“父之齿随行,兄之齿雁行。”就写景而言,这一联是赋笔,但赋中有比,同时从睹物兴怀而言,则又是象中有兴。眼前的风雷交加之景无疑使诗人感叹自己境遇的险恶、兄弟的离散，所以雪而曰“急”，风而曰“惊”，正反映了诗人触景所生之情。柳宗元《登柳州城楼寄漳、汀、封、连四州刺史》中所写的“惊风乱飐芙蓉水，密雨斜侵薜荔墙”，无疑为山谷所取法。这一联用典贴切，形象生动，对比鲜明，“脊令并影”既是手足情深的写照，又反衬出兄弟离散的哀伤。

尾联从自身宕开，翻进一层，写兄长在归舟中常常翘首遥望天际，盼望兄弟早日归来。谢朓《之宣城出新林浦向板桥》诗云：“天际识归舟，云中辨江树。”山谷化用谢诗，而在写法上则吸取前人的艺术经验，比单纯写自己的相思来得更深婉蕴藉，更富有情致。如王维的《九月九日忆山东兄弟》，结句从对方落笔，反写兄弟之思己：“遥知兄弟登高处，遍插茱萸少一人。”杜甫《月夜》写“遥怜小儿女，未解忆长安。香雾云鬟湿，清辉玉臂寒”，都是同一机杼。结句作临别时的珍重叮咛之语：从今后可要多多来信，以慰我这天涯断肠人啊！诗人的满腔深情都倾注在这声声嘱咐中了。

这首诗表现出山谷在化用典故成语上的深厚功力。他用典繁富，但经过锻炼熔铸，却显得浑成无迹，真所谓水中着盐，食而方知其味。由于善用故实、点化成语，大大丰富了诗句的内涵，触发了层层的联想，所以这首诗读来令人回味无穷。山谷诗以瘦劲挺拔著称，但这只是问题的一面。由于他宅心忠厚，感情诚挚，所以他的诗作，拗峭中仍不失深婉之致，尤其是师友、兄弟赠答之作，更是情真意切，颇为感人，此诗即是一例。

（黄宝华）

次韵黄斌老所画横竹

酒浇胸次不能平，吐出苍竹岁峥嵘。

【原文】

卧龙偃蹇雷不惊，公与此君俱忘形。
晴窗影落石泓处，松煤浅染饱霜兔。
中安三石使屈蟠，亦恐形全便飞去。

黄庭坚（山谷）贬戎州（今四川宜宾）时，与黄斌老定交，斌老善画竹，画了一幅横竹送山谷，山谷因作此诗。斌老，四川梓潼人，文同的妻侄。文同是北宋的诗人，也是最善画竹的画家，“胸有成竹”就是他的故事。因此，斌老画竹的艺术风格和技巧是授受渊源有自的。而文同与东坡是中表兄弟，关系极好，作为苏门四君子之一的黄山谷到了戎州，便很自然地与在那里作小官的斌老交上了朋友。

黄山谷以修《神宗实录》被章惇、蔡卞一党诬为不实，于绍圣二年（1095）贬黔州，又于元符元年（1098）迁戎州，在戎凡三年。据任渊注，此诗当作于元符元年，正是山谷初到戎州，心情十分苦闷之时。在这几年中，山谷过的是谪居贬斥的生活，而戎州当时十分偏僻，无论生活或文化都谈不上，他把自己的寓所取名“槁木寮”、“死灰庵”，其心情可知。诗的第一句开头就写出“酒浇胸次不能平”，这是借阮籍的故事说明斌老画竹是有所谓而作，是在“酒浇胸次不能平”的心情下画的，同时又是以此自道。当时政局为章惇、蔡京搅乱，二人都很不满。画家本来就有“喜画兰、怒画竹”的说法，因此这句诗既表达了斌老，同时也表达了山谷自己的郁勃不满的心情。

“吐出苍竹岁峥嵘”的“吐”字下得极好，说明这幅横竹写作动机非凡，是把“胸次不能平”的心中块垒呕心沥血吐出来，所以才画得如此头角峥嵘，不同凡响。它在凛冽的岁暮也是高昂挺拔的；它像卧龙一样硬朗，在风雷之下硬着腰身，不为它所惊，不为它所屈。这正象征了他们两人都能顶受住当时的政治旋风，忠于自己的理想。第四句“公与此君俱忘形”，“此君"用的是王徽之的故事,指竹。这句是解释上句"卧龙偃蹇雷不惊"的,为什么竹能不为风雷所惊呢?这是因为斌老作竹把自己的品格、精神全都灌注渗透在自己所画的竹上,与竹融化为一。人有高尚的品格,才画得出高尚的画,这和作诗一样,"诗之等级不同,人到那一等地位,方看得那一等地位人诗出","人高则诗亦高,人俗则诗亦俗"(见徐增《而庵诗话》)。因此这句诗也是双关,既歌颂了斌老艺术胸襟的阔大,也透露出了作者自己的创作思想和他的人品,竹不为雷霆所惊,正如他们处变不惊。下面两句是叙斌老作画的情景,石泓即石砚,在晴明的窗下,斌老用兔毫笔饱蘸松烟墨,画出了这幅幽雅的横竹图,除画了横竹之外,还画了几块石头,让竹子盘根于其上,为什么要这样处理呢?这是考虑到竹子像龙一样夭矫、灵气,如果没有几块石头,把这些像龙一样夭矫的竹子屈蟠起来,它会像张僧繇画的龙一样,有朝一日把眼点了,就会乘雷霆破壁飞去。这样便歌颂了斌老画技的高超。古人多以龙比况竹子,这是用了费长房的故事,见《神仙传・壶公》,壶公以竹杖使长房骑之到家,后弃于葛陂中,视之乃青龙耳。章惇诗:"种竹期龙至,栽桐待凤来",山谷咏竹多爱用此典故,如《从斌老乞苦笋》:"南园苦笋味胜肉,箨龙称冤莫采录",《和师厚栽竹》:"葛化龙陂去,风吹阿阁鸣。"用卧龙去描写横竹是最恰当不过的。

本诗是古体诗,前四句用庚韵和青韵,平声;后四句用御韵和遇韵,仄韵;平仄交替,增强了诗的音节美。山谷诗以炼句著名,像"吐出苍竹岁峥嵘"的"吐"字,"卧龙偃蹇雷不惊"的"偃"字,"晴窗影落石泓处"的"落"字,"松煤浅染饱霜兔"的"饱"字,"中安三石使屈蟠"的"屈"字,都下得异常突兀,使人读起来有挺拔瘦劲之感,末处用三石的屈蟠,怕横竹飞去,尤为隽永有味。

(龙　晦)

【原文】

又答斌老病愈遣闷二首

百疴从中来，悟罢本谁病。
西风将小雨，凉入居士径。
苦竹绕莲塘，自悦鱼鸟性。
红妆倚翠盖，不点禅心净。

风生高竹凉，雨送新荷气。
鱼游悟世网，鸟语入禅味。
一挥四百病，智刃有余地。
病来每厌客，今乃思客至。

这两首诗是山谷在戎州（今四川宜宾市）以佛学观点答斌老病愈遣闷而作。佛学从东汉传入中国，经过长久的吸收融化，形成了具有中国特色的佛学——禅宗。一般文人学士都喜欢学点佛学，并与和尚打交道，韩愈与大颠、苏东坡与佛印都是最著名的例子。山谷生长于江西分宁，正是杨岐、黄龙两派佛学盛行之地，他也不例外受到了些影响。在诗歌创作上山谷喜欢在佛经、语录、小说等杂书里找典故，以它们作材料入诗，有时也以他们的观点解释事物，本诗便是一个很好的例证。

"百疴从中来，悟罢本谁病"，按照佛学的"万法唯心"、"境由心生"的观点，人的得病首先是由心得病而产生的，心在人体的"正中"，故"百疴"俱从中来。如果参透了这个道理，就知道治病该先治心。"西风将小雨，凉入居士径"，既有佛学上的大彻大悟，再加上一阵西风带着小雨，使居士的周围更加清凉。心病好了，身病也会慢慢好起来。"苦竹绕莲塘"，莲是荷花，是佛教崇敬的一种花，按《大日经疏》卷十五所说，它是一种吉祥清净，能悦可众心的象征，因此山谷紧接说“自悦鱼鸟性”，这是从常建的“山光悦鸟性，潭影空人心”（《题破山寺后禅院》）那里学来的。“红妆倚翠盖，不点禅心净”，用的是维摩问疾、天女散花的故事。山谷在病时常以维摩自居，如《病起荆江亭即事十首》自称是“翰墨场中老伏波，菩提坊里病维摩”，“维摩老子五十七，大圣天子初立年”。本诗也是咏病，用维摩问疾的故事是非常自然的。维摩即维摩诘，乃在家居士，其神通道力远过于诸菩萨声闻等，佛遣其大弟子及弥勒佛等往问其疾，都辞避而不敢去。舍利弗是佛弟子中智慧第一人，毅然前往，维摩诘宅神天女以智辩窘之，甚至故违沙门戒法，以香花散著其身，使其有染，虽以神力去之而不得去。（见《说无垢称经》卷四）山谷以这个故事说明自己学佛有得，虽有红妆之艳，紧倚翠盖，也不能使自己的禅心受到点染，因而大彻大悟，战胜了疾病。本诗虽用了佛学典故，但由山谷的善于锻句，善于“以俗为雅，以故为新”，用了非常形象的“西风”、“小雨”、“苦竹”、“莲塘”、“红妆”、“翠盖”等最常见的词汇去烘托，因而融深奥晦涩的禅理于浅显易明的境界之中，使人读来丝毫不觉得艰深难懂，这显示出山谷艺术手法的高超。

下面一首是叙述病好了的心情，在病好之后，心情上得到解脱、安慰。魏了翁《鹤山文钞》卷十六《黄太史文集序》说：“山谷以花竹和气，验人安乐。”这两句话真好像是针对这首诗说似的。它以“风生高竹凉，雨送新荷气”引入，使人顿时感到病后新愈的清爽。病好了，心情宽和了，周围的竹子、荷花都特别亲切近人。“鱼游悟世网，鸟语入禅味”是从陶渊明诗“望云惭高鸟，临水愧游鱼”化出，不过山谷更加之以禅学的见解。以为众生皆有佛性，因此鱼也能悟世网，鸟语也入了禅味。第五、六两句他更加深一层发挥佛学见解，认为学佛之后，人能得到更深邃的智慧，所有病害，都能蠲除。按《维摩诘所说经》：“是身为灾，百一病恼”，肇注：“一大增损，则百一病生，

【原文】

四大增损，则四百四病，同时俱作。”（卷上《维摩诘所说经方便品第二》）“四大”，照佛家的解释是地、水、火、风，人的身体均由四大假合组成，因此人身无常，不实，受苦，只有大悟大解脱之后才能把四百四病挥斥而去，才能恢复健康。最后两句“病来每厌客，今乃思客至”，这是用对比的手法描写病中与病愈的两种不同心情，病中心情是烦躁的，怕客人来，不想与客人打交道，可是病好了，烦恼解除了，心情舒畅，花木扶疏，佳客来时就感到高兴，一切都以乐观态度去欣赏，鸟飞鱼跃，都会生意盎然。全诗虽塞进了些佛教的东西，但稍加诠释，就易懂易欣赏，所以钱锺书评为“以生见巧”（《谈艺录》第287页），在技巧上是可供我们借鉴的。

（龙　晦）

寄题荣州祖元大师此君轩

王师学琴三十年，响如清夜落涧泉。
满堂洗净筝琶耳，请师停手恐断弦。
神人传书道人命，死生贵贱如看镜。
晚知直语触憎嫌，深藏幽寺听钟磬。
有酒如渑客满门，不可一日无此君。
当时手栽数寸碧，声挟风雨今连云。
此君倾盖如故旧，骨相奇怪清且秀。
程婴杵臼立孤难，伯夷叔齐采薇瘦。
霜钟堂上弄秋月，微风如丝此君悦。
公家周彦笔如椽，此君语意当能传。

【鉴赏】

据黄庭坚此诗跋语,可知诗作于元符二年(1099)闰九月。祖元大师,据《荣县志·人士第八》说是王庠和王序的从兄,为嘉定寺僧,善琴,能弹东坡《醉翁操》,与山谷极友善。山谷于建中靖国元年(1101)遇赦还,祖元曾远从荣州追送于"泸之江安绵水驿",由此可见他们在蜀交谊之深。祖元在寺种竹,名其轩曰"此君轩",《晋书·王徽之传》:"尝寄居空宅中,便令种竹,或问其故,徽之但啸咏,指竹曰:'何可一日无此君耶!'"祖元因此而名轩,山谷因祖元此君轩成有请而寄题此作。

本诗结构多层次,既要歌颂祖元琴艺之精,又要考虑到题目"此君轩",不能不写到竹,歌颂祖元除琴艺外,又不能不写到祖元胸襟和人品的高超,同时也不能不涉及祖元的行业,层次复杂,如何安排得当,颇不易着墨。本诗头四句即写祖元大师琴艺之精,开头就说"王师学琴三十年",因为有三十年的琴艺,所以才能达到"响如清夜落涧泉"的效果,山谷常以"夜落涧泉"歌颂琴艺,如《西禅听戴道士弹琴》便以"幽泉落涧雨潇潇"赞美戴道士的琴艺高超,"满堂洗净筝琶耳"是说群众习惯听俗乐,现在来听清雅的古琴,必须把那习惯听嘈杂的筝笛耳洗个干净,才能欣赏古琴的雅韵,李肇《唐国史补》卷下:"于頔令客弹琴,其嫂知音,曰:'三分中一分筝声,二分琵琶,绝无琴韵。'"山谷显然是用这个故事来颂祖元琴艺的。弹到琴曲高妙之处,都希望祖元停手,恐怕琴弦断了,以后再也听不到这样古雅的琴曲了,这是从反面衬托祖元琴艺之高。紧接下面四句是叙述祖元的为人及其行业,原来祖元通星卜之术,曾以看相算命为生,由于直语触犯了人家的忌讳,所以托迹"深藏幽寺",种竹抚琴,古代高人有操星卜为业的,如汉之严君平,魏之管辂等。九至十二句叙述祖元好客高雅,虽然"深藏幽寺",但为人仍很豪爽,常"有酒如渑"以招待许多客人,当时在此君轩种竹,高不过数寸,然而今天长到连云之高,挺拔能承受风雨。下面四句再重复写竹,由于

【鉴赏】

作者也与竹有深厚的感情,因此一见此竹,便有倾盖如故的友谊。而竹子在祖元精心的培育下,长得骨相奇怪清秀,于是用了两个典故。一是"程婴杵臼立孤难",这个故事见于《史记·赵世家》,程婴为了要把赵氏血脉延续,与公孙杵臼精密计划,由程婴以他自己的儿子付与杵臼,却伪装出首,结果屠岸贾杀了程婴的儿子,然后程婴逃到山中把赵氏孤儿赵武抚养长大以报仇,这是借此典来夸竹之有劲节,能错节盘根,在最艰苦的情况下也要使自己的幼苗笋子顽强地成长起来。

"伯夷叔齐采薇瘦",是用孤竹君二子伯夷与叔齐两弟兄宁采薇而食,乃至饿死,也不食周粟的故事,用以形容竹子的清瘦和劲节,同时孤竹又切合了咏竹,可算一语双关,笔墨十分精炼,所以《苕溪渔隐丛话》说它"此虽多用典,善于比喻,何害其为好句也。"十七、十八两句再度以琴出现,与开头四句相呼应。"霜钟堂上弄秋月",霜钟,堂名,蔡邕琴曲《秋思》曲之一,古人认为钟声在霜后特别清越好听,因此善琴的祖元以"霜钟"名其堂。山谷作此诗时,发挥了高度的想象力,臆想祖元这时该在霜钟堂上玩月吧,低吟的微风像送着清越的琴韵,竹子听着琴韵该会感到多么高兴。诗到了这里,竹子、琴韵、月光已经融合在一起,交织出一幅恬美的图画。最后两句"公家周彦笔如椽,此君语意当能传"。王庠字周彦,《宋史》卷三百七十七有传。东坡尝称他的笔如椽,也就是说要有如椽的文笔如王庠者,才能把竹的幽韵曲曲传达。山谷自谦愧无如王庠的文才,因为祖元是王庠的从兄,所以称为"公家周彦",结尾仍归到竹。本诗前十六句凡四换韵,每四句一韵,韵式为平仄、平仄;最后四句凡两换韵,每两句一韵,韵式为仄平;句式错落有致,平韵、仄韵交替使用,故音节流美,但不浮响。二十句中凡四用"此君",但不觉其累赘重复,组织功夫是较为纯熟而成功的。

(龙　晦)

病起荆江亭即事十首(其一、其六)

翰墨场中老伏波,菩提坊里病维摩。
近人积水无鸥鹭,惟见归牛浮鼻过。

闭门觅句陈无己,对客挥毫秦少游。
正字不知温饱未[1],西风吹泪古藤州。

〔注〕 ① 未:一作"味"。

这组诗是黄庭坚晚年作品。正如杜甫讲的"老去诗篇浑漫与",往往随意挥洒;但"老去渐于诗律细",愈老愈熟,愈趋平淡,则又觉自然而浑成。

这组诗中的第二首说到"……天子大圣初元年,传闻有意用幽侧(按:谓在野的人);病起不能朝日边。"盖作于宋徽宗即位之初的建中靖国元年(1101)。徽宗刚即位时,有意调停"元祐"与"绍圣"两派矛盾,把年号定为建中靖国,起用了一批在放逐中的"元祐党人"。黄庭坚因此得于元符三年十一月离开戎州贬所,次年(即建中靖国元年)到峡州。在那里待命,并写了这组诗。

徽宗的"有意用幽侧",给有志用世的黄庭坚带来了希望;但他经历过"熙丰"—"元祐"—"绍圣"的反复,他不能不有所耽心。这时,他希望朝廷真能破除门户之见,大臣不要结党营私,应"实用人才",一秉"至公"("不须要出我门下,实用人才即至公")。他的意愿是很好的,然而事实未必如此。秦观已死于贬所;陈师道召到京中,也只是一个"正字"小官,难免饥寒;他自己则还处在荒江之上。他就是在这种情况下写出这组诗的。

【鉴赏】

第一首是就自己来说的。第一句把自己说成“翰墨场中老伏波”，意谓自己是文坛老将，人虽老，但仍像汉代的伏波将军马援那样，精神矍铄，还有“可用”之处。《后汉书·马援传》载：马援六十二岁时自请出征，并“据鞍顾盼，以示可用”。马援还说自己“常恐不得死国事；今获所愿，甘心瞑目”。黄庭坚用了这个典故，表明了他为国效力的意愿与决心。苏、黄作诗，皆喜用典。典故用得好，能以最少的文字表达最丰富的含义，此即一例。

次句说自己像佛经上讲的维摩诘一样，还病在菩提坊中。维摩诘是佛经上一个有学问、文才的人，所以文人皆喜用以自比，王维即取以为字。而且，“文殊问疾”这段故事，在唐朝已成为说唱材料（现在还传有《维摩诘经变》），故当为人所共知之典。山谷信佛，故自称“病维摩”。这句是说，他的“不能朝日边”，自非纯由于病的缘故。他有为国效力之心，而病卧荒江，其苦闷是不言而喻的。

第三、四句着重写所居之荒凉。黄庭坚《登快阁》云：“万里归船弄长笛，此心吾与白鸥盟。”然而，这里却连鸥、鹭这样水鸟也没有，自然不是隐居的地方。当然，他也没想到隐居。这里可以见到的，“惟见归牛浮鼻过”水。这一描绘，使穷乡僻壤的荒寒景象，浮现如画，做到了“状难言之景如在目前”。而作者的苦闷心情也就寄于言外。牛浮鼻渡水，语出佛书，但也是实景，在乡村中到处可见。唐时就有陈咏写过：“隔岸水牛浮鼻过，傍溪沙鸟点头行”（见《北梦琐言》），任渊注说：“此本陋句，一经山谷妙手，神采顿异。”比黄稍迟的孙觌也有“老牯浮鼻水中归”，显然是就黄诗而点化的。

他只是写景，但景中有情，反映了他当时的境遇。不仅他个人境遇如此，他的朋友，像诗人陈师道、词人秦观，其境遇也不好。组诗第六首讲的就是这一点。

这一首写陈、秦两人。既写了他们的苦吟与“挥毫”，表现出他们不同的性格与诗风；也写了他们的饥寒或贬死，反映出文人的悲惨境遇。

用“闭门觅句”来描绘陈师道，是概括得很好的。朱熹说：“陈无已（师道)平日出行,觉有诗思,便急归,拥被而思之,呻吟如病者,或累日而后起,真是'闭门觅句'也。"(《语录》)可见这一艺术概括合乎实际。但这不能视为"不接触社会广阔现实生活",因为明明是"平时出行,觉有诗思",才"急归""闭门"的,可见"诗思"正是"出行"所得。而且,作者构思,"其始也皆收视反听"(陆机《文赋》语)。中外古今,同此经验。因此,以为"闭门觅句"只能导致浮浅,与事实不符。

至于秦观的"对客挥毫",朱熹认为:"盖少游(按:乃秦观之字)只一笔写出,重意重字皆不问,然好处亦自绝好。"秦观"博综史传"(苏轼评语),作品"清新婉丽"(王安石《答东坡书》中语),且"语豪而工"(《艺苑雌黄》),黄庭坚也说他"笔力回万牛",看来并非皆是"一笔写出"。看来,这里所说的"对客挥毫",正如欧阳修讲的"挥毫万字,一饮千钟",或者像黄庭坚讲的"想见扬州众年少,正围红袖写乌丝。"无非描绘其豪放与敏捷,而不是不加锻炼之谓。

两人的工力、才能如此,其境遇如何呢?

陈师道被召为秘书省正字,他自己当时也很高兴,甚至说正字一官"名虽文字之选,实为将相之储",他是抱有幻想的。但时过不久,他就因郊祀时,不穿赵挺之所赠之衣,因而"寒冻得疾不起"了。黄庭坚诗中的担心,竟成事实,可谓"不幸而言中"了。至于秦观,则早已死在被贬的藤州,"西风吹泪古藤州",讲的正是这一事实。这些事实也就揭穿了宋徽宗"用幽侧"的欺骗性。"人之云亡,邦国殄瘁",北宋不久也就亡国了。

把这两首诗(还有其他几首)联贯起来看,可以看出当时社会生活的一个侧面。这样的诗,写的就不是个人感慨,而实是社会生活的镜子。如果再把它与"实用人才"等语合起来看,还可以想到黄庭坚的政治敏感与识见。由于此诗是晚年作品,个别句子(如"近人积水无鸥鹭")不免粗率一些,但总的来看,却能"锻炼而归于自然","出之以深隽"(《艺概》)。

(吴孟复)

【原文】

次韵马荆州

六年绝域梦刀头，判得南还万事休。
谁谓石渠刘校尉，来依绛帐马荆州？
霜髭雪鬓共看镜，茱糁菊英同送秋。
它日江梅腊前破，还从天际望归舟。

这首七律是黄山谷五十七岁时在荆南写的(作者寓所在今湖北沙市)。马荆州，指荆州知州马瑊。马瑊曾赠诗于黄山谷，山谷即依原诗所用韵脚的次序写了这首和诗。这首诗真实地反映了作者晚年的生活和思想感情，在艺术上又颇能代表他的诗风。

首联感情色彩十分凝重。“六年”，指自己遭逢贬谪，身处逆境之中，已届六年。“绝域”指边远之地。作者于绍圣元年(1094)十二月贬官涪州(州治在今四川涪陵)，黔州(州治在今四川彭水)安置，次年正月赴贬所，后又移置戎州(州治在今四川宜宾)，至写此诗时，六年之间政局两次波动，而作者在这政海的波澜之中沉沦，度过了一生中最为艰难的时期。他无日不在想念着自己的亲朋故旧，盼望着早日南归故里(江西修水)。这一切都梦魂牵绕，“梦刀头”便是这种心绪的写照。西晋王濬为广汉太守时，曾夜梦三刀悬于梁上，须臾又益一刀，部下为之解释说：三刀为“州”字，又益一者，是兆示将迁官益州。后王濬果为益州刺史。山谷暗用此典，意谓“梦刀头”为吉兆。又，古时刀头有环，“环”与“还”谐音，所以“梦刀头”又具体化为还归之兆。状写出作者身在边远之地而梦想还乡的心情。对于年近花甲的诗人，此时最大的愿望又莫过于“南还”，能够得到这样的人生结局，便也就万念皆休了。所以,“判(同‘拚’,甘愿之辞。)得南还万事休”是诗人真实感情的自然流露。

次联诗意稍有转折,“谁谓石渠刘校尉,来依绛帐马荆州?”意思是说,没想到我这当年的著作郎,如今借居于你荆州马太守的治所。这一联两个对偶句用典很精彩,含蕴极富。其一,“石渠刘校尉”,指西汉刘向。刘向曾在石渠阁讲论五经,又曾为中垒校尉。“绛帐马荆州”,指东汉马融。马融曾为南郡(包括荆州一带地方)太守,又常坐高堂,施绛纱帐以教生徒。作者巧妙地借用两位历史人物来比喻自己和马瑊的身份:黄庭坚曾为著作郎,故自比刘向;马瑊姓马,又为荆州守,故可比作马融。其贴切如此。其二,这是一副连珠对,用“谁谓……来依……”的句式紧紧关联,不可分割。本来,西汉时的刘向居然跑到东汉马融绛帐中来了,此典岂非用得无理?而冠以“谁谓”二字,便可自圆其说了。而作者实际上所要表达的日夜渴望南归,如今居然滞留在马荆州处,“谁谓”的语气中又不无意外的成分。山谷律诗最讲究对偶句的锤炼,这一联乍看像是散文句子,细读方知字字有来历,有着落,点化故典,生出新意,曲折深蕴,工切有味。

第三联写作者与马荆州的交往和友情:“霜髭雪鬓共看镜,茱糁菊英同送秋。”是说对镜而视,共叹岁月流逝,各自已是鬓髭皆白了。尽管如此,二人友情益笃,重阳佳节之时,茱萸和糁饭,金杯泛菊英,同以茱萸和菊花酒送走金秋。这两个对偶句对得十分工整,句与句对,一句之中又自对:“霜髭”对“雪鬓”,“茱糁”对“菊英”。“霜髭雪鬓”又系点化杜牧“前年鬓生雪,今年须带霜”而成。这些,都属可耐咀嚼之处。

末联“它日江梅腊前破,还从天际望归舟。”表达对马瑊官满当归的祝愿和自己的羡慕心情。明年,便是马瑊荆州任满的时候,马是维扬(今扬州)人,由荆州还乡,是乘船东归。作者暗用了刘希夷的“潮平见楚甸,天际望维扬”的诗典来比喻荆州、维扬同马瑊的关系,又写出了他在明年腊梅初破之时荣归故里、家中亲人企足而望的情景。“江梅腊前破”乃化用杜甫《江梅》诗“梅蕊腊前破”句，“天际望归舟”亦系化用谢朓“天际识归舟，云中辨江树”诗句而成。王夫之说谢朓的这两句诗状写出一位盼望亲人还归的女性形象，“隐然一含情凝眺之人，呼之欲出。”山谷这首诗的末联也正描写出了同样的艺术形象，他在此后《次韵中玉早梅二首》中有“梅蕊争先公不嗔，知公家有似梅人”之句，可知“天际望归舟”者当是马瑊家中那位“似梅人”。而且马瑊官满当归之时，作者也将出知太平州(治所在今安徽当涂)，可在马的归途之中翘首迎接。所以，在这一形象中又寄寓了作者怀念故友和“判得南还万事休”的一种微妙的企羡心情。

黄庭坚一生坎坷，特别是晚年更多磨难，再加上受到禅家思想的影响，因而往往能看空功名勋业，追求一种特立独行的境界。因此，在诗歌创作上有时表现出一种坦荡平易、空灵淡泊的意境。这首诗是作者逆境中见转机之时写的，但既无痛定思痛之惊叹，又无欣喜欲狂之放语。他在荆州只是滞留待命，赏古城之秋色，叙朋旧之情谊。首联说“万事休”，意在忘却“六年绝域”的恶梦；领联叙“来依马荆州”，透出内心深处的喜悦；颈联写“共看镜”、“同送秋”，是纯真感情的流露；末联拟“望归舟”，怀着对未来的美好愿望。整首诗转接连贯，语气亲切，笔调从容，给人以淡雅的美感。

(李敬一)

次韵中玉水仙花二首

【原文】

借水开花自一奇，水沉为骨玉为肌。
暗香已压酴醾倒，只比寒梅无好枝。

淤泥解作白莲藕，粪壤能开黄玉花。

【原文】

可惜国香天不管，随缘流落小民家。

水仙花在我国引种栽培已有一千多年的历史，宋元以来歌咏水仙的诗篇渐多，黄庭坚咏水仙诗写得最早、最多，也最好。

宋徽宗建中靖国元年(1101)，黄庭坚结束了在四川的六年贬谪生活，出三峡，在荆州(今湖北江陵)住了一段时间，与荆州知州马瑊(字中玉)多有唱和。这两首诗就写在这一年的冬天。

第一首用比喻和对比手法刻画了水仙花的精神与性格。诗人要告诉人们的，不是水仙的绰约仙姿，所以少有形象的描写；他要写的，是水仙特有的性格，因此突出了幽香与柔美。

水仙花属石蒜科多年生草本植物，以水培法培育，不用泥土，宛如凌波仙子，婀娜多姿。"借水开花"虽奇，但确是实事。胡仔在《苕溪渔隐丛话》后集卷三十一讥这句诗说："第水仙花初不在水中生，虽欲形容水字，却反成语病。"显然是片面的意见。杨万里《水仙花》诗也说："天仙不行地，且借水为名。"可见黄诗不是语病。写水仙从水写起，恰恰是抓住了它的特征，传达出清雅高洁的神韵。第二句，诗人不作直接描写，而是连用两个比喻，说水仙花骨如沉香肌如玉，(水沉即沉香木。)写出了水仙特有的晶莹澄澈之美。第三句紧承上句，补写了水仙的芳香。酴醾(tú mí)，蔷薇科落叶灌木，初夏开大型重瓣花，色白味香，苏轼赞为："不妆艳已绝，无风香自远"(《杜沂游武昌以酴醾花菩萨泉见饷二首》之一)，韩维称之为："花中最后吐奇香"(《惜酴醾》)。而水仙的暗香弥漫，却超过了酴醾。"压倒"一词用得有力，气魄惊人。幽香沁鼻，自然使人想起"疏影横斜水清浅，暗香浮动月黄昏"(林逋《山园小梅》)的梅花。的确，水仙与梅有相似之处，都是冲寒开放，色白香幽。无怪乎诗人在另一首咏水仙的诗中说"梅是兄"。然而这对

【鉴赏】

兄弟性格迥异：梅花迎风斗雪，傲然挺立，显得坚强无比；水仙花不冒风雪，十分柔弱。“无好枝”，正道出了两者品格之异。诗人不写两花之同，只写其异，目的是在对比之中显示水仙柔弱的性格，或者叫阴柔之美。

诗人写水仙的意旨何在呢？胡仔《苕溪渔隐丛话》前集卷四十七云：“苏、黄又有咏花诗，皆托物以寓意，此格尤新奇，前人未之有也。”此诗确有寓意，第一首说得含蓄，第二首比较明朗。

第二首诗表明了诗人对“流落”贫寒之家的美女的同情，也深寓自己身世之感。诗下原有注：“时闻民间事如此。”其本事为：“山谷在荆州时，邻居一女子闲静妍美，绰有态度，年方笄也。山谷殊叹惜之。其家盖闾阎细民。未几嫁同里，而夫亦庸俗贫下，非其偶也。山谷因和荆南太守马瑊中玉《水仙花》诗……盖有感而作。后数年此女生二子，其夫鬻于郡人田氏家，憔悴困顿，无复故态。然犹有余妍，乃以国香名之。”（张邦基《墨庄漫录》卷十）黄庭坚以久沉下僚的积怨来写妍丽出众而不为人知的民间美女，笔端自然充满感情、流露不平之气。诗的前两句连用两个比喻：雪白莲藕出于淤泥，黄玉之花（黄玉花是水仙的别名）生于粪壤。由此引出以下二句：如此国色天姿的美女，却流落在小民之家！

“可惜”二字饱含了诗人无限的感慨。据说盛唐时期水仙曾被朝廷列为品花，而今在这荒远的荆州，少人赏识，岂不可惜！与此相似，眼前就有一位“闲静妍美、绰有态度”的佳人流落在闾阎细民之家，其身世岂不亦可惜！诗人自己满腹经纶，才华横溢，却久谪川蜀，远贬荆南，其仕途之坎坷岂不更为可惜！

结句“随缘”二字，显出诗人无可奈何之情：沦落天涯，韶华似水，一切都随机缘而来。“国香”，既指名花，又指佳丽，同时也是诗人自喻。

诗从莲藕写到水仙，从水仙写到邻女，又兼寓自己，层层深入，结构严谨。正如方东树所说：“凡短章，最要层次多……山谷多如此。”（《昭昧詹言》卷十一)咏物诗,形神俱佳方为上品。仅赋形写真是低层次的美;能传神寓意才是高层次的美。这两首诗意境风韵兼备,确为咏水仙的佳作。

(朱明伦)

王充道送水仙花五十枝,欣然会心,为之作咏

凌波仙子生尘袜,水上轻盈步微月。
是谁招此断肠魂?种作寒花寄愁绝。
含香体素欲倾城,山礬是弟梅是兄。
坐对真成被花恼,出门一笑大江横。

黄庭坚被卷入新旧党的斗争后,曾贬谪四川的黔州(治所在今彭水)、戎州(治所在今宜宾)数年,建中靖国元年(1101)五十一岁时,奉召自四川回到湖北,乞知太平州(治所在今安徽当涂),在荆州(治所在今江陵)沙市候命。此诗为沙市过冬时之作。这年冬天,作者写了四题有关水仙花的诗,以本诗为最著。

在它题中,作者用梅花、兰花等来和水仙比较,这首诗却用人物作比。所谓人物,是传说中的洛神。水仙花,放在盆中与水石同供,白花黄心,有"金盏银台"之称,绿叶亭亭,幽香微吐,是冬天花中清品。曹植《洛神赋》:"凌波微步,罗袜生尘。"写洛神飘然行水的姿态。诗篇开头两句:"凌波仙子生尘袜,水上轻盈步微月。"用洛神的形象来写水仙,把植立盆中不动的花朵,写成"轻盈"慢步的仙子,化静为动,化物为人,凌空取神,把水

【鉴赏】

仙的姿态写得非常动人。微月，任渊注："盖言袜如新月之状"，这说得通。但假如把"微月"看成步的补语，即谓缓步于"微月"之下，也未尝没有依据，《洛神赋》的"步蘅薄而流芳"句，"蘅薄"亦作"步"的补语。任注不必看成"定诂"，后说亦可参研。这两句直呼"凌波仙子"，未写到花，下面两句："是谁招此断肠魂？种作寒花寄愁绝。"就由洛神转到花，点出洛神是用以比花。上两句写姿态，这两句写心灵，进一步把花人格化，表现作者对花有深情，能够看出它有一种"楚楚可怜"之态，像美人心中带有"断肠魂"一样，使人为之"愁绝"。"断肠魂"移来状花，但说的还是洛神。洛神的断肠是由于对爱情的伤感，《洛神赋》写她："抗罗袂以掩涕兮，泪流襟之浪浪。"这三个字无论说水仙或说洛神，都是很动人的，因为把其整体概括成为这样的一种"灵魂"，是有极大的引起联想和同情的力量的。

前面四句，是扣住水仙本身的描写；下面四句，从水仙引来山礬、梅花，并牵涉到诗人本身，作旁伸横出的议论和抒情，意境和笔调都来个大的变换。"含香体素欲倾城，山礬是弟梅是兄。"上句仍从水仙说，用"倾城"美人比喻花的清香洁白的芳韵；下句则拿山礬、梅花来比较，说水仙在梅花之下而居山礬之上。山礬，这个名字是黄庭坚起的，山礬本名郑花，木高数尺，春开小白花，极香，叶可以染黄，庭坚因其名太俗，改为山礬。他在《戏咏高节亭边山礬花二首》的《序》中说到此事。用山礬来比水仙，也始于黄庭坚，有些人不服气，说山礬和水仙不好相比，杨万里《水仙花》："金台银盏论何俗，礬弟梅兄品未公。"黄庭坚一时兴到之言，不是仔细在那里品评。不然，前五句都用美女形容水仙，写得那样幽细秀美，为何第六句会忽作粗犷之笔，把三种花都男性化了，大谈什么"兄弟"问题？前后的不统一，不调和，几乎有点滑稽。作者正是有意在这种出人意外的地方，表现他写诗的随意所适，抒写自由，我们用不着费心去考虑他的比喻是否完全贴切。这一句

【鉴赏】

诗使人惊为粗犷，惊为与前面描写格调的不统一，不调和，还是第一步；作者还有意要把这种情况引向前进。试看最后两句："坐对真成被花恼，出门一笑大江横。"被花恼，语本杜甫《江畔独步寻花七绝句》，杜甫与庭坚，都不是真正"恼花"，恼花是来自爱花。杜甫是恼赏花无人作伴；庭坚是恼独坐对花，欣赏太久，感到寂寞难受。诗说赏花之后，想散散心，换换眼界，故走出门外。谁知作者所写出门后对之欣赏而"一笑"的，却是"横"在面前的"大江"。这个形象，和前面所写的水仙形象相比，真是"大"得惊人，"壮阔"得惊人；诗笔和前面相比，也是"横"得惊人，"粗犷"得惊人。这两句诗，不但形象、笔调和前面的显得不统一，不调和，而且转接也很奇突。宋陈长方《步里客谈》说杜甫诗《缚鸡行》结尾从"鸡虫得失无了时"，忽转入"注目寒江倚山阁"，"断句旁入他意，最为警策"，庭坚此诗，当是仿效。清方东树《昭昧詹言》说："山谷之妙，起无端，接无端，大笔如椽，转如龙虎。扫弃一切、独提精要之语，往往承接处中亘万里，不相连属，非寻常意计所及。此小家何由知之？"这些话，可帮助认识本诗出奇的结语的作意和功力所在。

纪昀《书山谷集后》说庭坚的七言古诗："离奇孤矫，骨瘦而韵远，格高而力壮。"这一首诗，从整体看，是"离奇孤矫"；从前半看，是"骨瘦而韵远"；从后半看，是"格高而力壮"。《昭昧詹言》评本诗的起四句是"奇思奇句"，"山礬"句是"奇句"，结句是"遒老"，也有见地。文学作品，千变万化，有以统一、调和为美的，也有以不统一、不调和为美的。从不统一、不调和中看出它的统一和调和，是欣赏文学作品的关键之一。能够掌握这个关键，就可以从本诗的不统一、不调和中看出它的参差变幻之美。陆游《赠应秀才》诗："文章切忌参死句"，把问题看得太简单，看得太死，往往就会走上"参死句"的道路，交臂而失诸佳作。

（陈祥耀）

【原文】

次韵高子勉十首(其三、其四、其七、其十)

岘南羁旅井,灞上猎归亭。
日绕分鱼市,风回落雁汀。
笔由诗客把,笛为故人听。
但恐苏耽鹤,归时或姓丁。

君不居郎省[①],还应上谏坡[②]。
才高殊未识,岁晚喜无它[③]。
枥马羸难出,邻鸡冻不歌。
寒炉余几火?灰里拨阴、何。

志士难推毂[④],将如高子何!
心期诚不浅,余论或相多[⑤]。
欲向沧州[⑥]去,还能[⑦]小艇么?
鸬鹚西照处,相并晒渔蓑。

沙上步微暖,思君剩欲[⑧]招。
蒌蒿[⑨]穿雪动,杨柳索春饶。
枉驾时逢出,新诗若见撩。
樽前远湖树,来饮莫辞遥。

〔注〕 ① 郎省:即郎署,尚书郎于尚书省内视事,故云。 ② 谏坡:谏官。唐人称谏议为大坡(见洪迈《容斋四笔》),故云。 ③ 它(tuō 驼):本意是蛇。无它:没有祸患。 ④ 毂(gǔ 古):车轮中的圆木,代指车轮。推毂:

比喻给人以帮助。 ⑤ 余论：即齿牙余论，指说话时附带提及。多：在此当看重讲。 ⑥ 沧州：州治在今河北省沧县东南。诗里是借用，泛指湖海，不是实指沧州。 ⑦ 能(nài 耐)：经得住。通耐。 ⑧ 剩欲：很想。 ⑨ 蒌蒿：也称蔏蒌、白蒿，一种长在洼地的多年生草本植物。

高子勉，名荷，江陵人，自号还还先生。能诗。黄庭坚曾称赞他说："比得荆州一诗人高荷，极有篆力。使之凌厉中州，恐不减晁、张，恨公不识耳！"(《与李端叔书》)《次韵高子勉十首》是高、黄众多唱和诗中的一组，作于宋徽宗崇宁元年(1102)。其内容以对子勉的推许、奖掖为主，兼述二人交游和山谷情怀。这组诗同时又有为子勉提供学诗楷模的作用，所以艺术上也极其精研。

第三首是山谷自述。汉末著名文学家王粲，因长安大乱，乃往荆州依刘表，曾起宅岘山，屋旁有井。又据《史记·李将军列传》，李广罢官居蓝田南山，某日出猎夜归，曾被灞陵亭尉呵止，次日乃还长安。此诗第一句以岘南井写闲逸，却用"羁旅"修饰之；第二句用灞上亭暗示自己不被见用，但又加进"猎归"这样悠闲的词语，在这里，诗人以他独有的玄思瑰句吐露闲逸与苦闷，一开始便让读者对他的生活与思想有个全面的认识。"日绕"两句写当地风光，"绕"、"回"二字在写景的同时，还暗示自己的羁旅情绪和孤寂处境。"笔由诗客把"仍然写自己，"诗客"指高子勉。言久不作诗，因高子勉可与论诗，故复把笔为之。"笛为故人听"却一下子过渡到忆人。过渡的关键是"笔"、"笛"，笔为高子勉而把，笛为故人而听，"故人"指的是苏轼。言听到笛声想到了昔日的好友东坡，表现出追怀之意。向秀作《思旧赋》，言其闻笛而思故友嵇康、吕安。此处用典故而不露痕迹，是用事的高明处。末二句全力忆东坡。据《神仙传》记载，苏耽学仙成，化鹤归来，止于郡城楼上。又据《搜神后记》，丁令威学道，成仙后，化成白鹤栖于城东门上，有一少年举弓欲射之，鹤飞翔空中，盘旋而歌曰：“有鸟有鸟丁令威，去家千年今始归。城郭如故人民非！何不学仙冢累累！”苏耽与丁令威是不同的两件事，合两事而用之，这是黄庭坚拿手笔法之一。苏耽与苏轼同姓，说苏耽归来姓丁，暗指东坡已经逝去，诗人明知东坡已卒于常州，可是却用“恐”字、“或”字，表达的是他对东坡之死不忍直说的感情。

第四首美子勉之才，同时叹其不遇识者。开首二句用“不……还应……”构成排除句式，盛赞子勉非“郎省”、“谏坡”莫属。第三句忽然一转：“才高殊未识”，道出了此首主旨。至第四句又一转，反以“岁晚”、“无它”为“喜”。五、六句再变，由子勉不遇联想到“枥马”与“邻鸡”。“枥马”“难出”，是因为本身“羸”弱；“邻鸡”“不歌”，是因为自己惧“冻”。在以称许他人为宗旨的诗作中写入这类诗句，完全是出人意表的。可是黄庭坚大胆地用它们作为反衬，更加深了子勉不遇的悲剧意味。“寒炉余几火”从枥马、邻鸡再度折回到子勉身上来。用“寒”，用“余”，用“几”，突出呈现高子勉的清贫生活。然而作者的诗思刚在生活上兜了个圈子，又立即转变到“才”上来了：“灰里拨阴何”的意思是说，高子勉在严寒之中拨火使燃，脑子里则构思着新的诗作，如阴铿、何逊水平的不朽诗篇，将在拨灰的同时产生。黄庭坚的本意是要用南北朝时期的著名诗人阴铿、何逊比喻高子勉，但吐而成句，却说是从灰里拨出阴、何来。这种奇妙的构思，特殊的句式，在别人的诗作中是少见的。这首诗的用笔始终如虬飞蠖舞，是黄庭坚“曲折三致意”的创作方法运用得最成功的篇章之一。

第七首由对子勉的引荐说到招其同游。一二句说推荐不成，其中前一句写出推毂之“难”，重在叙事；后一句叹“如高子何”，重在抒情。从作者叹惋和自疚的背后，还可以发现山谷诚挚的交友之道。三四句从另一角度措意，说自己对子勉有更高的期待，而了解子勉、能够举荐子勉的人可能也还不少。对于子勉的出路，这里如同绝处逢生；诗写至此，也别见天地。此诗同样多用转折：一二句说难以帮助，三、四句说或许有人会来关照，这是一种转折法；前四句写引荐子勉，后四句写劝其同游，又是一种转折法。五、六句用沧州为期，并问子勉是否经得住小艇的颠簸。这一句问得朴实、亲切，律诗里用“么”字极少见。千载之下，如闻山谷之声。末二句是对沧州生活的预想，用“鸬鹚”、“西照”、“晒渔蓑”这些古朴、自然的风光和情趣劝诱子勉，它们一方面承接二三句，含有对子勉的宽慰，另一方面承五六句，再申招游，同时，可以从中看出黄、高二人的格调与追求的境界。

最后一首写招游。诗中所用的呼唤之法大体有二：一是直述自己的期待，一是用优美的春景吸引。第一句中出现的是作者的形象，看似与招游无关。不过，独自漫步沙滩显示的是自己的孤寂，“微暖”二字透露的是春意，经过这一酝酿，渴欲偕游的感情在第二句便喷薄而出。这一句用“招”用“君”，作者的心意已经说破，但诗人不厌其详，重之以“思”、“剩”、“欲”，二人交情之深，山谷本性的笃厚，对子勉之看重，招游之切等等，可谓包涵无遗了。三四句着力写景。上句说蒌蒿“穿”雪，已颇新鲜、生动，继而又用一“动”字，则足以使读者看得出蒌蒿欣喜欲狂的精神状态，听得见春天到来的脚步声。下句写柳，作者的笔锋有意绕开对其幽姿美色的刻画，单说它向春天索要的太多了，言外之意，是杨柳不满于稍吐新绿，急不可耐地想抽出千枝万条。这两句中不仅“穿”、“动”、“索”、“饶”四字下得极为有神，而且全联构思精巧，涵蕴深曲，在古今景语之中，当也是出类拔萃的佳句。五六句插叙子勉前次来访。“枉驾”虽系客套语，放在这里倒能和盘托出作者因未能见面而产生的遗憾之情。不过子勉留下了新诗，这是黄庭坚很高兴的，一个“撩”字既肯定了高子勉诗作之妙，也表达了黄庭坚按捺不住的和诗欲望，因而在这个字的背后也就埋伏着全诗主题的红线——再次会晤的要求，“撩”字用得精妙绝伦，可谓化工之笔。末联明承第二句、暗承第六句，点明写诗的目的：“来饮莫辞遥”。此联在句法上的特点是：前句纯用名词，组成一幅幽雅的画图，具有强大的诱惑力；后句包括三个动词，给人急促迫切的感觉，提高了催其速至的效果。

这几首诗擒纵开合，结构新巧，音节自然，用语独到，是黄庭坚苦心经营的力作。尤其是多用曲笔，多生波澜，随处化俗为雅，化故为新，属思常常出人意表，代表了山谷诗作“惊创新奇”的一个侧面。

（李济阻）

蚁蝶图

蝴蝶双飞得意，偶然毕命网罗。
群蚁争收坠翼，策勋归去南柯。

这首诗是崇宁元年（1102）春作。建中靖国元年（1101），庭坚在荆南，朝廷召他做吏部员外郎，他辞去新命，求作太平州知州，在荆南等待朝廷命令。这年春还在荆南。

任渊注：“此篇盖有所属。陆龟蒙《蠹化》曰：‘桔之蠹蜕为蝴蝶，翩旋轩虚，（按：状起舞），曳扬粉拂，甚可爱也。须臾，犯蝨网而胶之，引丝环缠，人虽甚怜，不可解而纵矣。’”这篇当有所指，指什么已不清楚，可能从陆龟蒙的《蠹化》而来，但跟《蠹化》又有不同。主要的不同是《蠹化》里没有提到蚁，这篇着重提了。蝴蝶偶然触网死去，它们掉下来的翅膀，蚂蚁争着衔到窠里去，因此立了功，受到策封。策勋，立了功，朝廷用策书来封官，策是古代写在竹简上的公文书。南柯，唐李公佐作《南柯记》，写淳于棼梦到槐安国，娶了公主，作南柯太守，享尽荣华。以后公主死，被遣归。这才梦醒，原来槐安国是庭前槐树下的蚁穴，南柯郡是槐树南枝下的另一蚁穴。比喻富贵得失不过如蚁穴中的一梦。这里写南柯立功受封，也不过是蚁穴中的一梦罢了。

这首诗写一双蝴蝶触网死去，这不是蝴蝶的罪，是设置网罗者的陷害。群蚁收拾坠翼，这也算不得立功，在蚁国里因此策勋，也是可笑的。这里当是讽刺当时朝廷的某些策勋，就像群蚁收拾坠翼那样可笑。诗的重点在后两句，这是不同于陆龟蒙《蠹化》的创造。诗中的蝴蝶也有含意，蝴蝶只是双飞得意，不触犯谁，是无辜的。正因为得意，缺乏警惕，就陷入网罗死去。这说明当时到处有网罗，一不警惕，就容易陷入死地。这点用意，可能本于《蠹化》。但《蠹化》写蝴蝶为桔树的害虫所化，蝴蝶双飞，会生出更多的桔树害虫来，因此它们的触网而死，对保护桔树还是好的。这篇则没有这个意思，这对双飞得意的蝴蝶，成了无辜被害，意义就不同了。

这首诗在艺术上的特点是只讲比喻，什么也不点明。作者的感情通过比喻的叙述来透露。像“偶然毕命”，写它们的死只是“偶然”陷入网罗，表达了同情。说“双飞得意”，更显出它们的无辜。“争收坠翼”又显出策勋的可笑。“南柯”更见立功不过如一梦。这样的比喻，正因为没有点明它的用意，所以概括的意义更广些。

（周振甫）

雨中登岳阳楼望君山二首

投荒万死鬓毛斑，生出瞿塘滟滪[1]关。

未到江南先一笑，岳阳楼上对君山。

【原文】

满川风雨独凭栏，绾结湘娥十二鬟。
可惜不当湖水面，银山堆里看青山。

〔注〕 ① 瞿塘、滟滪：四川瞿塘峡(长江三峡之一)中最险处。

这两首诗是黄庭坚七绝中的冠冕之作，兀傲其神，崛蟠其气，被广泛传诵。但奇怪的是却被清人方东树、黄爵滋、曾国藩等人所忽略。他们的《昭昧詹言》、《读山谷诗集》和《求阙斋读书录》，曾评点了山谷的不少名篇，却视不及此。可能是沧海遗珠，也可能是因为文艺批评眼光不同。

这两首诗的妙处是境界雄奇。尽管第一首的雄奇偏于动，第二首的雄奇偏于静，却都显示了诗人的胸襟高旷和文辞挺拔，于政局动荡、频历艰难困苦之余，仍旧卓然兀立，雄视千古，诚为不易。

第一首首句“投荒万死”，沉痛而并不衰飒，这就轻轻地引出了次句的欢欣。前面分明讲到“万死”，但一转而为“生出”，特别是历经航行之险的“瞿塘滟滪”等地而“生出”，走向家乡，这确乎是值得高兴！不过，这欢欣之情，在山谷笔下，可绝对不落窠臼，正如清人赵翼所说，山谷“不肯作一寻常语”(《瓯北诗话》卷十一)。他不是泛泛地说欢欣，而是以历代古人作为幸福象征的充溢诗情画意的“江南”在望，道出欢欣；不说“在望”，而是说“未到”；不是说将到未到的盼望，而是把欢欣之情化为具体的表情动作“一笑”；不仅仅是空洞地写“一笑”；而且写即使未到，但当登上岳阳楼，家乡在迩、“江南”在望时，就早已笑了起来，也就是诗人所说的“先一笑”了。不用说，诗里暂时还不可能写到的还乡以后，那就会更加大笑而特笑了。

从投荒四川到行将重见江南，从“万死”到“生出”，从登楼到眺望，这都是一系列的“动”：有行程之变，有心情之变。

第二首正面写眺望，眺望写得十分出奇。如果说前首偏于雄，而本首则更偏于奇。从当前君山想到有关湘夫人的古迹不算，还把君山写成湘夫人的发髻。此其一奇。深憾水势不大，以致不能在白浪堆中饱看青山，其浮想之阔，寄怀之壮，构思之美，笔力之雄，确乎是把八百里洞庭的乾坤摆荡，写得蓬蓬勃勃。此其二奇。

第一首不正面写君山，但诗人写了他的旷达豪雄心情，也可以说已经为君山图景安排了"蓄势"。诗人之高旷如此，君山之雄浑亦必如此。及至读到第二首正面写到君山，果然如此。作者并不止于当前君山，而能融合今古，把眺望时的凝思引入奇境，藉远来而登高，藉登高而望远，藉望远而怀古，藉怀古而幻念，极迁想妙得之观。朱熹评山谷"措意也深"，旨哉斯言！

（吴调公）

自巴陵略平江、临湘，入通城，无日不雨，至黄龙奉谒清禅师，继而晚晴，邂逅禅客戴道纯款语，作长句呈道纯

山行十日雨沾衣，幕阜峰前对落晖。
野水自添田水满，晴鸠却唤雨鸠归。
灵源大士人天眼，双塔老师诸佛机。
白发苍颜重到此，问君还是昔人非？

建中靖国元年（1101），黄庭坚自戎州（治所在今四川宜宾）贬所东归，

【鉴赏】

在荆州(治所在今湖北江陵)沙市候命,经冬过年。崇宁元年(1102),他从荆州南下岳州,经巴陵(岳州治所,今湖南岳阳)、平江、临湘(今皆属湖南),进入通城(今属湖北),然后下江西,到洪州分宁(今江西修水)探家,又至江州(治所在今江西九江)与家人相会。这首诗是自分宁赴江州,途经武宁时作。

起联,写途中遇雨,到了黄龙山才放晴。“山行十日雨沾衣”,即题中所说的“无日不雨”;“幕阜峰前对落晖”,即题中所说的“继而晚晴”。幕阜山是盘亘于湖北、江西边界的山脉,幕阜峰是它的一个山峰,和武宁黄龙山相对。当时作者的旧友惟清和尚居住黄龙山,作者过路时到山中看他,即题中所说的“奉谒清禅师”。颔联:“野水自添田水满,晴鸠却唤雨鸠归。”写雨后情况。久雨不停,野地积水,流入田中,使田中水漫,故有上句。《埤雅》:“鸠,阴则逐其妇,晴则呼之。语曰:‘天欲雨,鸠逐妇;既雨,鸠呼妇。’”欧阳修《鸣鸠诗》:“天将阴,鸣鸠逐妇鸣中林,鸠妇怒啼无好音。天雨止,鸠呼妇归鸣且喜,妇不亟还呼不已。”故有下句。这一联,两“水”两“鸠”钩连作对,组织比较特殊。但这种句法,前人已有之;白居易有“东涧水流西涧水,南山云过北山云”之句,梅尧臣有“南陇鸟过北陇叫,高田水入低田流”之句。宋周紫芝《竹坡诗话》称庭坚这联为“语意高妙”;清赵翼《瓯北诗话》则认为辗转模仿,“愈落窠臼”。平心而论:这联句法模仿前人,并不新奇,惟内容还有可取。它写的是雨后实感,但可能寓有冷眼看世事变化无常、人们喜怒无常之意,寓讽刺和诙谐于写实之中,似乎还能体现作者“夺胎换骨”的写诗方法的一点特色。颈联:“灵源大士人天眼,双塔老师诸佛机。”这就是题中所说的“邂逅禅客戴道纯”,和他所作“款语”的内容了。灵源大士,谓惟清和尚,他晚年自号灵源叟,作者和他交情颇深,在《与徐师川书》中,赞美说:“平生所见士大夫人品,未有出此公之右者。”集中涉及他的诗,有《寄黄龙清老三首》等。人天眼,谓能洞悉佛教真理,成为“人天法眼”。双塔老师，指惟清的师祖惠南、师父祖心两个和尚，都是禅宗临济派的代表人物，死后的骨灰塔都建在山中，庭坚曾经为祖心的骨灰塔写过《塔铭》；诸佛机，意思是诸佛的"真机"所寄，语本佛偈"若人生百岁不善诸佛机，未若生一日而得决了之"。结联："白发苍颜重到此，问君还是昔人非？"感慨自己年老重到黄龙山，不知有何变化。白发苍颜，语出欧阳修《醉翁亭记》。僧肇《物不迁论》："梵志出家，白首而归。邻人见之曰：'昔人尚存乎？'梵志曰：'吾犹昔人，非昔人也。'""问君"句本此佛理而加生发，意颇曲折；"问君"实是自问，"昔人非"，谓是否还是从前之我。《物不迁论》的宗旨是宣扬万物虽动而常静，变中有不变的道理。僧肇文中所引梵志之言，表示其身虽有今我的成分，然就旧我成分的存在言，则身犹旧我，所以一身既"犹昔人"，又"非昔人"，这说明变中有不变。庭坚诗可能有自表经历宦海风波，本性还坚持不变之意；但更多的是感慨这种风波所引起的一系列的变化，和自然规律的不可抵制，故和"白发苍颜"连在一起写。这一句自问，包含对很多经历的回忆，对人事无常的感慨，对自身的反省和对生活规律的思考，意味深长。它不是纯说抽象佛理，而是有自身的事在内，有复杂的情在内。它是全诗的警句，用反问语气作结，又显得别致。

古人诗篇，即使出自名家之手，也不容易做到一篇之中，句句都好。这一篇诗，前六句比较平淡，最后二句才显出精彩。

（陈祥耀）

题胡逸老致虚庵

藏书万卷可教子，遗金满籯常作灾。
能与贫人共年谷，必有明月生蚌胎。

【原文】

山随宴坐画图出，水作夜窗风雨来。

观山观水皆得妙，更将何物污灵台？

徽宗崇宁元年(1102)，黄庭坚离开谪居已久的川蜀，次年又贬往广西宜州。这首诗就写于两次贬谪之间，其时诗人的生活与心境都相对稳定。胡逸老，生平不详，致虚庵为其书房。从诗中可知，其为人不慕荣利，雅有山水之趣。黄庭坚在敬慕的同时，也表明了自己的高雅情怀。

诗人先发议论：诗书传家能使后代成才，而遗金满篓往往给子孙招来祸害。赞美了胡逸老的诗礼传家，显示其品格的清高，令人仰慕。此联语本《汉书·韦贤传》："遗子黄金满籯，不如一经。"二句劈空而来，发唱惊挺。

颔联承上，进一步赞美庵主的仁爱之心。说他在灾年能拿出粮食与贫人共享，和气必能致祥，后代必得佳子弟。这里用了韦康、韦诞兄弟的典故。《三国志·魏书》卷十《荀彧传》裴松之注引孔融与韦端书说："不意双珠，近出老蚌。"孔融赞扬韦端的两个儿子康与诞为一双明珠。"明月"，指珠。诗人意谓，胡逸老必能像韦端那样，明珠出于蚌胎，佳子弟出于门庭。

颈联转到正面写致虚庵。白天闲坐庵中，眼前的山景如一幅幅图画映出；入夜倚于窗前，只觉风雨飒飒而来。这是脍炙人口的名句。方回说："五六奇句也"(《瀛奎律髓》卷二十五)。潘德舆也说此联为"奇语"(《养一斋诗话》卷五)。奇在哪里呢？第一，化静为动。将致虚庵依山傍水的位置，作了动态描写。"出"、"来"二字，将山水写活。第二，化实为虚。什么样的"画图"，尽可让读者去想象；夜来风雨是隔窗听到，并非眼见，也是虚写实事。第三，情景交融。五句写视觉，六句写听觉，整联都有能视能听的主体存在。宴坐的闲适，听雨的从容，都在不言之中，读者自能体会到。庵主高雅的人格、广阔的胸襟，与前两联一脉相承。只不过前两联是直叙，这里是衬托。

尾联总收全诗,照应开头。以闲逸之心观山观水,山水的妙境自能常现于心目之前。而山水的清淑之气又能涤荡肠胃,使此心(灵台,指心)澄清无滓,一尘不染。这里一方面说胡逸老,另一方面也披露了诗人自己的胸襟。

(朱明伦)

新喻道中寄元明用觞字韵

中年畏病不举酒,孤负东来数百觞。
唤客煎茶山店远,看人获稻午风凉。
但知家里俱无恙,不用书来细作行。
一百八盘携手上,至今犹梦绕羊肠。

这首诗是黄庭坚于徽宗崇宁元年(1102)所作,时年五十八岁。黄庭坚于哲宗绍圣元年(1094)被贬为涪州别驾,黔州(今四川彭水)安置。次年春,其兄元明送庭坚溯江,上夔峡,至黔州,后又徙戎州(治所在今四川宜宾)。元符三年(1100)五月,庭坚复宣德郎,监鄂州在城盐税。徽宗建中靖国元年(1101)四月,至荆南(今湖北江陵),召为吏部员外郎,辞,乞知太平州,留荆南待命。次年,崇宁元年正月,发荆州,东归省视家人。四月,往萍乡(今属江西)省其兄元明,时元明为萍乡令。留十五日别去。五月,过筠州,至江州(治所在今江西九江),与其家人相会。此诗乃别后在新喻道中所作,新喻(今江西新余)在萍乡之东。

【鉴赏】

黄庭坚与其兄元明友爱甚笃，贬黔州时，元明亲送至贬所。现在于贬谪数年之后，复职东归，与其兄相聚，其情谊之亲切可以想见。别后复寄此诗，朴质纯挚，如话家常。头两句说，自己多年来因病戒酒，所以这次东归与其兄欢聚，惜未能畅饮。（黄庭坚在戎州所作《醉落魄》词题序云："老夫止酒，十五年矣。"又《西江月》词题序："老夫既戒酒不饮，遇宴集，独醒其旁。"此皆"中年畏病不举酒"之证。）第一句不但在第六字应用平声之处用一仄声"举"字，并且"畏病不举酒"五个字都用仄声，这在七律诗句中是很特别的。这样做，为的是造成一种拗折的声调。第三四两句说新喻道中情况。唐宋人饮茶是用水煎煮，不像今人之用沸水沏，所以说"煎茶"。第五六两句是向家人嘱咐的话。"无恙"，黄诗任渊注引《风俗通》曰："恙，毒虫也，喜伤人。古人草居露宿，故相劳问必曰'无恙'。"篇末两句追忆当年元明不畏艰险相送到贬所的情况。《豫章黄先生文集》卷二十《书萍乡县厅壁》："初，元明自陈留出尉氏、许昌，渡汉沔，略江陵，上夔峡，过一百八盘，涉四十八渡，送余安置于摩围山之下。"所谓"一百八盘携手上"，即指此事。"羊肠"是形容山路之盘曲。

这首诗，从表面看来，清空如话，很容易懂。但是这里边还是蕴藏着不少的东西。黄庭坚论作诗时曾说："自作语最难，老杜作诗，退之作文。无一字无来处。"又说："古之能为文章者，真能陶冶万物，虽取古人之陈言入于翰墨，如灵丹一粒，点铁成金也。"（《豫章黄先生文集》卷十九《答洪驹父书》）在这首很平淡的诗中，还是体现了这一特点的。据《山谷诗集》任渊注，第一句下注云："《晋书·顾荣传》曰：'惟酒可以忘忧，但无如作病何！'"第二句下注云："《文选·李陵书》曰：'孤负陵心区区之意。'"又云："欧公诗：'快哉天下乐，一釂宜百觞。'"第六句下注云："杜诗：'来书细作行。'"又云："《后汉书·循吏传序》曰：'光武以手迹赐方国，皆一札十行，细书成文。'"第八句下注云："乐天诗：'梦寻来路绕羊肠。'"当然，黄庭坚作这首诗,并不一定每一句都是想到如任渊注中所引的那些来历,但是他确实有善于运化古书辞句、古人诗句的习惯。由于平时读书多、积累富,因此,在作诗时自然得来,而运化的又并无痕迹。不知道这些来历的人仍然可以读懂诗句,而知道来历之后,更觉得意味醇厚,这也是古人所比喻的如水中着盐之妙。这是黄庭坚诗的一个特点,其他诗人也同样要运化古书,不过黄庭坚更为突出而已。

还有,这首诗旋折自然,一气呵成,毫无作意。黄庭坚屡次称赞陶渊明诗、杜甫诗是"不烦绳削而自合"(见《题意可诗后》、《与王观复书》),而他这一首诗,也可谓能做到"不烦绳削而自合"了。

(缪　钺)

跋子瞻和陶诗

子瞻谪岭南,时宰欲杀之。
饱吃惠州饭,细和渊明诗。
彭泽千载人,东坡百世士。
出处虽不同,风味乃相似。

《跋子瞻和陶诗》作于崇宁元年(1102)八月,上年七月苏轼已病逝于常州。这首诗也是对苏轼的深沉悼念。这年六月,黄山谷知太平州,九天即被罢,于是想到荆南去。当时赵挺之为相,和山谷有矛盾,也想置之死地,第二年把他编管宜州(治所在今广西宜山),崇宁四年黄即卒于贬所。了解山谷此时处境,可以体会此诗措辞的深沉。"跋"字表示对苏轼的尊敬。苏

【鉴赏】

轼晚年知扬州时，和陶渊明《饮酒诗》二十首。南迁之后又和《归田园居》八十九首。绍圣元年（1094）东坡被安置惠州。在唐宋时代，贬到边远瘴疠之乡，就等于置之死地。连韩愈、李德裕、寇准这样的名臣，都曾为南迁而凄怆，李德裕、寇准就死在贬所。了解这个背景，才懂得这诗首两句的分量。何况章惇（当时的宰相）一心要杀苏轼。而苏轼是不以迁谪悲怆自苦的。他写过这样一些诗句：“日啖荔支三百颗，不辞长作岭南人。”（《食荔支二首》）“九死南荒吾不恨，兹游奇绝冠平生。”（《六月二十日夜渡海》）章惇以为把苏轼放到惠州，水土不服和悲伤足以致他于死命，哪知东坡随遇而安，在惠州《纵笔》说：“白须萧散满霜风，小阁藤床寄病容。为报先生春睡美，道人轻打五更钟。”《艇斋诗话》说：“章子厚见之，遂再贬儋耳（治所在今广东海南岛儋县），以为安稳，故再迁也。”“时宰欲杀之”是有事实根据的，作者不直书章惇名字而用“时宰”二字，是含有深意的。北宋自绍圣以至灭亡，宰相弄权，残害善良，比比皆是。不独章惇一人，黄庭坚也亲受时宰之害，故着此二字以见小人弄权为祸之烈。从本诗看，这两句是为反衬东坡之胸怀人品，交代题目中“和陶诗”的背景。

三四两句一转，用寻常的动作，写出东坡高超的人品。心胸不开阔的人，忧伤终老，而东坡却能“饱吃惠州饭”，说明不以迁谪介意。这里注家都引杜诗“但使残年饱吃饭，只愿无事长相见”（《病后过王倚饮赠歌》）为出处，实际是用东坡《儋耳》诗“残年饱饭东坡老，一壑能专万事灰”之意。第四句入题。凡手至此，不免就《和陶》的内容褒赞开来，而作者点到即收，忽然跳出，借陶渊明人品赞东坡，大开大合。五六两句说得非常郑重恳切。从称呼上加以变化（子瞻　　东坡，渊明　　彭泽）。陶渊明见机而作，彭泽令只作一百多天就去官归隐，前人多目之为处士。而苏东坡却一生都在宦海浮沉。拿渊明喻东坡，从形迹看，两人截然不同，而他们不以贫富得失萦怀，任真率性而行，则是共同的，所以七句又一反，着一“虽”字以为转折，八句以“乃”字一合作结。“风味”二字含蓄不尽,人乎?诗乎?由读者自去领会。

方东树《昭昧詹言》卷十一说:“凡短章最要层次多,每一二句,即当一大段,相接有万里之势。山谷多如此。凡大家短章多如此。”可以说明这首诗的特色。东坡和陶诗有一百零九首,风格内容多种多样。作者却紧紧抓住“风味乃相似”这个特点,专写东坡胸怀。言为心声,其人如此,与陶相似,其细心和诗,境界可知。这是作者以简驭繁,遗貌取神,探骊得珠之处。而八句之中上下数百年,至少有四次转折,这是山谷短古的刻意求精之作。

(周本淳)

武昌松风阁

依山筑阁见平川,夜阑箕斗插屋椽,
我来名之意适然。
老松魁梧数百年,斧斤所赦今参天,
风鸣娲皇五十弦,洗耳不须菩萨泉。
嘉二三子甚好贤,力贫买酒醉此筵。
夜雨鸣廊到晓悬,相看不归卧僧毡。
泉枯石燥复潺湲,山川光辉为我妍。
野僧早饥不能饘,晓见寒溪有炊烟。
东坡道人已沉泉,张侯何时到眼前?
钓台惊涛可昼眠,怡亭看篆蛟龙缠。
安得此身脱拘挛?舟载诸友长周旋。

【鉴赏】

山谷结束了在黔州、戎州“万死投荒，一身吊影”的放逐生活之后，于崇宁元年(1102)赴太平州任，不料到官九日即罢，只得暂往鄂州流寓，本诗即写于此年九月途经武昌(今湖北鄂城)之时。这时，诗人的前途未卜，凶多吉少，果然在第二年再次远贬宜州。但是经过各种挫折和磨难，诗人的心胸变得更超然淡泊了，即所谓“已忘死生，于荣辱实无所择”(《答王云子飞》)，“已成铁人石心，亦无儿女之恋”(《答泸州安抚王补之》)。他努力借助佛学与《庄子》，以应付逆境，正如他所说的：“古之人不得躬行于高明之势，则心亨于寂寞之宅。功名之途不能使万夫举首，则言行之实必能与日月争光。”(《答王太虚》)这首诗所反映的正是这样的精神境界。

全诗可分两个部分。第一部分写夜宿山寺所见所闻，以写景为主；第二部分抒发感情，表达渴望自由生活的心愿。

写景部分，诗人从大处落墨，描绘了一幅壮丽的山水画卷，创造了一个澄澈明净、生机盎然的高妙境界，表现了诗人在大自然中适然愉悦之情。这一部分又可分为写“松风”与“夜雨”两个层次。第一层挽住题面写阁夜松风。此阁依山而建，从阁上能望到广袤的原野，但见星回斗转，月落参横，夜色将尽，古松参天而立，在朦胧的夜色中，露出魁伟的身影。“斧斤所赦今参天”一句真是奇思奇语，一个“赦”字尤为新奇，写当年伐木者刀下留情，放过了它，老松才有今日的雄姿。人们难道不能由此联想到劫后余生的诗人和他那崚嶒傲骨吗？诗人在写景中不仅绘影而且绘声，所以接下去就写到：风过处，掀起了阵阵松涛，好像奏着女娲氏的五十弦瑟，那清泠美妙的乐声，洗去了耳中的尘俗。瑟，传说是伏羲氏所作，又据《史记·封禅书》：“太帝使素女鼓五十弦瑟，悲，帝禁不止，故破其瑟为二十五弦。”瑟本非女娲所创制，也许因为她是伏羲之妹(一说为其妇)，又有素女鼓瑟之事，所以诗人移花接木，杜撰了“娲皇五十弦”的说法，但用“娲皇”加以点染，更增加了神奇色彩,有“如听仙乐耳暂明”的效果。“洗耳”本是许由的故事,尧想让天下给他,他觉得此话玷污了他的耳朵,于是洗耳于颍水之滨,终身隐居不出。“洗耳不须菩萨泉”一句颇耐人寻味,表现出山谷造语入思之深。所谓“洗耳”,实际上就是荡涤心胸,袪除尘虑。“菩萨泉”原是武昌西山寺的一眼泉水,诗人用它来关合“洗耳”,出语双关,妙达奥旨,既指泉水洗耳,又使人联想到用禅理净化自我。但诗句的意思又翻进一层,“不须”是说有更神奇的东西能启迪人的心灵,这就是山水之清音。面对着它,人间的一切烦恼愁苦都可抛却,精神会变得崇高。山谷是禅宗信徒,禅宗主张摒弃坐禅读经,直接从自然与人生中体验佛性真如,即所谓“青青翠竹,尽是法身;郁郁黄花,无非般若”。

写了万壑松涛之后,接着写山中夜雨的壮丽奇景,把人们引入了一个空灵澄澈的清凉世界。这层写景除景物与音响的交融外,还穿插了人物的活动,使自然美与人情美融合在一起,诗也就更具意境。诗人与二三知己,酒醉山寺,夜宿不归。“夜雨鸣廊到晓悬”,真切地写出了作者的感受,于是作者的精神也升华到了一个光明澄澈的境界。

这段写景气象峥嵘,意境宏阔。其中虽有松涛澎湃、夜雨淙鸣,但没有尘世的喧嚣,景中的人物也都是徜徉于山水之间的安贫乐道之士,人物的高风和山水的清音构成了清高脱俗的境界,逗出了下面的抒情。

“东坡道人”以下为抒情部分,洋溢着对上述美好境界的向往之情,是写景部分的自然发展,深化了意境,点明了题旨。在那神奇的夜景中,诗人似乎超脱了尘世,但黎明的来临又使他跌入现实。所以在炊烟四起之时,他想起了业已作古的东坡、正受贬谪的张耒。东坡在元丰间谪黄州,其地与武昌隔江相对,大江南北的溪山间留下了他往来的足迹。张耒也曾三次谪居黄州,最后一次即因悼念东坡、举哀行服而遭贬,这时正要赴黄州,所以山谷渴望与他相见,在友情与山水中摆脱现实的拘束。钓台与怡亭都是

【鉴赏】

武昌江上的胜地，孙权曾畅饮于钓台，怡亭则在江中小岛上，有唐代书法家李阳冰篆书的铭文，故诗人说："钓台惊涛可昼眠，怡亭看篆蛟龙缠。"诗的结句以感叹兼疑问的口气出之，既表现了对逍遥自在生活的向往，又透露出内心的疑虑与怅惘，感慨十分深沉。

山谷曾经这样评杜甫："熟观杜子美到夔州后古律诗，便得句法，简易而大巧出焉，平淡如山高水深，似欲不可企及，文章成就，更无斧凿痕，乃为佳作耳。"(《与王观复》)他作诗虽曾力求奇拗古硬，但毕生在追求这种"不烦绳削而自合"的化境，这种境界他晚年的一些诗是达到了的，所以前人指出："鲁直自黔南归，诗变前体。"(蔡絛《西清诗话》)本诗就是一篇达于炉火纯青境地的佳作。它不用僻典，不作拗语，但笔势自然老健，造语脱去凡俗；也没有谈玄说理，只是描绘出大自然宏阔的景象，但能使人感受到诗人博大的胸襟，这是他历经磨难，用禅学加以净化的精神境界的自然流露。但毕竟这只是一种消极的道德的自我完善，所以前人评为："黄太史诗，妙脱蹊径，言谋鬼神，唯胸中无一点尘俗气，故能吐出世间语，所恨务高，一似参曹洞下禅，尚堕在玄妙窟里。"(同上)

就意境、章法而言，这首诗显然受到韩愈《山石》诗的影响。它们都是描写夜宿山寺，都是在记叙中写景，展现景物在时间推移中的移步换形。光线的晦明变化，山雨、松林及雨后的溪流潺湲等景物也为两诗所共有，最后也都是抒发向往之情。但山谷此诗将场景集中于"夜阑"至拂晓的一个阶段，借助深夜山景着力渲染超尘离世的氛围，而其他的情节多用逆挽的手法来交代。如诗的开头先写阁夜所见，接着"我来名之"一句是逆挽，对夜游作补充交代，松风之后的"嘉二三子"二句又是逆挽，读至此才知道诗人是与友人同游，然后转写夜宿赏雨。这样写，省去了流水账式的交代，笔势腾挪转折，叙写游踪有曲折掩映之致。本诗句句押韵，一韵到底，是所谓"柏梁体"诗，读来有累累若贯珠之妙。

（黄宝华）

次韵文潜

武昌赤壁吊周郎，寒溪西山寻漫浪。
忽闻天上故人来，呼舡凌江不待饷。
我瞻高明少吐气，君亦欢喜失微恙。
年来鬼祟覆三豪，词林根柢颇摇荡。
天生大材竟何用？只与千古拜图像！
张侯文章殊不病，历险心胆元自壮。
汀洲鸿雁未安集，风雪牖户当塞向。
有人出手办兹事，政可隐几穷诸妄。
经行东坡眠食地，拂拭宝墨生楚怆！
水清石见君所知，此是吾家秘密藏。

徽宗崇宁元年(1102)，黄庭坚在太平州(治所在今安徽当涂)作了九天知州，便被贬为管勾洪州(治所在今江西南昌)玉隆观。他初徘徊于江州(治所在今江西九江)，后移至鄂州(治所在今湖北武汉市武昌)。在往鄂途中，曾系舟武昌(今湖北鄂州)，一是为了游览西山、赤壁胜景，二是为了等待好友张耒的到来。是时，朝廷新旧党争余波未息，张耒因“闻苏轼讣，为举哀行服”(《宋史·张耒传》)，而被责授房州(治所在今湖北房县)别驾，黄州(今湖北鄂州)安置。冬季，张耒到了黄州，山谷即从武昌过江与之相见，并以这首诗与张耒(字文潜)唱和。

全诗诗意可分三层：首四句为一层，次十二句为一层，末四句又为一层。

【鉴赏】

"武昌赤壁吊周郎,寒溪西山寻漫浪",是写山谷在武昌的游览。西山,亦称樊山,是武昌的风景区。寒溪,是西山中的水流名。赤壁,在武昌对岸的黄州,与西山隔江相望。黄州赤壁本非周瑜大破曹兵之地,因苏轼《念奴娇·赤壁怀古》词中有"人道是、三国周郎赤壁"句,故山谷亦云"武昌赤壁吊周郎",既借以表达登临怀古之情,又是对前一年去世的苏轼的追念。"漫浪",指元结。唐元结,"或称浪士,……酒徒呼为漫叟。及为官,呼为漫郎。"(李肇《国史补》)又其《自释》曰:"近文多漫浪之称。"元结曾避乱于樊上(亦属武昌,今鄂州樊口),"常与县令孟士原交往,游于樊山之间"(《武昌县志》)。因此,"寒溪西山寻漫浪",也是借西山聊发古意。但是,山谷毕竟是专候文潜的,所以,"忽闻天上故人来"时,便迫不及待地"呼舡凌江不待饷"了。二句中,"忽闻",透出乍闻的惊喜;"天上",状写从天而降的感觉;"故人来",显见友情的挚笃,——前句写"惊喜";"呼舡"(呼叫船只),显出急不可待;"凌江"(渡江),表明不顾天险;"不待饷"("饷"同"晌"),说明片刻不能耽搁,——后句写相见之迫切。以上四句,叙述与文潜见面之前,山谷自己的行踪、生活和期待朋友的急切心情。

"我瞻高明少吐气"以下十二句,写见面之后的感慨。头二句是对文潜的问候。"我瞻高明少吐气",是说:我见到您的到来,终于可以稍稍吐气,一抒胸臆了。"高明"是对人的尊称。"君亦欢喜失微恙",是说:您见到我,亦自欢喜,即便有些小病,也不觉得什么了。这两句包含的感情是很复杂的:知心好友,相见时难,又同为宦海沦落之人,只要彼此平安,也就是不幸中之大幸了!

接下来四句由彼此的问候很自然地转到对昔日师友的怀想。"年来鬼祟覆三豪,词林根柢颇摇荡。""三豪",指东坡、范淳夫、秦少游。东坡和秦少游是山谷与文潜的师友,范淳夫是山谷作著作郎时的同僚,此时皆已去世。鬼魅作祟,"三豪"相继去世。其意所指,正是加害于他们的新党。这一点不能明说,只能说他们的死给词林带来不可估量的损失,动摇了文学界的根基,“词林根柢颇摇荡”便是这个意思。但是,作者的沉痛、愤激之情是掩饰不住的,他终于喊出:“天生大材竟何用?只与千古拜图像!”上天降下苏、范、秦这样的大材,又有何用啊!活着的时候不能施展抱负,徒然在死后留下供后人膜拜画像了!这是反李白“天生我材必有用”(《将进酒》)之意,而取杜甫“古来材大难为用”(《古柏行》)之旨,实为痛心疾首之语。接着,诗人又写道:“张侯文章殊不病,历险心胆元自壮。”这是由“三豪”的遭遇而联想到张耒的遭遇。张耒因哭东坡而被贬黄州,山谷亦因党籍而罹祸,二人肝胆相照,山谷从心底里钦佩张耒的文品和人品。所以,他称赞张耒身虽染微恙,而文章无衰飒之气,经历了艰险之后,心胆依然壮烈。

诗人在回顾了过去之后,转为对现实的概叹:“汀洲鸿雁未安集,风雪牖户当塞向。有人出手办兹事,政可隐几穷诸妄。”“汀洲鸿雁”代指人民,“未安集”指不能安居。《诗经·小雅》有《鸿雁》篇,《毛诗序》曰:“万民离散,不安其居”,统治者应能“安集之”。“塞向牖户”,语出《诗经·豳风·七月》“塞向墐户”,意谓堵塞向北的窗户,用泥涂抹门扇,以御寒过冬。第三句中“出手”,语出《传灯录》“与和尚共出只手”。第四句中“隐几”,语出《庄子》“隐几而卧”;“诸妄”语出《圆觉经》“于诸妄心,亦不息灭”。这四句意思是说:眼下正是严寒季节,百姓未能安居,理当为他们绸缪牖户。不过,这些政事朝廷大概已有人出面办理了,我们只须隐几而卧,根绝妄念便可。语意中透出对百姓的关切和对朝廷的不满。

诗的第三层亦即最后四句照应开头,并表明诗的主旨。“经行东坡眠食地,拂拭宝墨生楚怆!”是说我们漫游在东坡当年生活过的地方,拂拭东坡题诗的石刻,倍感凄怆!苏轼曾谪居黄州四年,如今张耒亦谪居于此,黄庭坚则一贬再贬,共同的遭遇更增其对良师益友的怀慕之情。墨迹依旧,人已隔世,言念及此,能不悲伤?诗从赤壁写起,又于赤壁落笔,以“吊周郎”、“寻漫浪”始，以拭宝墨、哭东坡终，首尾呼应，构为一体，感旧伤今，终明心迹：“水清石见君所知，此是吾家秘密藏。”是啊，水清自然石见，这正是我们的“秘密藏”。“水清石见”，出自乐府《艳歌行》“水清石自见”；“秘密藏”，出《圆觉经》“为诸菩萨开秘密藏”语。《涅槃经》曰：“愚人不解，谓之秘藏。”山谷在这里申明自己与文潜清白无辜，也预感到将来或有更大的祸事到来，但无论如何，事实终归是事实，总有水清石见之日。（也许这一天在他们的身后？）这里，可以见出诗人的正直品格，也透露出他在党争中沉沦的悲怆。果然，诗人在写这首诗后的第二年冬天便获罪贬宜州，到宜州后仅一年就与世长辞了——距写这首诗不到三年的时光。

山谷刻意学杜，又精研禅学，所以多典故，多禅语，是这首诗的第一个特点。不过，化用不露痕迹，因为写的是真感情。写真感情，是这首诗的第二个特点。师友之情，国事民瘼之情，无不发自心底，一气贯穿。一气贯穿，转接缜密，是这首诗的第三个特点。首四句与末四句相呼应，中间十二句又以二——四——二——四为层次，既可见出诗意转接的连贯，又可体味到诗人衷肠的回曲与感情的激荡。这是一首好诗，虽然其艺术并非最上乘，然其片言只字皆尽作者之方寸。其情其事，感人心魄，掩卷凝思，令人击节长叹不已！

（李敬一）

鄂州南楼书事四首（其一）

四顾山光接水光，凭栏十里芰荷香。
清风明月无人管，并作南楼一味凉。

【鉴赏】

东晋征西将军庾亮镇守武昌(今湖北鄂州)时曾登城南楼览赏风光(见《世说新语·容止》及《晋书·庾亮传》)。后人于鄂州(治所在今武汉市武昌)复建一南楼纪念庾亮。山谷在崇宁元年(1102)寓居鄂州后即登斯楼,叹其制作之美,翌年六月再登,写下了这一组诗,本诗居四首之先。

陈衍曾说过:"山谷七言绝句皆学杜,少学龙标(按指王昌龄)、供奉(按指李白)者,有之,《岳阳楼》、《鄂州南楼》近之矣。"(《宋诗精华录》)本诗即是风神摇曳,具悠远之姿者,令人回味无穷。

起句即写登临纵目之所见,境界阔大,气象不凡。以"四顾"领起,具见豪迈气魄;"接"字下得贴切,描绘出山川相缪的壮丽景色;一个"光"字,则传达出月下景物的特殊魅力。接写"凭栏十里芰荷香",夜色中的十里风荷,给人最深刻的感受不是其视觉形象,而是其清香四溢,所以着一"香"字而境界全出。面对如此风物,仿佛人间的一切奔竞争斗都不复存在,于是诗人唱出了"清风明月无人管"之句。"清风"近承"芰荷香",即"荷风送香气,竹露滴清响"之意(孟浩然:《夏日南亭怀辛大》)"明月"遥应"山光接水光",点明皓月朗照,山川生辉。大而言之,"清风明月"实指一切自然景物。"无人管",则是化用了东坡《前赤壁赋》最后一段的议论:"惟江上之清风,与山间之明月,耳得之而为声,目遇之而成色,取之无禁,用之不竭,是造物者之无尽藏也,而吾与子之所共适。"(清风明月,见《南史·谢譓传》:譓"不妄交接,门无来宾。有时独醉,曰:'入吾室者但有清风,对吾饮者唯当明月。'")清风明月,非人所得而私。诗人此时物我两忘,逍遥自适。

最后一句便点明了这种感情。一个"凉"字概括了他流连陶醉于山水间的种种感受。这里巧妙地运用了通感手法,无论是视觉之"光",还是嗅觉之"香",均并作一种"清凉"之感。既切合夏日"追凉",又写出其摒弃尘虑之想。"清凉",佛家常用语,指摆脱一切憎爱之念而达到的无烦恼境界,如《大集经》云："有三昧，名曰清凉，能断离憎爱故。"又如《华严经·离世间品》云："菩萨清凉月，游于毕竟空。"前面所写的景物都有清高脱俗的寓意，构成了一个使心境澄淡的"清凉世界"。一个"凉"字确是意味深长。山谷在这之前经历了长达六年的谪居黔州、戎州的流放生涯，遇赦后赴太平州任，仅九日即罢官，只得流寓鄂州，等待命运的安排，结果是远贬宜州而死。尽管如此，他却力图在儒、道、佛的思想中寻求精神寄托，一方面洁身自好，即所谓"苟非吾之所有，虽一毫而莫取"，一方面寄情山水，放舍身心，置生死荣辱于不顾。这就是他"清凉"心境的内涵。

清人冒春荣评李白七绝云："七言绝句，以体近情遥，含吐不露为主。只眼前景，口头话，而有弦外音，味外味，神气超远。太白有焉。"(《葚原诗说》)山谷此诗确有太白的遗响，写景清新淡雅，抒情含蓄蕴藉而颇有理致。此诗通体散行，一意直叙，如流水淙淙，直归于结句的"凉"字，而又妙在点到即止，留下了玩味想象的余地。诗句在散行中又参以当句相对，如首句之"山光"对"水光"，第三句之"清风"对"明月"，往复回环，摇曳生姿，增添了声情之美。

（黄宝华）

寄贺方回

少游醉卧古藤下，谁与愁眉唱一杯？
解作江南断肠句，只今惟有贺方回。

山谷在黔州与戎州度过了六年漫长的谪居岁月，好不容易在徽宗崇宁元年(1102)被任命领太平州(今安徽当涂)事，但到官仅九日即罢。在贫窭困顿中，他只得漂泊于江湖间，后寓居鄂州（治所在今湖北武汉市武昌），这首七绝就是崇宁二年在鄂州写寄贺铸的。贺铸是一位豪放任侠之士，又富有才情，诗、词精绝，名重一时。山谷与他颇有交谊，他在赴泗州通判任时，路经当涂，曾与山谷晤面。本诗就是他们分手后，山谷寄赠之作。

诗寄贺铸，却从秦观身上落笔，因为秦少游既是山谷挚友，同为苏轼弟子，同时与贺方回亦是知交。秦观于绍圣元年（1094）因列名“元祐党籍”而被贬处州，绍圣三年又徙郴州，而后贬横州、雷州，愈贬愈远，竟至天涯海角，元符三年（1100）五十二岁时才被赦北返，归途中卒于藤州（治所在今广西藤县）。本诗第一句“少游醉卧古藤下”即写秦观的逝世。字面上并未明写其死，只是说“醉卧”，显然是因为不愿提及老友之死，他以这一描写抒发了对挚友深情绵邈的追念。但这样写，也并非凿空杜撰，而是有事实为依据的。据惠洪《冷斋夜话》：“秦少游在处州，梦中作长短句曰：‘山路雨添花，花动一山春色。行到小溪深处，有黄鹂千百。飞云当面化龙蛇，夭矫挂空碧。醉卧古藤阴下，杳不知南北。’后南迁久之，北归，逗留于藤州，遂终于瘴江之上光华亭。时方醉起，以玉盂汲泉欲饮，笑视之而化。”（《苕溪渔隐丛话》引）当时人认为，这首词好像是一种谶语。尽管少游历尽磨难，但临终时却以宁静的心境面对死亡。山谷此句既是化用了少游的词，又切合其视死如归的坦荡情怀。

第二句说“唱一杯”，而不说“唱一曲”，这又是山谷造语的生新之处。晏殊有词云：“一曲新词酒一杯，去年天气旧亭台”，“无可奈何花落去，似曾相识燕归来。”这“唱一杯”既包含了“一曲新词”的意思，也呼应了上面的“醉卧”，针线极密。这个问题极耐人寻思。接着诗人自己作答：“解作江南断肠句，只今唯有贺方回。”这一转折使诗境从低回沉思中振起，然后一气贯注，收束全诗。这两句用逆挽的写法，形成衬垫，全力托出最后一句，挽住题目作结，确有画龙点睛之妙。山谷对贺铸的推重、赞美，全部凝聚在这句诗中了。只有像贺铸这样的豪侠多才之士，才有资格为少游唱出断肠之词。他的《青玉案·横塘路》云："碧云冉冉蘅皋暮，彩笔新题断肠句。试问闲愁都几许？一川烟草，满城风絮，梅子黄时雨。"当时传诵人口，人称"贺梅子"。"江南断肠句"正是化用贺词成句，切追悼少游之意。少游生前很喜欢贺铸这首词，《诗人玉屑》就载有山谷语道："此词少游能道之。"

此诗尺幅之中，蕴含深情，表现了三个朋友相互间的情谊，构思精巧。但它不仅是一般的寄友怀人之作，山谷的感叹中沉淀着深厚的内容。在北宋的激烈党争中，许多才识之士纷纷远贬，经历了种种磨难，有些人就死在岭南贬所。徽宗继位，朝野都希望能消弭党争，徽宗也以此标榜，宣布改元"建中靖国"，因而所谓的"元祐党人"得以遇赦，但劫后余生也不能长久，苏轼、秦观、范纯仁等都在此时谢世，陈师道也死于贫病。崇宁元年，蔡京为相，党祸再起，开列包括苏轼、秦观在内的百余名"奸党"，刻石全国，并令销毁三苏及苏门弟子等的著作。山谷在遇赦时也曾对徽宗寄以厚望，但朝政如此，实不堪问，他又重新陷于绝望之中。师友凋零，前途未卜，其悲凉落寞、忧患余生的心情是可以想见的。就在作诗的这一年，山谷再贬宜州（治所在今广西宜山），不久即辞世。在这样的境遇下，他把贺铸视为知己，其寄慨之深沉，就非同一般了。贺铸虽是太祖贺皇后的族属，但秉性耿直，长期悒悒不得志，终于愤而退隐，卜居苏常。所以他们的友谊是有共同的思想感情作基础的。

（黄宝华）

十二月十九日夜中发鄂渚，晓泊汉阳，亲旧携酒追送，聊为短句

接淅报官府，敢违王事程。

宵征江夏县，睡起汉阳城。

邻里烦追送，杯盘泻浊清。

祇应瘴乡老，难答故人情！

徽宗建中靖国元年(1101)，黄庭坚在沙市寓居至冬尽。次年(崇宁元年)春，返回老家分宁。六月赴太平州领州事，作了九天的官，便罢为管勾洪州玉隆观。九月，移至鄂州(治所在今湖北武汉市武昌)寓居。谁知命运多舛，到鄂州后的第二年(1103)，便被人摘录他在荆州所作《承天院塔记》中只言片语，锻炼出"幸灾谤国"的罪名，构成冤狱，远谪瘴疠之地宜州(治所在今广西宜山)，限即刻起程。十二月十九日晚，诗人在凛冽的夜风中，以老病之身，乘船赴贬所，写下了这首律诗。古代诗歌七言习称长句，五言则为短句，故诗题谓"聊为短句"。

贬谪的命令催魂逼命，急如星火，连熟炊的工夫也没有；"王事"在身，哪敢有片刻的耽搁！诗的首联"接淅报官府，敢违王事程。"描写出一片紧张、急迫的气氛，诗人的悲愤心情透出纸背。"淅"是淘过的米，"接淅"是说来不及将生米煮熟。《孟子·万章下》云："孔子之去齐，接淅而行。"山谷用"接淅"的典故恰当地比喻了官命之急迫。次联承接上联之意，通过时间、地点的转换，具体地描写出舟行之急。"宵征江夏县"，是说连夜从武昌出发。"江夏县"即武昌，鄂州的治所。"睡起汉阳城"，是说待到天亮的时候，已泊舟对岸的汉阳了。这一联诗意急切，如同《诗经·召南·小星》所状写的"肃肃宵征，夙夜在公。"两个对偶句语气又极流畅，且切合水路舟行急速的实事。王事紧迫，江流湍急，船行飞快，那情景和气氛宛在眼前。第三联写邻里、朋旧赶来送行的情景。"邻里烦追送，杯盘泻浊清。"叙事中透出无限的情意。"追送"和"浊清"都是偏义词："追送"就是"送"，殷勤送别，"烦"字透出作者的感激之意；"浊清"实指"清"，清香的好酒。但是，"追送"的

【原文】

"追"字又进一步把前面两联的紧迫气氛渲染出来：诗人走得那样突然，以至邻里、故旧事先都没有得到消息，而仓促之间追到汉阳为之饯行。那泻入杯中的一杯杯饯行酒，包含了多少深情厚意！末联写自己的感慨："祇应瘴乡老，难答故人情！"此番谪居边远之地，功名前程乃至生命都是不可卜知的，这一切倒也不必计较，只是"故人"的友谊和真挚的感情永远无法报答，这才是终身遗恨的事。果然，作者自十二月十九日从武昌出发，经过长途跋涉，方于次年夏天到达宜州贬所，到宜州后仅一年，便怀着冤愤与世长辞了。老死瘴乡而"难答故人情"，竟成为他留给"故人"的诀别之辞。

这首诗是因亲朋故旧饯行，内心感念不已而写的，因此感情真挚动人，用典较少，语言平易流畅，不像山谷其他的诗那样刻意雕琢，讲求险怪奇丽。但是，诗的章法仍然是谨严细密的，四联之间，起、承、转、合的关系颇耐寻究。首联"起"，叙述紧急离开武昌的原因：王事在身，必须接淅而行。颔联"承"，承接上联之意，具体描写行程紧急、必须"宵征"的情形。颈联"转"，由行程的紧迫转为写邻里的追送和置酒饯别。末联"合"，归结点题，抒发离别之情。山谷长于律诗，而律诗的章法是颇有诀窍的，其中之一便是"起、承、转、合"。《红楼梦》第四十八回写到香菱向林黛玉学诗，黛玉说："什么难事，也值得去学？不过是起、承、转、合，当中承转，是两副对子，平声的对仄声，虚的对实的，实的对虚的。若是果有了奇句，连平仄虚实不对都使得。"读者可以根据曹雪芹通过黛玉之口说出的这段话，来揣摩黄庭坚这首律诗艺术上的特点。

（李敬一）

书磨崖碑后

春风吹船著浯溪，扶藜上读《中兴碑》。

【原文】

平生半世看墨本,摩挲石刻鬓成丝。
明皇不作苞桑计[1],颠倒四海由禄儿。
九庙不守乘舆西,万官已作乌择栖。
抚军监国太子事,何乃趣[2]取大物为?
事有至难天幸尔,上皇跼蹐[3]还京师。
内间张后色可否,外间李父颐指挥[4]。
南内凄凉几苟活,高将军去事尤危。
臣结舂陵二三策,臣甫杜鹃再拜诗。
安知忠臣痛至骨,世上但赏琼琚词[5]。
同来野僧六七辈,亦有文士相追随。
断崖苍藓对立久,涷雨[6]力洗前朝悲。

〔注〕 ① 苞桑计:《易·否·上九》:“其亡其亡,系于苞桑”。疏:“苞,本也。”意为把东西系在桑树的根上就牢固了,苞桑计即根本大计。 ② 趣:与促同,急忙的意思。大物:即天下。《庄子·天下》:“天下,大物也。” ③ 跼蹐(jú jí 局瘠):累足不安的样子。 ④ 颐指挥:以下巴的动向来指挥人,形容趾高气扬的傲慢态度,语出《汉书·贾谊传》。 ⑤ 琼琚词:贵重华美之辞,韩愈《祭柳子厚文》:“玉佩琼琚,大放厥词。” ⑥ 涷雨:《尔雅·释天》“暴雨谓之涷。”

诗人要敢于写大题目,方能为诗坛射雕手。而写大题目,要有大议论,有卓识伟见,才能扣人心弦;同时,要有驾驭语言的万钧之力,才能达到内容与形式的统一。这首《书磨崖碑后》在这两方面都表现了很高的造诣。

诗虽然是题元结的《中兴颂》碑文,但涉及对唐代玄宗、肃宗千秋功罪的评价,所以也是一篇史论。唐玄宗天宝十四载(755)发生了震惊朝野的

【鉴赏】

安史之乱。次年六月，玄宗仓皇出走，在路上发生了马嵬兵变，兵士杀杨国忠，又逼明皇（玄宗）杀了杨贵妃，演出了一场“宛转蛾眉马前死”的千古悲剧。同时，父老请留太子讨贼。于是太子李亨治兵朔方（治所在今宁夏灵武西南），七月，即位于灵武（今宁夏中卫及其以北地区），是为肃宗，尊玄宗为太上皇。肃宗至德二载（757）安禄山被其子庆绪所杀。乾元二年（759）禄山部将史思明杀庆绪，上元二年（761），思明又为其子朝义所杀，叛乱基本平息。这年八月，元结撰《大唐中兴颂》，歌颂肃宗的中兴之功。碑文为当时大书家颜真卿手书，刻于湖南祁阳县境内的浯溪临江石崖上。

黄庭坚这首诗作于崇宁三年（1104），前一年，他以“幸灾谤国”的罪名从鄂州（治所在今湖北武昌）贬往宜州（治所在今广西宜山），这一年春天，他途经祁县，泛舟浯溪，亲见《中兴颂》石刻，写下了这首名作。

开头四句是全诗引子。“春风吹船著浯溪”一句，横空而来，音调高朗，领起全首。特别是“著”字（同“着”），使人觉得春风像是有意吹送着诗人的小舟，将其置于浯溪之上。面对千古江山，往史陈迹涌上心头，这就引起了下文。藜即藜杖，诗人舍舟登岸，扶杖上山看碑。三四两句作一跌宕，表现了诗人对此碑的向往之情。山谷作此诗时已六十岁，所以说半世以来只看到《中兴颂》的拓本，而如今亲手摸到石刻已是须发苍然了。

从第五句起一直到“世上但赏琼琚词”，都是论唐代的历史。四句一层，层层展开。“明皇”四句是说唐玄宗没有深谋远虑，又宠信安禄山，肇成大祸，遂使乾坤板荡，天子奔亡，百官降贼。九庙，是帝王祖先的庙，“九庙不守”即指京城失陷，“乘舆西”指玄宗出奔四川。为尊者讳，所以用“乘舆”代替皇帝。乌不择树而栖息，比喻乱军攻陷两京后，大臣如陈希烈等纷纷投降。这里用了形象而含蓄的笔致将玄宗失德、安史乱起、朝廷危殆的境况勾画出来。下面四句转入对肃宗的指责。

“监国”，指皇帝外出时，太子留守代管国事。古来本有太子监国之事,因而山谷以为,肃宗何必袭取帝位。他还认为,安史之乱的平息,极为艰难,肃宗之成功乃是天幸。而"踽踽还京师",则写出了玄宗失位后的困境。

据史书记载,玄宗自蜀还京,当了太上皇,起初居于兴庆宫,太监李辅国与张后串通一气,离间他与肃宗的关系。上元元年(760)上皇登长庆楼,与持盈公主闲谈,正值剑南奏事官朝谒,上皇就令公主与如仙媛接待他,事后,李辅国诬奏"南内有异谋",并矫诏将上皇移到西内,持盈公主被软禁在玉真观,忠于玄宗的高力士等被流放到巫州。"内间张后"四句就指此事。诗意说:肃宗内中要看张后的颜色行事,外面又受制于李辅国。"南内",即指兴庆宫。上皇居于兴庆宫时已觉凄苦,几乎只是苟延残喘。到了高力士被流放,上皇幽居西内,则更是岌岌可危,朝不虑夕了。高力士曾为右监门将军,所以称他为"高将军",这也是当时朝廷大臣对高力士的称呼。这里虽然是叙述历史,但有诗人的褒贬与感情在其中,他对李辅国、张后这样的奸邪小人深恶痛绝,对玄宗这个煊赫一时而晚景凄凉的帝王表示了同情与惋惜,而对肃宗的懦弱无能也表示既愤恨又悲悯。

"臣结"四句笔锋一转,以元结的《舂陵行》和杜甫的《杜鹃》诗来表现当时政治的腐败与对玄宗被幽禁的慨叹。元结于代宗广德元年(763)授道州刺史,目睹民生疾苦,有感于横征暴敛,写下了《舂陵行》一诗,并两次上表,为民请命,时离上元二年玄宗被幽禁仅两年。杜甫的《杜鹃》诗则是感明皇被幽事而作,对玄宗的晚景凄凉表示了同情,所以黄庭坚认为这两首诗代表了当时忠臣节士对政治的意见。然而,人们只把它们当作美妙的诗歌来欣赏,而不究其衷曲。

最后四句又回到诗人的游踪,据黄罃《山谷先生年谱》记载,当时与山谷同舟游浯溪的有陶豫、李格、僧伯新、道遵等。次日,又有居士蒋大年、僧守能、志观、德清等来同游,遂赋此诗,所以说"同来野僧六七辈,亦有文士相追随。”山谷泛溪观碑，正值天降大雨。面对着前朝兴亡盛衰的记载，诗人情激如涌，甚至赋予了大自然以强烈的感情：那眼前的暴雨像是要将前朝的悲愤冲洗干净。结句融景物与情感、眼前与历史为一炉，戛然而止，却神完气足。

这首诗的一个显著特点是章法谨严、层次清晰。山谷很重视长篇诗歌的立意布局，他说：“每作一篇，先立大意，长篇须曲折三致意，乃可成章。”（《王直方诗话》引）他的长诗往往有叙、写、议三部分。以本诗为例，前四句叙游览读碑事，用以点明题目；中间一大段夹叙夹议，气势雄峻，波澜开合，跳荡起伏，又能曲折尽意；最后四句写当时情形，记同游之侣，一依古文游记的章法，结语寓情于景，气势回荡，真有杜甫所说的“篇终接混茫”（《寄彭州高使君、虢州岑长史三十韵》）之概。

这首诗另一特点是音调高朗。山谷的诗力戒平庸，他不仅在遣词造句上力求奇拗硬涩，而且在声调上也追求不同凡响。本诗就是一例，全首一韵到底，既有顿挫，又一气直下，所以陈石遗说“此首音节甚佳”（《宋诗精华录》）。此诗以高峻激昂的声调配合纵横恣肆的议论，形式和内容浑然一体。这样高超的诗艺功夫，真可谓炉火纯青。

（王镇远）

清　明

佳节清明桃李笑，野田荒垅自生愁。
雷惊天地龙蛇蛰，雨足郊原草木柔。
人乞祭余骄妾妇，士甘焚死不公侯。
贤愚千载知谁是，满眼蓬蒿共一丘。

【鉴赏】

黄庭坚的为人，有旷达之风，但旷达中有时却也包含着郁勃之气。唯其气势旷达，所以他的律诗能够得庄子的纵横洒落，“寓单行之气于排偶之中”。唯其郁勃，所以他多方避俗，力求以奇倔的风格发抒心中的块垒，表现那种不肯与俗沉浮的兀傲境界。这两种气度的结合，在《清明》一诗中表现得最为显著了。

清明，是历来扫墓的节日。黄庭坚以此为题，有几层意思：一是他在清明节写的。时届初春，不无万象昭苏之感。二是从清明扫墓联想到人的生死问题，甚至扩而大之，有感于人生的价值问题，有的是重于泰山，也有的恬不知耻。

黄庭坚所处的时代，是新旧党争几度反复、旧党遭受严重打击的时代。绍圣元年(1094)“新党”章惇等人被起用后，打着神宗和王安石的旗号排斥异己，无所不至，黄庭坚第一次被贬到四川，流转到边远荒陲之区。尔后，曾一度起复；但转眼到了徽宗崇宁二年(1103)，蔡京等人对旧党的迫害愈烈。四月，下诏销毁三苏、秦观和黄庭坚的文集，接着又下诏在各地立“元祐奸党碑”，要把旧党人物连根铲尽。就在这时，黄庭坚受到罗织，以《承天院塔记》一文得祸，被诬为“幸灾谤国”，贬至宜州(治所在今广西宜山)。尽管在宜州蹲了仅仅十个月就溘然辞世，但在这一个短短时期中，艰苦备至的谪居生活，给诗人的磨折十分巨大，较之第一次贬谪，住在万山环绕的黔州(治所在今四川彭水)开元寺中，还能勉为旷达，以吟诗写字消遣，就大不相同了。由于宜州官府施加压力，连要找个比较安静的住所也不可能，只有寄居在城头一座戍楼的破败房子中，度过了他的晚年最终一段生活。就在这沉重心情下，他写下了《清明》一诗。期之以旷达，大有万事成尘之想。然而他并没有真的忘我。尽管他在这诗中，说是无分贤愚，同归一死，好像把世界看成微尘，但实际是心怀郁勃，对那些“乞祭余”之食的无耻之徒

【鉴赏】

(“乞祭余”是用《孟子》“齐人有一妻一妾章”的典故),对所谓“新党”的赵挺之、陈举之流是有讽刺的。这一种讽刺,虽说不上是横眉冷对,却大可证明这首七律的基调,并非如有人所评的什么表现为清明时节的感伤之情,而实在包含着诗人对仕途贤愚混杂、是非不分的愤慨。如果不信,不妨再抄另一首宋人高菊卿所写的、题目也叫《清明》的七律,用来比较:

南北山头多墓田,清明祭扫各纷然。纸灰飞作白蝴蝶,血泪染成红杜鹃。日落狐狸眠冢上,夜归儿女笑灯前。人生有酒须当醉,一滴何曾到九泉?

作者通过扫墓的凄凉情景的描绘,由此而表明人们一旦长眠地下,万事皆空,不如及时行乐。描绘得惨戚一点倒也无妨,但格调不高,韵味也不深长,至于现实意义,那就更说不上了。

回过头来,我们再看看黄庭坚这首《清明》。确如清人方东树所说,“山谷之妙,在乎迥不与人,时时出奇。”(《昭昧詹言》)果然,诗一开头便不同凡响。清明情调在他笔下,并不像高菊卿的一味哭哭啼啼,而是表现为两个侧面的同时并写:就其秾春烟景而言,桃李是欣欣而笑;就其属于扫墓时节而言,却又使人联想到野田荒垅,发生死之悲。一笑一愁,互为对衬。由此可见,诗人对大自然生机一贯是兴趣盎然,并不因眼下遭遇逆境而为之索然。但同时,他毕竟是一贬再贬,身处荒陲,何况又是以衰老之身,备经拂逆,逢此清明佳节,又如何能不激起有感于死生大限的心灵颤动?以下两联分承“佳节清明”和“野田荒垅”,表现了他的复杂心情。颔联的“雷惊天地龙蛇蛰,雨足郊原草木柔”,极写春气发动给宇宙带来的蓬勃生意。春雷起蛰,万物复苏,得其壮美;春雨充沛,润物无声,得其优美;但总的说来,却都是“佳节”的最好说明。至于腹联的“人乞祭余骄妾妇,士甘焚死不公

【鉴赏】

侯”，则又改变了上文情调，不再是春天的赞歌，而是从“野田荒垅”一路浮想开去，运用对比方式，展开了对人生丑恶的挞伐。齐人偷吃了祭余酒肉不算，还要恬不知耻地回家向妻妾炫耀。这就分明是指向蔡京、赵挺之献媚的陈举之流的卑鄙小人了。与此相反，像晋国介之推那样的人物，甘愿烧死在绵山之中而不愿出山，其骨格之重又是如何！这是黄庭坚的自况，也可以说包括对那些受到所谓“新党”迫害而决不改其操守的苏轼、秦观等人的赞美。特别是他们当中的陈师道，节操更高。陈师道是那个受蔡京赏识的赵挺之的联襟，但他却一向鄙薄这位显赫的妻党，坚决不愿接受他帮助，终于自甘饥寒而死。这样一位无愧于介之推式节操的诗人，给黄山谷的心灵震撼想必是很大的，也可能诗句所指与此有关。一贤一愚，在山谷笔下，原来是泾渭分明，但结尾为何却显得迷惘起来呢？深一层看，并非迷惘。“贤愚千载知谁是，满眼蓬蒿共一丘”，这固然有无论贤愚，最后都不免同归荒冢的意思，但更主要的内容是对当时小人当道、政治黑暗的深深愤慨。这和屈原所说的“世混浊而不分兮，好蔽美而称恶”（《离骚》），具有相通的地方。屈原说的美恶混淆，正是山谷说的贤愚不分。屈原所表示的“虽九死其未悔”，虽说在这首诗中并没有表现，然而从整个作品基调看来，山谷显然也是不肯与俗浮沉的人。他的艺术成就固然得力于《楚辞》，而他的坚贞之骨、兀傲之气，他自己所说的“地褊未堪长袖舞”（《次韵几复》）等等，又何尝不是屈原遗风的承传？你看，起句多么倔拗开朗！颈联的意境多么浩荡苍莽，腹联又多么爱憎分明！特别是一“甘”一“不”二字，前后配合，充分显示了矢志靡他的气概，实际也仍然是“九死未悔”的精神。如果着眼于全篇，那么对结尾情调的体会，也就可以分明看出确以郁勃为主，旷达为次，而郁勃中，实际包含着对落井下石的小人蔑视的心情。这就难怪他怀着独立苍茫、满腔悲愤的情绪，效法屈原，写下这一种新形式的《天问》了。

（吴调公）

【原文】

徐孺子祠堂

乔木幽人三亩宅，生刍一束向谁论？
藤萝得意干云日，箫鼓何心进酒尊。
白屋可能无孺子，黄堂不是欠陈蕃。
古人冷淡今人笑，池水年年到旧痕。

这是一首吊古咏怀的诗，即借对古人、古迹之题咏而“自吐胸臆”，故姚鼐谓其“自杜公（甫）《咏怀古迹》来而变其面貌”（《五七言今体诗抄》）。

它题咏的是徐孺子祠堂，亦即徐稺故居。《后汉书・徐稺传》言：“稺字孺子，豫章南昌（今江西南昌市）人。家贫，常自耕稼，非其力不食。恭俭义让，所居服其德。屡辟公府不起。时陈蕃为太守，以礼请署功曹，稺不之免，既谒而退。蕃在郡，不接宾客，唯稺来特设一榻，去则悬之。去举有道，家拜太原太守，皆不就……灵帝初，欲蒲轮聘稺，会卒。”《舆地纪胜》言：“孺子亭在东湖（在今江西南昌）西堤上，孺子宅即孺子亭也。曾南丰（巩）即其地创祠堂。”

杜甫《咏怀古迹五首》，以“自叙起”（杨伦《杜诗镜铨》），而黄庭坚则贴紧“徐孺子祠堂”来写。姚鼐所谓“变其面貌”者大约指此。第一句讲祠堂，乔木四围中，有三亩之宅，为幽人之居（《易》“幽人贞吉”，后世用“幽人”指高人、隐士）。第二句写来祠奠祭。“生刍一束”，是徐稺本人的故事。郭泰母丧，徐稺往吊，“置生刍一束于庐前而去”。别人很奇怪。郭泰说：“此必南州高士徐孺子也。《诗》不云乎：‘生刍一束，其人如玉。’吾无德以堪之”（《后汉书・徐稺传》）。这句既点明“幽人”之为徐稺，且赞美徐稺“其人如玉”。但徐穉已死，谁能理解自己心意呢？“向谁论”三字领起下文。

第三句“藤萝”承“乔木”而来。乔木高耸，藤萝依附乔木，也干云蔽日，显出“得意”的样子。看来以喻小人依附君子而得意，造成浮云蔽日之势。在当时，如果以指吕惠卿、蔡京等人，倒也确切。

第四句是写祠堂建成之后，便有人吹箫打鼓来进酒尊，但那是把徐穉当作神佛一样来祭拜求福的。“何心”一词，用得耐人寻味。

这两句从眼前景事写起，但寓意深微。下两句接写自己的感想。

“白屋”指贫士所居。“能”，义同“堪”（见《汉书·严助传》注）。意谓贫士中怎堪没有徐穉呢？按黄庭坚《题伯时画严子陵钓滩》：“能令汉家重九鼎，桐江波上一丝风。”任渊注：“东汉多名节之士，赖以久存，迹其本原，正在子陵钓竿上来耳。”徐穉正是东汉的“名节之士”，他虽只是生活在白屋之中，却对汉家天下的存亡起了重大作用。

“黄堂”指太守所居。“不是”犹言“若不是”。意谓：若不是太守中少了陈蕃，则白屋中亦未必没有徐穉。语有省略。又可理解为反问句，即白屋之无孺子，不是由于太守中少个陈蕃吗？亦可通。说得更明白点就是：每个时代都有像徐穉那样的高士，只是没有陈蕃那样的太守去发现他，敬重他。

他赞颂与藤萝的依附相反的“名节之士”，慨叹太守不能注意发现这样的人，这就是黄庭坚“自吐胸臆”。

结句言“古人冷淡今人笑”，但“湖水年年到旧痕”。意谓徐穉这样的古人不为人知，今人中有这样的人也可能受到讥笑。但这种人品格自在，犹湖水年年长在一样。以景结情，耐人寻味。

方东树说“山谷之妙，起无端，结无端……每每承接处，中亘万里，不相联属”，这就是说其中跳跃很大，读时应该注意这点。

（吴孟复）

【原文】

次韵裴仲谋同年

交盖春风汝水边，客床相对卧僧毡。
舞阳去叶[1]才百里，贱子与公俱少年。
白发齐生如有种，青山好去坐无钱。
烟沙篁竹江南岸，输与鸬鹚取次眠。

〔注〕 ① 叶(shè 摄)：即叶县。

史容《山谷外集诗注》目录将此诗编于熙宁二年(1069)。黄庭坚于英宗治平四年(1067)被任命为汝州叶县(今属河南)尉；次年，神宗熙宁元年九月，到汝州；熙宁二年，到叶县任职。

裴仲谋名纶，事迹不详，时为舞阳尉(今河南舞阳)。黄庭坚于治平四年登进士第，裴仲谋也是在这年中进士的，故称“同年”。裴仲谋先作了一首诗给黄庭坚，所以黄作此诗和答他，“次韵”就是照用原作的韵字。此诗前半首叙写自己与裴的交情，一气贯注。黄庭坚大概曾与裴在汝水(出河南嵩县天息山，入颍)滨僧寺中同宿，故有首二句；第三四两句说，自己与裴同为少年，居官之地又相距很近，可以时常通问。“交盖”即是“倾盖”，见《孔丛子》。《后汉书·朱穆传论》“纻衣倾盖”句下李贤注曰：“《孔丛子》曰：‘孔子与程子相遇于途，倾盖而语。’倾盖即交盖也。”“盖”是车盖。朋友途中相遇，停车共语，两车之盖倾斜相交，即是“交盖”。后人用此辞指朋友会晤之意。“贱子”是自谦之辞，古人诗中常用。鲍照《代东武吟》：“主人且勿喧，贱子歌一言。”这年黄庭坚二十五岁，裴仲谋的年纪大概也差不多，所以说“俱少年”。“舞阳”这一联句法很活，因为要保存情事的真实、语句的自然，而突破了一般律诗的规律。按规律，“舞阳”句第六字应用平声，但是“百里”是一个客观事实，不能改动，所以仍保留仄声“百”字。“舞阳”与“叶”都是地名，但下句用“贱子”与“公”两个普通名词作对，不用专名，这也是一种活法。杜甫诗中也有此种作法，如《送杨六判官》云：“子云清自守，今日起为官。”以“今日”对古人名“子云”。罗大经说，这是“诗家活法”（《鹤林玉露》卷四乙编）。“舞阳”这一联虽是对句，但读起来觉得流转自然，上句将应用平声字处的第六字改用仄字，下句将应用仄声字处的第五字改用平声“俱”字，更增加了一种拗折的声响。《苕溪渔隐丛话前集》卷四十七引《禁脔》，曾指出，“鲁直换字对句法，……于当下平字处以仄字易之，欲其气挺然不群。”可见这是黄诗常用之法，也是从杜诗中学来的。

第五六两句提笔宕开，发抒感慨。这是古人作七律诗常用之法，可以增加高远之势。所以吴汝纶评为“绝好顿挫”（《唐宋诗举要》引）。“有种”，借用《史记·陈涉世家》“王侯将相宁有种乎”的字面。第六句亦暗用一个“买山钱”的故事。唐朝苻载派人致书于頔，乞买山钱百万，于頔如数给他。（见《云溪友议》卷上“襄阳杰”条）黄庭坚作诗，讲究“无一字无来历”，所以他经常运用典故或成语，但是总是暗用、活用。譬如这句诗，即便不知道买山钱故事的人也可以读懂，而知道出处后，更觉得有意味，正如古人所说的，善用典者如水中着盐，看似白水，一尝则有盐味。这两句诗是慨叹自己白发已生，倦于宦情，而因无钱买山，不能归去。“坐”是因为之意。末两句接着说出，自己还不如水鸟鸬鹚能在江南的烟沙篁竹中悠闲自在的生活。“取次”是“随便”之意。黄庭坚作叶县尉时甚不得意。他初到汝州，即因“到官逾期”，被汝州长官富弼将他“下吏”（见《还家呈伯氏》诗史容注）。县尉要经常送往迎来，伺候上官，也使黄庭坚感到厌烦。他的《冲雪宿新寨忽忽不乐》诗有“小吏有时须束带，故人颇问不休官”之句，说出了郁闷不乐想弃官而去的心情。这样，就更可以了解这首诗末四句的含义了。

方东树说："黄（按：指黄庭坚）只是求与古人远，所谓远者，合格、境、意、句、字、音响言之。"又说："又贵清，凡肥浓厨馔忌不用。"又说："又贵奇，凡落想落笔为人人意中所能有能到者忌不用。"（《昭昧詹言》卷七）黄诗的这些特点，就在这首诗中也可以体会出来。读这首诗，细细玩味，如同吃一种清醇而又别具鲜味的菜肴。苏东坡曾将黄庭坚诗比做"蝤蛑、江瑶柱，格韵高绝，盘飧尽废。"（《苕溪渔隐丛话前集》卷四十九）大概也是取其并不肥浓而又别具鲜味吧。

（缪　钺）

弈棋二首呈任公渐（其一）

偶无公事客休时，席上谈兵校两棋。
心似蛛丝游碧落，身如蜩甲化枯枝。
湘东一目[①]诚堪死，天下中分尚可持。
谁谓吾徒犹爱日，参横月落不曾知。

〔注〕　① 湘东一目：据《南史》，梁湘东王萧绎，早年一目失明。

这是一首以描写下棋为题材的诗。通体而论，应属佳作；但最富于烹炼的警句，该推"心似"、"身如"这一联。

写事写物的诗有其难处：一是难以刻画入微并形中见神；二是富有寄托，寓言外之意，发人深思，并非易事。看来下棋更不易写。棋盘、棋子，这都是没有什么好写的，关键是要写出下棋的对手双方的心理活动。《苕溪渔隐丛话》曾引过一首《观棋歌》，其中有四句写得神采奕奕，十分符合下棋情景：

初疑磊落曙天星，次见搏击三秋兵。
雁行布阵众未晓，虎穴得子人皆惊。

首言布局之初，春云待展；次言双方鏖战之烈；再次变局忽露，但端倪难测；最后则突出险中取胜，出人意表。这一种写法，侧重于对手双方的拼搏，确是生龙活虎，但较之山谷老人的突出心理状态，思深笔健，富于哲理，毕竟稍逊一筹。

“心似蛛丝游碧落”这一句，取自常见事物，但却奇崛异常。“蛛丝”之小，对衬“碧落”之大，已是一奇。而又偏偏不曾断绝，这就更富奇观。其毅力之非凡，恰可喻弈棋人殚精竭虑，务求胜算。然而，胜算之得，又决非轻而易举。左右为难的事，在棋局中是常见的。这就难免要徘徊，要沉吟，要冥思潜想。其深细，其浮动，其倏忽变化，的确是像太空中随风飘荡的蛛丝了。至于“身如蜩甲化枯枝”，则出于《庄子》中佝偻丈人承蜩的故事。丈人一心捕蜩，意志专一，竟把身子当做枯树，手臂当作树枝。典故被运用到这里来，喻对局者意志集中，已达到忘我境界。会下围棋的人大概都会知道，这种情景委实是逼真的。

不过，更值得注意的不仅是逼真，而更在于传形得神，以沉蓄的精力，传写出深邃的神思。清人蒋澜只看到这两句的“穷形尽相”、“绘水绘声”(《艺苑名言》卷一)，不免浅乎其言。这两句的刻画和铸境，总令人觉得初不止于弈棋，而有其更广泛的艺术概括。用于文思的专一可，用于科学家攻关时思维状态的描绘也可。

如果说颔联以刻画弈者的心思专一为主，那么颈联却是以描绘奕者的

【原文】

斗志坚韧为主；前者极写其忘我之境，后者极写其一意扭转危局之情。“湘东一目”，是用的南朝湘东王萧绎偏盲的典故，喻弈者处于不利之局。按理说，围棋要有两个“眼”才能活，可现在只有一眼，其结果可想而知。然而对此，弈者却决不服输，仍然在精心运筹，希望背城一战，总算还有个平分天下的局面。前面的“诚堪死”确乎是山穷水尽，后面的“尚可持”这一急转，却又表现为柳暗花明、蟠屈老辣之笔，充分展示了山谷的特色和擅长。

结尾虽说比较平淡，但却能席卷前文，并出以风趣之笔，以从容反问作结，表明一向珍惜光阴的人们，居然因一心鏖战，连夜阑更尽、星沉月堕也都忘却了。可以说把前文的心思专一和意志坚韧两层内容完全包罗，情景相生，使得眼前的对弈情境推向远处，不粘不滞，这就好像电影镜头的“淡化”，得“远而不尽”之妙。

黄庭坚之所以能写出这一种化境，绝不仅仅是源于其弈棋经验，也可以说得力于其诗文构思和禅悟的触类旁通。庄子的技进于道，禅宗的所谓“心妙以了色”（《大十二门经序》），这一类哲理，大概都给予他以影响。

（吴调公）

郭明甫作西斋于颍尾，请予赋诗二首

食贫自以官为业，闻说西斋意凛然。
万卷藏书宜子弟，十年种木长风烟。
未尝终日不思颍，想见先生多好贤。
安得雍容一尊酒，女郎台下水如天！

东京望重两并州，遂有汾阳整缀旒，
翁伯入关倾意气，林宗异世想风流：

君家旧事皆青史，今日高材未白头。
莫倚西斋好风月，长随三径古人游！

这两首七律作于熙宁四年(1071)，时黄庭坚任汝州叶县(今属河南)尉。诗题已标明了写作缘由。这两首诗是“联章体”，既各自成篇，又成为一个整体。这种联章的七律，杜甫写得最多，如《曲江二首》、《秋兴八首》、《咏怀古迹五首》等。黄庭坚早年曾精研杜诗，这两首联章诗，便是规摹杜诗体制的。

第一首写西斋风景，倾吐对朋友的渴慕之情，最后表示想同朋友欢聚。因为西斋的落成是朋友来函告知的，所以首联便从“闻说”写起。但并不落笔就写“闻说”，而是先说自己作铺垫。自己家境清贫，不得不以做官为业，所以听说郭明甫不愿入仕，在颍尾营西斋隐居读书，不禁肃然起敬。“意凛然”三个字，感情色彩浓郁，既含有对友人敬重之情，又寓有反躬自问之意。这三字是全篇联章的主旨所在，表示这两首诗并非一般应酬之什，而是有所为而作。首联二句，意思既连贯而下，仔细品味，又有抑扬转折之妙。山谷律诗用笔谨严，细针密线，诗句中襞褶尤多，深得老杜诗顿挫之法。从这二句也可见一斑。

由首联的“闻说”，便引起颔联对西斋风光的遐想。西斋既是友人隐居读书的书斋，自然地从藏书写起。称赞友人藏书之富，正是赞美友人饱读诗书，学问渊博。“宜子弟”，更是表述友人的诗礼传家。第四句写景兼寓意，暗用《管子·权修》：“十年之计，莫如树木；终身之计，莫如树人”之意。这一联，既写了西斋的藏书、子弟、林木、风烟，又抒发了关于培养人才的深刻见解，巧妙地寓议论于描写，使人几乎感觉不到这是说理之笔。这样的议论，带情韵而行，有形象，不失诗意之美。

【鉴赏】

西斋既是如此幽雅宜人，当然要引起作者倾心向往之情。于是，颈联便写对朋友的思念。“未尝”和“想见”二句，灵动流走，似乎是信手拈来，其实是用了多种技巧。第一，因果倒置的表现手法。本来是由于友人的好贤乐善，才时常怀念。但作者却反过来，先写自己终日思颍，后写先生好贤。这就使情意表达得曲折有味。第二，加倍一层写法。施补华《岘佣说诗》论杜甫诗云：“‘感时花溅泪，恨别鸟惊心’，‘无风云出塞，不夜月临关’，是律句中加一倍写法。”黄庭坚这两句诗，也用了这种写法。上句，本来说自己“未尝不思颍”就可以了，却加上“终日”，表现对友人是朝思夜想。下句，本来只说“先生好贤”也够了，添上一个“多”字，更加深了读者的印象。第三，“未尝终日不思颍”一句，还有意使用双重否定句法，比直接说终日思颍，感情要强烈得多。

律诗中两联对仗，最能见出作者功力的深浅。这首诗对仗精彩。颔联用正名对，对得工整。上、下句之间，上句是实，下句是虚，上句是主，下句是陪衬，毫无雕琢呆板之感，更无“合掌”之弊。颈联尤为出色：气势充沛，运笔如风，十四个字一笔直下，一气说出；对仗不强求精严，而具自然浑成之妙；上下句句法不同，却能正反相对，并形成一意贯连的流水对，读来觉不到是对仗。律诗之法，第三联须奇警。此诗五六句堪称“警联”。

由于对友人思念之切，便生欢聚之想，所以尾联宕出远神，以景结情，想象自己已到颍上，同友人从容载酒泛舟于女郎台下，但见台下水天一碧，空明澄澈。这阔远的境界，正好衬托出两人聚会时心旷神怡之情。情景交融，浑为一体，使人逸兴遄飞。

程千帆、沈祖棻说：“这篇诗赋西斋，但诗人却并没有到过西斋，所以全从想象落笔，化实为虚。‘闻说’、‘想见’、‘安得’，都非泛下”（《古诗今选》下册）。见解精切。此外，从“闻说”到“想见”，再到“安得”，诗意连贯而下，层层递进，真如行云流水，舒卷自如。

第二首进一步写对友人的勉励，希望他出来从政，为国家出力，表现了作者对人才的爱惜，反映了他前期积极进取的人生观。在艺术表现上，前四句句句用典，一气连举五个姓郭的历史人物故事。首句，用东汉郭丹、郭伋事。这两个人都做过并州牧，是当时有名望的人物。次句，用唐代郭子仪事。郭子仪封汾阳郡王，曾平服安史之乱，再造唐室，等于是把天子冠上断了的旒又连缀起来。第三句用西汉豪侠郭解（字翁伯）事。郭解入关时，关中豪杰闻声争来交欢。第四句用东汉郭太事。郭太字林宗，是当时的儒林领袖人物。他死后，蔡邕作了一篇很有感情的碑文。作者引用这么多姓郭的历史遗事，是为了勉励郭明甫，希望他向先人学习。所以，在第五句总括一笔之后，便称赞郭明甫年富力强，才华极高，希望他不要贪图西斋好风月，应出来济世立功。山谷写诗，讲究章法布局，后一首的结构不同于前一首。他先把主旨隐藏起来，从容不迫地征引典故，最后才画龙点睛，道出主题。另外，诗中的“今日高材”和“西斋风月”，同前首的“万卷藏书”、“先生好贤”、“闻说西斋”，前后吻合，遥相呼应，也见出作者艺术构思的谨严细密。宋人好以才学为诗，以示腹笥之富。此诗后一首连用五个古人的典故，正表现了宋诗，尤其是江西派的这一特色。

（陶文鹏）

过平舆，怀李子先，时在并州

前日幽人佐吏曹，我行堤草认青袍。
心随汝水春波动，兴与并门夜月高。
世上岂无千里马？人中难得九方皋！
酒船渔网归来是，花落故溪深一篙。

【鉴赏】

黄庭坚在英宗治平四年(1067)登进士第后,被任命为叶县(今属河南)尉。因为到官误期,受到上级官吏的谴责;县尉职位低,俸禄也少,不足以养家,心中总是闷闷不乐。这首诗是他在熙宁四年(1071)春天,解去叶县尉职务时所作,表达的便是得不到赏识欲归湖山的心情。

一二句主客并提,以彼此远居又各不得意为“怀”字提供丰富的内容。“幽人”指李子先,他在并州(治所在今山西太原)作小官。“青袍”是下级官员的服装。历代文人常用青草比青袍,如庾信《哀江南赋》:“青袍如草”,杜甫诗:“汀草乱青袍”,含有不被见用的意思。这里作者说“堤草”认出自己的青袍来,不光属思奇巧,而且以草为有情物来反衬人的情怀难禁,效果极好。

三四句承首联中“各在异地”的含义,叙遥相思念之情。这两句借景抒情,情景互生。作者时在平舆,地近汝水。前句写自己,后句写朋友,但同第一二句一样都用实写法,仿佛友人也在目前,颇觉亲切。

五六句承首联中“各不得志”的含义,写无人理解的愤懑。这两句诗措辞自然,对仗工稳而又意在言外,显示出诗人锤炼语言的深厚功力。庭坚曾以此联示人,并说读这两句可以得律诗之法。《观林诗话》对这两句诗从形式上加以评论,说:“杜牧之云:‘杜若芳州翠,严光钓濑喧’此以杜与严为人姓相对也。又有‘当时物议朱云小,后代声名白日悬’此乃以朱云对白日,皆为假对,虽以人姓名偶物,不为偏枯,反为工也。如涪翁(黄庭坚号)‘世上岂无千里马,人中难待(当为“得”——引者)九方皋’,尤为工致。”《苕溪渔隐从话·后集》(卷三十二)从内容上着眼加以评论,说:“鲁直(黄庭坚字)《过平舆怀李子先》诗:‘世上岂无千里马,人中难得九方皋’,《题徐孺子祠堂》诗:‘白屋可能无孺子,黄堂不是欠陈蕃’二诗命意绝相似,盖叹知音者难得耳。”足见这两句诗受到人们的爱重。

末二句写出全诗的主旨，劝李子先也解官归里，与己同游。其中“归来”二字明言作者用心，紧接着又下一个很有分量的“是”字，但诗人犹嫌不足，同时还用水涨花落、渔船载酒构成一幅具有强烈吸引力的图画，劝归之意算是发挥得淋漓尽致了。

山谷作诗，最讲章法。《昭昧詹言》卷十二云：“山谷之妙，起无端，接无端，大笔如椽，转折如龙虎，扫弃一切，独提精要之语。每每承接处，中亘万里，不相联属，非寻常意计所及。”本篇用幽人佐吏起，以故溪篙深结，大似无首无尾者，然而横空出语，收束有力。各联之间，首联说官卑，颔联写春兴，颈联叹九方皋之罕见，尾联叙故溪之可游，每联下语也好像不知其所从来。但细味诗意，脉理仍然是清晰可辨的。因为从内容上讲，诗人和朋友所以“心动”、“兴高”者，并不仅仅是感觉到“春波”、“夜月”的缘故，更重要的是感慨于自己“佐吏曹”、“青袍”这样的低下地位，因此也就极容易作千里马、九方皋之叹，慨叹之余，拟退处于酒船渔网之间，也就是顺理成章了。从结构上看，首联总提，中间两联分议，末联收拢，也分得巧妙，合得有力，既富变化，又作到了天衣无缝。

（李济阻）

次韵盖郎中率郭郎中休官二首

仕路风波双白发，闲曹笑傲两诗流。
故人相见自青眼，新贵即今多黑头。
桃叶柳花明晓市，荻芽蒲笋上春洲。
定知闻健休官去，酒户家园得自由。

世态已更千变尽，心源不受一尘侵。

【原文】

青春白日无公事，紫燕黄鹂俱好音。
付与儿孙知伏腊，听教鱼鸟逐飞沉。
黄公垆下曾知味，定是逃禅入少林。

这两首诗见史容注《山谷诗外集》，系年是元丰二年(1079)，时庭坚三十五岁，仍在北京(今河北大名)任国子监教授。盖、郭两郎中，名未详；原注称郭为"郭丈"，年长于黄。神宗"熙宁变法"，至此已历十二年，欧阳修、苏轼皆贬谪在外；新党中也发生矛盾，自相斗争，王安石两度罢相，吕惠卿代起，这时吕也罢相，蔡确参知政事。黄庭坚受知苏轼，对新党是不满的，诗中即流露这种感情。

第一首起联，总写盖、郭二人的生平遭遇。"仕路风波"，表现作者对朝政、仕途的不满，"双白发"，谓两人年老，暗示从仕途和年龄上看，都适合休官；"闲曹笑傲"，写两人浮沉不得志，官职闲散，只能"笑傲"自适，"两诗流"，谓能诗，非俗吏，暗示从生活和性格上看，也该休官。颔联出句，从两人写到作者和他们的关系，一束一转，灵活有力。"故人"，交情不浅；"自青眼"，用魏阮籍能为青白眼故事，谓两人看重自己。对句别作伸展，从三人写到朝官，机势逞出。"新贵"，主要指新党及作者眼中的倖进之士；"多黑头"，谓年轻。《世说新语·识鉴》载王导谓诸葛恢当为"黑头公"，是赏识的话；司空图《新岁对写真》："文武轻销丹灶火，市朝偏贵黑头人。"杜甫《晚行口号》："远愧梁江总，还家尚黑头。"是讽刺的话；黄句中是讽刺意。王安石变法，有进步理想，但在实施过程中弊病不少，新党中的官僚，确多投机分子，甚至王安石本人也受过他们的中伤、打击，所以不能认为黄庭坚讽刺新党，就是保守。颈联忽转入写景。出句写"晓市"中"桃叶柳花"的可爱，句中"明"字，以形容词用为动词，强调桃柳不但自身鲜妍，并且映得"晓市"也明媚起来;对句写“春洲”中的“荻芽蒲笋”也都长成上市,不但可观,而且可口。这两句好像与上下文不接,孤立突兀;其实是用在野风物的可爱,以对照上文“仕路风波”的可畏,并为下文转入明写“休官”作关捩,承接很紧,只是意脉不露,状如跳跃而已。结联:“定知闻健休官去,酒户家园得自由。”闻健,似是唐人口语,即“趁健”、“趁早”之意,白居易诗中常用之,如“闻健且闲行”、“闻健朝朝出”。句中谓趁早休官,在“酒户家园”中过生活,既可得到欣赏自然景物之乐,又可摆脱居官的不“自由”;原注说郭郎中时常不着官服,穿戴“道巾野服,过亲党饭,颇为御史所诃。”故强调“自由”问题。这一联倒蒙上联,远结全诗,笔调由上三联的结实凝炼稍稍变为宽松。

第二首起联的出句“世态已更千变尽”,作感慨语以进一步申述必须休官的理由,“世态”主要指上文的“仕路风波”、“新贵黑头”。对句“心源不受一尘侵”,承前“笑傲”、“诗流”、“自由”而来,勉励盖、郭心境要提高一层。心境保持高洁,不受俗尘侵扰,意本佛经“自心源达佛深理”,和禅宗的“本来无一物,何处着尘埃”的说心偈语。颔联,又从议论忽然转入写景,其突兀、跳跃,有如前一首的颈联。指“无公事”,才能够真正消受“青春白日”的乐趣,才能够听出“紫燕黄鹂”的“好音”,妙在不说“才能够”的道理,只直写景物,让人们自去体会这是休官的乐趣。这一联不但是以景抒情,而且是以景表现哲理了。方回《瀛奎律髓》评此联为“变体”;纪昀批:“此种句法屡用,亦是滥调。五六句却对得活变。”其实此种句法,黄诗并未滥用,纪氏批得过苛,似未深体它的作用。颈联:“付与儿孙知伏腊,听教鱼鸟逐飞沉。”向盖、郭两人提出休官后应取的态度:夏天“三伏”大暑和寒冬季节的变化,以及“伏祭”、“腊祭”等祭祀礼节,你们都不用管,让儿孙去关心得了;天上水底“鱼鸟”的“飞沉”,也可听其自“逐”,不要去引起遐思。史容注引《南史·梁元帝诸子传》,说梁元帝长子方等,曾经著论说:“吾之不及鱼鸟者远矣：故鱼鸟飞浮，任其志性；吾之进退，恒在掌握。”乃是羡慕鱼鸟的自由，似只能表示词语出处，不能解释诗中用意。纪昀说这一联胜过上一联，其实恰恰相反，这一联直接说理，不及上一联的含蓄有味、形象优美。结联：“黄公垆下曾知味，定是逃禅入少林。”说盖、郭两人饱尝世味，该有遁归佛门的出世之思。黄垆，《世说新语·伤逝》：“王濬冲（戎）乘轺车经黄公（卖酒老人）酒垆，顾谓后车客：‘吾与阮嗣宗（籍）、嵇叔夜（康）共饮此垆，自嵇生夭、阮公亡以来，便为时世所羁绁，今日视此虽近，邈若山河。’”逃禅，本指逃避佛家戒律，如杜甫《饮中八仙歌》所说的：“苏晋长斋绣佛前，醉中往往爱逃禅。”这里连下文“入少林”，是反过来表遁世归佛之意。少林，用佛教著名的达摩祖师在河南嵩山少林寺面壁参禅的典故。这中间的“味”字不指盖、郭因知酒味而要逃禅，是指饱尝世变和交游的死生聚散的况味，即尝到《世说新语》中的怀旧“邈（远）若山河”之味，于是便会看破俗情，有入禅之思。旧词反用，意曲一层，就能显出其中包含的深沉感慨了。这首诗颈联笔稍松，其余六句都写得结实凝炼。

这两首诗，前六句都用对偶，以之叙事、写景、说理，工整灵活；句与联之间的转变、伸展和跳跃，显示黄诗的盘旋挺拔的笔力；第一首颔联的“自”字、“多”字，第二首颈联的“俱”字都用拗字，使藻丽之句，又显出拗峭之势；好谈佛理，说理力求透过一层：这都表现出黄诗的特点。

（陈祥耀）

和陈君仪读太真外传五首（其四）

高丽条脱琱[①]红玉，逻逤琵琶撚绿丝[②]。

蛛网屋煤[③]昏故物，此生惟有梦来时。

〔注〕 ① 条脱：臂钏。琱：即雕。《太真外传》载，贵妃去世后，玄宗思念不已。臣下多有献妃遗物者。谢阿蛮进臂钏，帝见之落泪。 ② 逻逤：吐蕃都城，今西藏拉萨。《太真外传》载，贵妃琵琶逻逤檀木所制，温润如玉。琵琶之弦则末诃弥罗国绿水蚕丝所制。 ③ 屋煤：屋上悬尘。

黄庭坚诗之渊源于韩愈、孟郊是人所皆知的，但其实他也受到李商隐的影响。应该说，排奡奇崛得力于韩、孟，这是山谷风格的主流；而长于用典、精于布局和偶涉艳情的色彩绚丽之作，则胎息于义山。

很显然，他的读《太真外传》这五首七绝组诗，境界、色泽，极近商隐。原来《太真外传》是宋初史官乐史所作，记叙杨贵妃事迹，才调渊雅，笔致绮丽，具有艺术魅力，难怪它引起了山谷的感喟和遐想。他这五首绝诗，不像大多数歌咏太真的作品侧重于引古鉴今，甚或把这位绝代佳人写成倾国的“祸水”，而是着力渲染爱情悲剧的意境。在这一点上，很得义山神髓。纵使黄诗的艳冶以盘拗出之，李诗的艳冶以婉约出之，互有不同之处，但并不影响凄艳气氛的大体近似。

黄庭坚之受义山影响，与其学杜有关。说起他的学杜，又和他的家世有关。他的父亲、舅父和前后两个岳父（谢景初和孙觉），都是爱好和学习杜诗的，因此他从少年时代起，就潜移默化地受了杜诗影响。至于李商隐，其渊源虽属多方，但得力老杜却是他风格醇厚的一个重要原因，所以王安石曾经这样激情称许李商隐学杜的成就：“唐人之学老杜而得其藩篱者，惟义山一人而已。”（《蔡居厚诗话》引）尽管同一渊源，而取法者各有其途径，各有其所取，也各有其成果。但既然各人的一瓣心香，居然能不谋而合，这就说明大家的审美观点，毕竟有其相同之处。

就本诗而论，其近李诗者至少有一点，就是都善于写出凄凉的幻境；于神思则缥缈，于感觉则精细，于笔势则灵转。从幻梦的破灭来看，这首诗很有点像李商隐的七律《银河吹笙》。李诗藉苍苍霜露而抒"梦断"之感，黄诗则藉过去繁华和当今破落的强烈对比，渲染出盛世如烟的怅触。至于后两句，则更是一大转折，一大跌宕。义山之"包蕴密致"，山谷之"囊括古今"(翁方纲:《跋山谷手录杂事墨迹》)，有时似乎也能统一。就说"蛛网屋煤昏故物"这一句吧，岂非道地的素描？把荒凉景象写得如此之足，可见笔力之雄。故物虽存，而昔时难再，这就除非"梦中"再见了。"此生"是一次重按，"惟有"就更加强调，推进一层。其结果，使读者为之怆痛，为之怅惘。

除诗风的渊源、承传外，二人的坎坷亦颇相类似。张佩纶《涧于日记》论及山谷有云:"终其身竟无展眉舒气之一日。较之义山之死于令狐，不同一侘傺乎?"确有至理。不同的只是相对地说，黄山谷性格比较豁达而诙谐些，义山虽说意志坚贞，但气质毕竟偏于多愁易感。可见山谷以兀傲见称，有时也以粗硬被人诟病，恰恰反映了他的高旷的品格，这和义山咏蝉以自表"高洁"，有两相沟通之处。

(吴调公)

次韵伯氏长芦寺下

风从落帆休，天与大江平。
僧坊昼亦静，钟磬寒逾清。
淹留属暇日，植杖数连甍。
颇与幽子逢，煮茗当酒倾。
携手霜木末，朱栏见潮生。
樯移永正县，鸟度建康城。

薪者得树鸡，羹盂味南烹。
香秔炊白玉，饱饭愧闲行。
丛祠思归乐，吟弄夕阳明。
思归诚独乐，薇蕨渐春荣。

元丰三年(1080)春天，黄庭坚罢北京(今河北大名)国子监教授，到汴京(今河南开封)改官，得知吉州太和县(今江西泰和)。秋天，他从汴京起程归江南，先回洪州分宁(今江西修水)乡里，然后赴任，一路上写了许多纪游诗。这首诗为途经真州(今江苏仪征)阻风游长芦寺作。伯氏，指庭坚之兄大临，字元明。长芦寺，据《传灯录》记载："真州长芦崇福禅院祖印禅师，讳智福，江州人。四处住持，胜缘毕集。三十年间，众盈五百。"可见是一座规模不小的寺院。这首诗依元明韵而作，故称次韵。在《山谷外集》卷八中，有一首题为《外舅孙莘老守苏州留诗斗野亭庚申十月庭坚和》的诗，作于本诗之前，韵脚也和本诗相同。喜欢写次韵诗，是黄诗的特点之一。

这首诗写长芦寺下所见所遇，抒发了归江南故乡的喜悦心情。

起首四句，概括描写长芦寺外景，笔力雄健而自然。行旅之人对风势、风向往往特别敏感。第一句"风从落帆休"，把这种感受写得极其生动。江上行舟，人们往往从船帆上观察风力大小。现在船落下了帆，似乎风也因帆落而停息。这种写法颇为出人意外。第二句"天与大江平"，极写形势的开阔，放眼远望，水天相连，十分壮观。以上为目之所见；三四句写耳之所闻。"僧坊昼亦静"，僧坊即长芦寺。寺院本是幽静的所在，在深秋季节，即使大白天，也似乎寂无声息。不过，是不是一点声音也没有呢？也不尽然。"钟磬寒逾清"，长芦寺里传来的钟磬之声，在寒风中，听起来更觉清越。这四句诗写了季节、环境、气氛，看似不费力，却极为精警，可以说起笔不凡。

【鉴赏】

接着用移步换形之法写各处景致。"淹留"四句写登高看景。诗人这次游长芦寺,客观原因是风不顺而滞留。在此诗之前,作者写有《阻风入长芦寺》。可见他颇有空暇,心情相当悠闲,所以能细细游赏。他时而拄杖高岗,闲数座座相连的寺院屋顶;时而路逢幽人,煮茗共话。

接着诗人又换了一个角度,"携手"四句写从高处远望之景。"木末",树梢。"携手霜木末",极言立处之高。这句诗乃从杜甫《北征》"我行已水滨,我仆犹木末"句化来。诗人倚栏俯视,看到了江潮上涨,看到了往来于永正县(宋代的真州,在唐为永正县的白沙镇)江面上的船只;远远望去,连飞越建康(今江苏南京)城的鸟儿也看得见。这四句以极生动之笔,描绘了长芦寺登高眺望的一幅雄阔画面。特别是"潮生"、"樯移"、"鸟度"等词语,使整个画面充满了动感。

"薪者"四句,写山中樵夫采得树鸡(一种生在树上的菌子,可食),引起诗人的一番联想。他想象樵夫把采得的树鸡,回家做成具有南方风味的羹汤,又把白玉般的秔(同粳)米,煮成香喷喷的米饭,一家人美美地饱餐一顿。樵夫一家的做饭、烹羹,其实并非诗人亲眼所见,他依然在长芦寺下山间闲行。但是他却从樵夫为一家人的生计而辛苦操劳,对照自己领着朝廷的俸禄,顿顿饱饭,还在这里游逛,惭愧之情油然而生。字里行间反映了作者可贵的爱民思想。

最后四句写听到鸟叫声的感受。突然,草木丛中传来思归乐的啼叫声。思归乐是一种形状如鸠的小鸟,暮春时节,鸣声像"不如归去",人们听到它的叫声,就会起思乡之情。古代诗人专有描写这种鸟的,如唐代元稹在《思归乐》中写道:"山中思归乐,尽作思归鸣。应缘此山路,自古离人征。"白居易在《和〈思归乐〉》中也说:"山中不栖鸟,夜半声嘤嘤。似道东归乐,行人掩泣听。"在离人听来,思归乐的叫声是凄凉的。可是黄庭坚这次归江南顺道回乡,感觉就大不一样了。在诗人耳中,思归乐的叫声不啻一曲动听的歌。思归乐在明亮的夕阳下婉转吟唱,何等悦耳,何等温情。他在《阻风入长芦寺》诗中也曾流露了这种喜悦心情:“岁寒风落山,故乡喜言旋!”他自治平四年(1067)登第,任汝州叶县(今属河南)尉,到这次赴太和知县任,中间整整相隔十三年,那出于内心的高兴可想而知。

“丛祠”四句和前面相接,是经过诗人精心构思的。细细寻去,针线极密。由“闲行”而听到“丛祠”(草木岑蔚处的土地庙)思归乐的叫声;从“不如归去”的叫声,想到自己正在回乡路上,不由喜上心来;这次回乡已在岁末,不久春天即将来临,那时薇蕨已肥,聊能充饥,和前面“饱饭愧闲行”句相呼应。

清人方东树说:“山谷之妙,起无端,大笔如椽,转折如龙虎,扫弃一切,独提精要之语。每每承接处,中亘万里,不相联属,非寻常意计所及。”(《昭昧詹言》卷十)这首诗正是体现了这一艺术特点。更为可贵的是,这首诗气象“雄远壮阔”,却不大看得出作者在用力,可见诗人功力之深厚。

(史　乘)

池口风雨留三日

孤城三日风吹雨,小市人家只菜蔬。
水远山长双属玉,身闲心苦一舂锄。
翁从旁舍来收网,我适临渊不羡鱼。
俯仰之间已陈迹,莫窗归了读残书。

山谷早岁为地方官,曾在北京(今河北大名)当了七年的国子监教授,

【鉴赏】

这是一个闲职，所以他常自比为唐代的广文先生郑虔。元丰三年(1080)入京改官，授知吉州太和县(今江西泰和)，秋天从汴京出发赴江南。这首诗就写在他赴任途中因风雨而留滞池口(今安徽贵池)的时候。熙宁、元丰年间正是新法推行之时，山谷因与当政者政见不合，加上位卑职微，心怀抑郁。他一方面慨叹抱负不能实现，一方面向往归隐田园，对现实政治采取消极的不合作态度。这一时期的诗文反映了山谷满肚子的不合时宜，于放旷达观中透出一股兀傲不平之气，如"枯桐满腹生蛛网，忍向时人觅清赏"(《再答明略二首》)，"五斗折腰惭仆妾，几年合眼梦乡间"(《次韵寅庵》)，"学得屠龙长缩手，炼成五色化苍烟"(《次韵寄上七兄》)，"安得田园可温饱，长抛簪绂裹头巾"(《同韵和元明兄知命弟九日相忆》)等即是。本诗描写旅途中的见闻杂感，表现出不慕荣利，以读书自娱的人生态度，在悠闲旷达的笔调中隐隐透露出内心的苦闷不平。

诗的前半在写景中抒情。首联从扣题入手，绘出一幅孤城风雨图：长江边上，孤城一座，风吹雨打，已经三日，小市人家只能以菜蔬度日。多么淡雅素朴的笔致！诗人好像信手拈来，不假藻饰，而富有诗情画意。字里行间流露出对质朴恬静的小城生活的喜爱。这里纯为写景，但内心情意已曲曲传出。颔联触物起兴，诗人放眼流观，无意中一些景物触动了他的情怀，于闲适宁静中见出内心的波澜。那浩浩江水流向远方，迤逦的山岭，看去像一双属玉鸟。司马相如《上林赋》云："鸿鹔鹄鸨，驾鹅属玉。"郭璞注："属玉似鸭而大，长颈赤目，紫绀色。"以上是远眺。近观则是："身闲心苦一舂锄。"舂锄即白鹭，这种鸟满身雪白，给人以清高闲雅的印象，但诗人却感到它身虽闲而心实苦。这个"苦"字实际是诗人触景生情，而又将情感投射于外物的结果，这里象中含兴，赋而兼比，表面写白鹭，而实际则是诗人的夫子自道。当时山谷面临种种矛盾。他志大才高，但现实政治又使他失望，自己只是个闲散无权的学官，只能自叹"少日心期转谬悠，蛾眉见妒且障羞”(《次韵答柳通叟求田问舍之诗》),“蚤年学屠龙,适用固疏阔,广文困齑盐,烹茶对秋月”(《林为之送笔戏赠》)。他不愿屈身事人,渴望归田,但迫于生计,又不得不折腰为官,所谓“尝尽身百忧,讫无田二顷”(《次韵寄润父》),“斑斑吾亲发,弟妹逼婚嫁,无以供甘旨,何缘敢闲暇?”(《宿山家效孟浩然》)都道出了内心的苦闷。但诗在这里只点到即止,给人留下了很多想象的余地。

诗的后半在记叙中抒情。如果说颔联是以物为比兴,那么颈联则是以人起兴。渔翁适从旁舍来水边收网,这一极偶然的景象却触动了诗人对世事的感慨。他由网而联想到鱼,于是反用“临渊羡鱼,不如退而结网”的成语(《汉书·董仲舒传》),表达了不求仕进、自甘淡泊的心境。这一造语不能不说是一种巧思。反用典故成语,古人称为翻案法,如杨万里说:“翻尽古人公案,最为妙法。”(《诚斋诗话》)《艺苑雌黄》云:“文人用故事有直用其事者,有反其意而用之者,非识学素高,超越寻常拘挛之见,不规规然蹈袭前人陈迹者,何以臻此?”这种手法无疑受到禅宗的影响,禅宗推重翻却成案,更进一解的睿智,如六祖慧能的著名偈语:“菩提本无树,明镜亦非台。本来无一物,何处惹尘埃?”就是对神秀以树、镜譬心的偈语的翻案。山谷此联从生活琐事中激发联想,闪耀出思想的火花,类似禅宗的机锋,于寻常事物中获得妙悟。

诗以达道之言作结,表现出超迈脱俗的胸襟。“俯仰之间已陈迹”化用王羲之《兰亭集序》的成句:“向之所欣,俯仰之间,已为陈迹。”逸少的本意是感叹人生短暂,不觉悲从中来。山谷虽用其字面,其意却相反:世事瞬息万变,面对无常的人生,还是退出争名逐利之场,到书中去寻找乐趣吧。(莫即“暮”字)这正如他在另一首诗中所说的:“功名富贵两蜗角,险阻艰难一酒杯。百体观来身是幻,万夫争处首先回。胸中元有不病者,记得陶潜归去来。”(《喜太守毕朝散致政》)由此可见佛道思想给予山谷影响之深。

【原文】

山谷诗脱弃凡近，格高调逸，但这种高格又不是借助风花雪月、丽辞藻绘体现出来的，他往往在抒写日常生活的见闻感受中，表现出超脱流俗、兀傲崎崛的精神境界。如本诗就采用随感录式的写法，触物兴怀，涉笔成趣，在寻常事物的形象中参以名理，颇具理趣。诗的语言清新奇峭，字面上没有炫目的色彩，但自有深曲奇奥之致。写景淡雅而有风致，抒情则力翻成案，将平常的典故翻出新意，以刻画诗人拔出流俗的胸襟。在格律上，将古诗的气脉运用于律诗，骈偶之中又参以散文句法。颔联不仅对偶工切，而且“水远”与“山长”、“身闲”与“心苦”构成当句相对，但颈联与尾联却又用散文句法。颈联对偶有意使其不工，且上下句之间形成因果关系，如流水贯注，“此所谓寓单行之气于排偶之中者”（方东树《昭昧詹言》）。尾联多用虚词转折，给人一种古雅朴茂的感受。此诗清新古健，确如方东树所评，“别有风味，一洗腥腴”（同上）。

（黄宝华）

题落星寺四首(其三)

落星开士深结屋，龙阁老翁来赋诗[1]。
小雨藏山客坐久，长江接天帆到迟。
宴寝清香与世隔，画图妙绝无人知[2]。
蜂房各自开户牖，处处煮茶藤一枝。

〔注〕 ① 自注：“寺僧择隆，作宴坐小轩，为落星之胜处。” ② 自注：“僧隆画甚富，而寒山拾得画最妙。”

【鉴赏】

落星寺在鄱阳湖北部，雄伟秀丽的庐山在其北。传说天上偶然陨落下一颗巨星，触地即化作一座小岛，那便是星子县境内著名的落星石，落星寺也因此得名。此寺嘘吸于湖光山岚之间，恍如仙境，加上那美妙的传说，自然成了墨客骚人留连忘返的去处。

黄庭坚是洪州分宁(今江西修水)人。从分宁沿修水向东，就可直抵鄱阳湖。他来过几次落星寺，今存于他诗集中《题落星寺》的诗共有四首，这里选的是最为脍炙人口的一首。诗题或作《题落星寺岚漪轩》。

开头两句点出寺院的幽深和吸引着文人雅士的题咏。“开士”就是和尚。“龙阁老翁”是指诗人的舅父李公择，他曾经做过龙图阁直学士，当时颇有诗名。这里其实是泛指历代曾来此题诗的墨客骚人，也含有作者自况的意思。“深结屋”的“深”字是全诗的关键，落星寺坐落在山间深处，因而幽静寂寥，下文便全从“深”字铺展开去。

三四两句是此诗的警句，“小雨藏山”的“藏”字将雨和山都写活了。蒙蒙的细雨，从灰暗的天上飘散下来，密密麻麻的，给天地万象都蒙上了一层薄薄的轻纱，似乎要把眼前的一切都包藏在它无边无际的帷幔之中，诗人这里所捕捉的就是这样的形象。“藏山”二字。语本《庄子・大宗师》:“夫藏舟于壑，藏山于泽，谓之固矣。然而夜半，有力者负之而走，昧者不知也。”这是庄子的想象。而此句是想象与现实的结合，“小雨藏山”，人们司空见惯，然而只有在洞察敏锐的诗人笔下，才能以凝炼的字句再现出这一画面。

天公既以小雨留客，诗人只得在寺中闲坐，也许与高僧谈禅，也许有清茗一杯相伴，然偶尔极目一望，那远接天涯的长江上时有星星点点的风帆慢慢驶近，但终因相距太远，像是永远也驶不到跟前。这一句的诗意是从韦应物《赋得暮雨送李胄》“漠漠帆来重，冥冥鸟去迟”两句化出。这一联对仗自然工稳，而且一气流走，不露斧凿之痕，但仔细品味，自可见诗人锤炼

【鉴赏】

冥搜的功夫。这里虽是写景，然而景中有人、有情，“客”是诗人自指，但好客的主人也已隐然可见。这两句于写景中表现了落星寺的清幽僻静，寺院本深处山中，而山又包围在雨中，整个寺院于是便蒙上了一层迷离惝恍的色彩；而那天际风帆，离寺那么遥远，遥远得恍若隔世，反衬出落星寺的远离尘嚣。

宴寝，指休息安寝的便室。韦应物有句云：“宴寝凝清香”，(《郡斋雨中与诸文士燕集》)这第五句全从此化出。佛寺便室，清香一炷，淡淡氤氲，悠然而至，似与这山水、佛寺、小雨浑然一体，使人生出与世隔绝的感觉。诗人乘着游兴去看寺壁上的佛画，其中以僧隆的寒山拾得图最为妙绝。图画虽妙，但不为世人所知。这一句其实是脱胎于韩愈《山石》中的“僧言古壁佛画好，以火来照所见稀”两句。

黄庭坚论诗，有“点铁成金”、“夺胎换骨”之说。所谓“点铁成金”，就是对古人陈言加以变化，便可化腐朽为神奇，成为自己的诗。所谓“夺胎换骨”依《冷斋夜话》的解释：“不易其意而造其语，谓之换骨法；规摹其意而形容之，谓之夺胎法。”五句可说是“点铁成金”，六句则是“夺胎换骨”。这两句着意渲染落星寺的幽静，紧扣着起句“深结屋”三字。

末二句是说：寺中的僧房各各敞开着窗户，像是密集的蜂房一般，而到处都升起了缕缕青烟，告诉人们那里正在以一枝枯藤煮着香茗。枯藤在古代的诗画里经常出现，它不仅给人以凄幽的感觉，而且给人以美的联想。且不说杜甫的“蓝田丘壑蔓寒藤”，或是像元人小令中“枯藤老树昏鸦”那样的名句；就是在中国画中，青藤、枯藤也是画家笔下的心爱之物，甚至有的画家将自己的名字取为青藤(徐渭)，就连书法家也追求枯藤般的笔致。任华称赞怀素的草书说：“更有何处最可怜，袅袅枯藤万丈悬。”赵孟頫《论书》也说：“苍藤古木千年意，野草闲花几日春。”黄庭坚本人能书善画，自然深明枯藤在艺术中的美学价值，因而这里的以藤煮茶，自是山中雅事，在诗人看来，清冽的山泉，上好的香茗，只有枯藤文火，方可取其真味。从这个意义上讲，最后的一结，笔致轻淡，然而留给了读者无限低回的余地。曲折地体现了寺中幽居的清虚绝俗之情。

这首诗在艺术上很有特色。从诗律上看，此诗属于拗律，就是故意将句中的平仄交换，造成音调的拗折，使诗句有一种奇崛瘦硬、不近凡庸的风貌。这种拗体所以为黄庭坚及江西派诗人所喜用，是与他们标新立异、出奇制胜的论诗宗旨相关的。

此诗还有一个特点：不用典故，不加藻饰，而全凭诗人烹字炼句的娴熟技巧，以平淡的语言写出，这在黄庭坚的诗中也是不可多得的。我国古代有所谓“白战”的手法，犹如手无寸铁的斗士，全凭勇气和智慧取胜。也如高雅的戏曲，不必假借舞台上喧闹的场面和豪华的布景，只凭它美妙的戏文、动听的唱腔便可打动观众的心弦；而内行的鉴赏家，自可闭上眼睛，细细地咀嚼品味它的韵味。读这首小诗，似乎也像是聆听了一曲优雅的清唱。

（王镇远）

次元明韵寄子由

半世交亲随逝水，几人图画入凌烟？
春风春雨花经眼，江北江南水拍天。
欲解铜章行问道，定知石友许忘年。
脊令各有思归恨，日月相催雪满颠。

【鉴赏】

这首诗是元丰四年(1081)黄庭坚知吉州太和县(今江西泰和)时所作,年三十七岁。这时苏辙(子由)贬官在筠州(治所在今江西高安)监盐酒税。黄庭坚兄元明(名大临)寄苏子由诗,起二句云:"钟鼎功名淹管库,朝廷翰墨写风烟。"黄庭坚次韵作此诗寄子由。

此诗起二句说,我们的交亲虽有半世之久,而时光如逝水,有几个人建立了功业呢?"逝水",暗用《论语》:"子在川上曰:'逝者如斯夫,不舍昼夜。'""凌烟阁"是唐太宗为纪念功臣而给他们画像之地。此二句笔势兀傲宏放,"次句接得不测,不觉其对"(方东树评语,见《续昭昧詹言》卷七)。第三四两句描写春天景物,花开江涨,而怀远之情见于言外,如作画之着色。黄诗虽然意新笔健,但有时失于槎枒枯涩,缺乏唐人"水深林茂"之气象(刘熙载语),像"春风"一联之兴象华妙,在黄诗中是罕见而可贵的。

第五六两句叙写怀抱。"铜章"指县令的印,史容注引《汉官仪》:"县令秩五百石,铜章墨绶。""问道"的字面出于《庄子·在宥》:"黄帝闻广成子在空同之上,故往见之,曰:'敢问至道之精。'""石友"指志同道合的金石之交。潘岳《金谷诗》云:"投分寄石友,白首同所归。"(《晋书·潘岳传》)"忘年"指朋友投契,不计年岁的大小差别。梁何逊弱冠有才,范云称赏之,"因结忘年交好。"(《梁书·文学·何逊传》)这两句诗是说,自己想辞去县令的官职而归家学道,料想子由一定能赞许的,表示了知己之谊。"问道"的字面虽是用的《庄子》,但是此处所谓"道"的涵义,并不限于《庄子》书中所谓之"道",而应当是指一切有关进德修业的精言妙道。从这里也可以体会到,诗人用典并不一定拘于典故出处的原意。末二句又转笔说,你我皆有兄弟之思,欲归而不得,只好听任时光流转,催生白发而已。"脊令"是一种水鸟("令"读零,平声)。《诗经·小雅·常棣》:"脊令在原,兄弟急难。"朱熹《集传》:"脊令飞则鸣,行则摇,有急难之意,故以起兴。"后人常用"脊令"借指兄弟。"雪满颠",头顶生满白发。

（缪　钺）

登快阁

痴儿了却公家事,快阁东西倚晚晴。
落木千山天远大,澄江一道月分明。
朱弦已为佳人绝,青眼聊因美酒横。
万里归船弄长笛,此心吾与白鸥盟。

这首诗是黄庭坚于元丰五年(1082)知吉州太和县(今江西泰和)时所作,年三十八岁。快阁在太和县治东澄江之上,以江山广远、景物清华,故名。(见《清一统志》)

起二句叙写于公余之暇登快阁眺望,但是构思奇妙。黄庭坚大概因为是快阁而联想到晋夏侯济的话:"生子痴,了官事,官事未易了也。了事正作痴,复为快耳。"(《晋书·傅咸传》)黄庭坚却说,自己正是痴儿了却官事,所以有空闲登快阁玩赏,显示出一种兀傲的神情,笔势亦健拔。"倚"字用得好,含有倚阁赏晚晴两重意思,如果用"赏"字,就显得呆板了。然这个字的用法实自杜甫《缚鸡行》"注目寒江倚山阁"句学来。第三四两句写景,因为是雨后初晴,空气清朗,所以看到天之远大、月之分明,气象阔远。

第五六两句提笔发抒感慨。第五句用伯牙、钟子期事。钟子期听伯牙鼓琴,最能知音。"钟子期死,伯牙破琴绝弦,终身不复鼓琴。"(《吕氏春秋·本味》)史容注说:"用钟期事,不知谓谁。"按黄庭坚此处不一定有所专指,只是慨叹自己的心怀志事,世无知者,所以如伯牙之绝弦不复鼓琴,而

【原文】

聊且借美酒以遣怀自娱而已。“青眼”，用阮籍故事。阮籍能为青白眼，嵇喜来吊，籍作白眼，喜不怿而退。喜弟康闻之，乃赍酒挟琴造焉，籍大悦，乃见青眼。（《晋书·阮籍传》）“横”字用得生新。第二句“倚晚晴”之“倚”字，此处“聊因美酒横”之“横”字，都是极平常的字，但是经过黄庭坚的运化，即能点铁成金，可见黄诗炼字之法。末二句是说，想弃官归隐，“归船”、“长笛”、“白鸥”等，都足以增加诗中形象之美。

这是黄诗中的名作。通首“一气盘旋而下，而中间抑扬顿挫又极浏亮。”（潘伯鹰评语，见所编《黄庭坚诗选》99页）姚鼐认为，这首诗“能移太白歌行于律诗。”（方东树《续昭昧詹言》卷七转引）很能道出它的特点。元韦居安《梅磵诗话》说，太和的快阁，经黄庭坚作诗品题，“名重天下，前后和者无虑数百篇，罕有杰出者。”

（缪　钺）

奉答李和甫代简二绝句

山色江声相与清，卷帘待得月华生。
可怜一曲并船笛，说尽故人离别情。

梦中往事随心见，醉里繁华乱眼生。
长为风流恼人病，不如天性总无情。

古人有以诗代简（书信）的习惯，如杜甫就有《奉简高三十五使君》、《得广州张判官叔卿书使还以诗代意》等诗。元丰六年（1083），黄庭坚在吉州太和县（今江西泰和）任县令，有一位名叫李和甫的友人写给他一封信，也

可能是以诗代简，于是黄庭坚写了两首绝句“奉答”。

两首绝句表达了两层意思，一层意思是对朋友的思念，另一层意思是说自己的苦闷。

先说第一首。诗人以托景寄情的艺术手法，抒发了对暌别已久的远方友人的怀念之情。

太和县地处赣江边，有山有水，景色优美。诗的一二两句“山色江声相与清，卷帘待得月华生”，诗人用生花妙笔向友人描绘了一幅秋江晚景图。黄昏时分，山色清幽，江声寂静，诗人卷起白天遮阳的帘子，等待东方一轮明月冉冉升起。“月华”，月光，借代月亮本身。此情此景，最容易引起怀远之情。突然，江边并泊的两只船上，传来悠扬的笛声，仿佛吹笛人在向远方的朋友诉说离别的情怀。这笛音如泣如诉，如怨如慕，引起诗人的共鸣，使他也沉浸在深切的对友人的思念之中。此处暗用向秀闻笛思嵇康之典，令人不觉。

这里需要指出的是，诗的一二两句，在技巧上运用了诗人所倡导的“取古人之陈言入于翰墨，如灵丹一粒，点铁成金”（《答洪驹父书》）的方法。杜甫《书堂饮既夜复邀李尚书下马月下赋绝句》诗中有“湖水（一作月）林风相与清，残尊下马复同倾”二句，黄庭坚进行一番脱胎换骨，取其“相与清”三字，并以杜甫与友人于湖边月下共叙友情，来反衬此时此地思念远方友人的寂寥寡欢。欧阳修《临江仙》词中有“阑干倚处，待得月华生”之句，黄庭坚则直接袭用其中“待得月华生”五字。这首诗虽用了“古人之陈言”，但用得妥贴，并无拼凑之痕。

再说第二首。在这首诗中，诗人尽情地向友人倾诉自己心情的苦闷。

黄庭坚所处的时代，社会矛盾尖锐、复杂，他洁身自好，不随流俗，常常因所追求的理想无法实现而流露出不满现实的情绪，于是在参禅、饮酒中寻求解脱。这首诗就真切地反映了这种内心的痛苦。

一二两句对仗工整，感慨深沉。茫茫往事，只能到梦中去追寻；日有所思，夜有所梦，梦中往事能“随心”见，可见日间思念之切。而现实中所谓繁华，在醉人眼里，不过是混沌一片罢了。诗人对朋友交情的诚笃，对富贵荣华的淡漠，于此可见。

三四两句更进一层。“风流”，指的是诗人所苦苦追求的理想，并非指风流韵事。黄庭坚的好友张耒在《读黄鲁直诗》中曾颂扬他：“不践前人旧行迹，独惊斯世擅风流。”诗人因理想无法达到而深感痛苦。“恼人病”意同恼杀人，这里是正话反说。而第四句“不如天性总无情”更是一句反话，意思是说，如果天性无情，就不会有种种痛苦了；可是我天性本是多情。那么，这些痛苦又如何能摆脱呢？说来沉痛之至，比正面直陈具有更感人的艺术力量。

（史　乘）

夜发分宁寄杜涧叟

阳关一曲水东流，灯火旌阳一钓舟。
我自只如常日醉，满川风月替人愁。

黄庭坚的诗歌一般写得生涩拗峭，蹊径独辟，但也有少量篇什声情流美，逼近唐人风韵的。这首小诗便是一例。此诗约作于诗人早年离开家乡赴地方官任时。分宁（今江西修水）是诗人的老家。杜涧叟名槃，是他的友人，看来在诗人出发时曾来送别。

提起送别，不能不想到著名的《阳关》曲。阳关在今甘肃敦煌西南一百三十里，是唐代出西域的门户。王维《送元二使安西》这首动人的送别诗，写成后广泛流传，被谱为歌曲演唱，称作“渭城曲”；唱时还要把结尾一句重复三遍，所以又称“阳关三叠”。本篇以“阳关一曲水东流”发端，可见是在依依惜别的深情中乘船离开了乡土。故人有心，流水无情，不可解脱的矛盾，一上来就给全诗笼罩上感伤沉重的气氛。

次句承写舟中回望的情景。旌阳，山名，在分宁县东一里。舟船远去之际，旌阳山下的灯火仍依稀可辨，而自己已单独置身于一叶小舟之中，随流漂荡于江面上。此情此景，又何以堪？

以上叙写离别，尚未进入直接抒情。下联本应着力抒述内心的愁思，却突然翻出了新意：我只不过像平时那样喝醉罢了，倒是满川风月在替人悲愁啊！前一句语气极平淡，仿佛将满怀愁思都解除了；后一句出人意表，却又将悲愁加于江上的清风明月。难道真是愁思转移了吗？非也。物本无情，人自有情，以有情观无情，才会使无情之物染上人的主观情绪色彩。这一江风月的悲愁，不就是诗人离情的外射吗？诗人不但自己悲愁，还要让天地万物都来替他悲愁，这样的愁思可真是无边无际、难以排遣了。由此可以体会到前一句里的那个“醉”字，那并不是一般的酒醉，而是“借酒销愁愁更愁”呵！愁思浸满了心田，加上一点朦胧的酒意，放眼望去，满川风月，一片愁情。诗人确实感到自己醉了，但并非醉于酒，而是醉于那勃发浓郁的愁情。所以这句语气极平淡的话，其实包含着极深沉的苦味。

情景相生，是古典诗歌常用的手法，而形式多样，例子不胜枚举。本篇的后一联，将无情之物说成有情，而把有情的人，偏说成是无情，就形成了更为曲折、也更耐人寻思的情景关系，在艺术表现上是颇为新奇的。从这一点看来，诗的风格毕竟还打着黄庭坚个人的印记，与唐诗的自然浑成尚有差异。

（陈伯海）

【原文】

题阳关图二首

断肠声里无形影，画出无声亦断肠。
想得阳关更西路，北风低草见牛羊。

人事好乖当语离，龙眠貌出断肠诗。
渭城柳色关何事？自是离人作许悲。

《题阳关图》二首，黄庭坚《书伯时〈阳关图〉草后》曰："元祐初作此诗，题伯时所作《阳关图》。"故《年谱》编入元祐二年(1087)。伯时是大画家、龙眠居士李公麟的字，其所作《阳关图》乃唐代诗人王维《送元二使安西》的诗意图。王维诗曰："渭城朝雨浥轻尘，客舍青青柳色新。劝君更尽一杯酒，西出阳关无故人。"渭城，是秦都咸阳故城，汉武帝时改称"渭城"，在今西安市西北，渭水北岸。阳关，古县名，西汉设置，故址在今甘肃敦煌西南，以居玉门关之南而名，与玉门关同为古代通西域的要隘。任渊《山谷外集诗注》说："阳关去长安二千五百里。唐人送客，西出都门三十里，曰渭城，今有渭城馆。"王维即在渭城送别友人元二西出阳关赴安西都护府(治所在龟兹城，今新疆库车附近)时，写了这首赠别诗。此诗一题《渭城曲》，后入乐府，以为送别曲，反复诵唱，故又谓之《阳关三叠》。李龙眠取以为画，便曰《阳关图》。黄庭坚则又据图题诗，进行了再创作。画上题诗并不难，唯难在前有王维之绝唱。然而它并没有难倒北宋这位大诗人，他笔意纵横，连赋两首。且看其诗：

第一首写离别之悲。断肠，形容悲痛到极点。《阳关图》中的离筵上，主人向着远行者，手举杯，唇微启(似乎在唱着那让人黯然销魂的《阳关三叠》)，故首句写道：在这使人悲痛欲绝的离歌声中，行者将踏上征途远去，

【鉴赏】

远去，他的形影终于消失了，好不令人伤感！次句承上深叹道："画出无声亦断肠"，李龙眠之图，虽不能发出断肠之声，却也够使人肠断的了。两句遗貌取神，写出图意，三四句由"无形影"，想象行人去处："想得阳关更西路，北风低草见牛羊。"阳关更西路，即"西出阳关"的安西都护府所在地，那时还是穷荒绝域的地方。末句语出北朝乐府《敕勒歌》。北齐高欢玉壁之败，使斛律金作《敕勒歌》，其词曰："……天苍苍，野茫茫，风吹草低见牛羊"，欢自和之，哀感流涕。诗人想象：行人去到那"阳关更西路"处，见到塞外风物如此大异内地，必也哀感流涕；而送行者的心紧随那行者一道渐行渐远，想见其景其情，又焉得不悲？此二句，又把离别之悲写得渗出了画面，吟之味之，真够使世间那些多愁善感者欷歔不已了。

第二首究离别之情、关情之物。首句语出陶渊明《答庞参军诗序》："人事好乖，便当语离。"乖，不顺利。诗人先探究离情自何而来，说是：人事多有不顺利处，而不顺利之中，又以离别为最(原来"离"自"人事好乖"而来)。人世间既有离别之情，艺术家笔下必也有别离之情的反映。诗人接着道，由此，李龙眠的《阳关图》便画出了王维《送元二使安西》这首断肠诗(意)。三四两句，诗人又进一步推究，龙眠图中的渭城无知之柳，何以亦关人间别情？诗便以问句出之："渭城柳色关何事？"——人自离别，关柳何事？思之、悟之，诗人得出结论曰："自是离人作许悲"，原来是离人们自己在作出那如许悲意。推而阐之，诗人是说，物固无情，人自有意，有意的离人将情加于物上，便使那原不关情的柳亦自有了情。因为如此，所以离人们见到杨柳就会引起别愁、别情，听到《折杨柳》的笛曲与"渭城柳"(王维诗)之类的歌声，就难免要潸然泪下了！诗人按图索"骥"，穷究离别之情与关情之物，可谓入木三分。

《苕溪渔隐丛话》曾称引黄庭坚的诗"随人作计终后人"。这两首诗，堪称为不"随人作计"的力作。二首八句五十六字，不仅吟出诗情(王诗)画意(李图)，而且又突出画面，从空际、从理上着笔，深化了龙眠画意。全诗有情景、有理趣，兼之音调谐和，语言平易，绝无诗人某些作品的生硬与刻意好奇之病，因此，《题阳关图二首》虽未能与《送元二使安西》比肩，亦可称为题画诗中的上品之作。

（周慧珍）

云涛石

造物成形妙化工，地形咫尺远连空。
蛟鼍[1]出没三万顷，云雨纵横十二峰。
宴坐使人无俗气，闲来当暑起清风。
诸山落木萧萧夜，醉梦江湖一叶中。

〔注〕 ① 鼍（tuó 驼）：动物名，即扬子鳄，又叫猪婆龙。

这是一首写景诗，不过这个景只是一块状似云涛的石头。

前四句从云涛石本身落笔，诗篇借助想象，佐以别具一格的布局、出神入化的描写，把它写得恍如横无际涯的真山真水，给读者以极美的艺术享受。其中一、二句总提，重在一个“妙”字，有了它，诗人不但对大自然的这一杰作先有一个整体的评价，抒写了他自己无限叹赏的感情，并且以石之奇妙精美强烈地吸引着读者的注意力，全诗的韵味于此奠定。“咫尺”与“远”本来是一对矛盾的概念，不过用在对这块云涛石的描写中却非常协调，而且，由“咫尺”到“远”还体现了作者想象的发展，给以后的描写拉开了序幕。三、四句充分驰骋想象，却又紧扣云涛石，使这块石头的精巧造型得到神话般地再现。分言之,"蛟鼍"句写水,"云雨"句写山,可是正是有了这样造型生动的怪石,作者才能想象出如此浩瀚神秘的水;也因为有了"三万顷"作铺垫,那块小小的石头才能有"云雨纵横"的伟观——这里想象与实有完成了谐美的结合,也给诗歌带来了生气。

后四句通过作者的感受表现云涛石的风韵,使这块石头的神异之处得到进一步升华。"宴坐"两句互文见义,句意直承三四句来。至此,云涛石已由物质实体转化成精神力量,其"妙"又深了一层。然而,即使第三联出现了"宴坐"、"闲来"的作者,那也还是异石的旁观者,所以到了末联,诗人更将自己写进石头里去,并且似乎看到了诸山的落木和自己乘坐的一叶扁舟——这里人景合一,想象更放光彩,云涛石也越发妙得出奇了。"醉梦"承"宴坐"、"闲来",作者的身心与异石更见融洽。"诸山"承"十二峰"写石,不过由远望的"云雨纵横"变成了近看的"落木萧萧"。"江湖一叶"承"三万顷"写云涛,镜头由远而近,我们可以从中看出,作者之所以醉心于云涛石,正是出于对大自然的无限向往。

这首诗写得海阔天空,但却始终围绕"云涛石"三字落墨。构思新奇,刻画极工。清人方东树《昭昧詹言》中分析它说:"起句言此石,点题。次句分两半,上四字'石',下三字言'云涛'。三四一句'涛',一句'云'。五句'石',六句又'云涛'。七八句以'云涛'言,如在舟中,值此时景。全是以实形虚,小题大作,极远大之势,可谓奇想高妙。小家但以刻画为工,安能梦见此境!"

黄庭坚作诗最忌与人雷同,处处追求一个"新"字。他曾说"随人作计终后人,自成一家始逼真",还说:"文章最忌随人后"。宋代诗人中写石头诗最多最妙的是苏东坡,黄庭坚继苏氏之后,以大手笔写小题材,用缚牛之全力,不轻浮,不油滑。诗中充分利用想象,但不像李白那样飘逸,李贺那样诡谲,韩愈那样奇险,更不像杜甫那样沉郁,却具有苏轼的豪纵风格,而仍有自己的面貌。

(李济阻)

【原文】

秋怀二首

秋阴细细压茅堂，吟虫啾啾昨夜凉。
雨开芭蕉新间旧，风撼篔筜宫应商。
砧声已急不可缓，檐景既短难为长。
狐裘断缝弃墙角，岂念晏岁多繁霜！

茅堂索索秋风发，行绕空庭紫苔滑。
蛙号池上晚来雨，鹊转南枝夜深月。
翻手覆手不可期，一死一生交道绝。
湖水无端浸白云，故人书断孤鸿没。

这两首诗，任渊注《山谷诗集》及史容、史季温注《外集》、《别集》皆未收；翁方纲校刊《山谷诗全集》据旧本收在《外集补遗》中，下注“熙宁八年北京作”，《宋诗钞》也收录。熙宁八年(1075)作者三十一岁，宋时北京即今河北大名，时作者在那里任国子监教授。

国子监职务清暇，能读书自遣，作者当时还未卷入新旧党斗争，处境比较单纯，所以诗篇虽带有感慨，但在他的作品中情调还是比较闲淡的，不像后来作品那样有着更多的郁勃不平之气。可是从形式上看，却又颇为特殊：它是两首七言古诗，而第一首八句，押平韵，中间两联对偶，很像七言律诗；第二首押仄韵，比较不像，惟八句中次联对偶，第二联接近对偶，也带律味。第一首作律诗看，句中拗字出入不大，主要是联与联相“粘”的平仄不合规律。作者大部分律诗，多求音节近古；这两首古诗，偏又形式近律。

第一首，前六句写“秋”，后两句写怀。起句“秋阴细细压茅堂”，写秋阴透入屋里。"细细"二字,既蒙上"秋阴",表其不浓;又作下面"压"的状语,表不断沁透,用字细微。"压"字堪称"眼"字,"细"而能"压",颇出奇,是积渐的力量,有此一字,全句显得雄健。次句"吟虫啾啾昨夜凉",写虫声。着"昨夜"二字,表明诗所写的是翌日的白天;"凉"字与下句"雨"字照应。第三句"雨开芭蕉新间旧",写雨后芭蕉的开放。"新间旧",新叶与旧叶相间,可见观物之细。第四句"风撼篔筜宫应商",写风吹竹声作响。篔筜,竹名;"撼"者,风力大,摇动出声;"宫、商"皆五音之一,以之写竹声,表其有音乐性,可见体物之美。第五六句:"砧声已急不可缓,檐景既短难为长。"古代妇女,多在秋天捣洗新布,替家人做御寒的衣服,故捣衣的"石砧"的声音四起,便是秋天到临的象征;秋天日短,故屋檐外日影(景即影字)不长。砧声到了"急不可缓",便是秋意已深,寒衣应该赶制了。第七八句:"狐裘断缝弃墙角,岂念晏岁多繁霜!"承上"砧声"而来。户外捣衣声急,触动作者想到寒衣问题。想起来却是裘破无人缝补,这一是作客在外,一是宦况清贫,起四字意含两层;"弃墙角",不自收拾,接以不念岁晚(晏)严霜多,难以对付,更见缺少谋虑。这两句自写意态的颓唐,但仔细想起来,却是作者曲述自己心情的洒脱的,因为在作者的心目中,所谓"达者"对待未来之事,是不应该戚戚于怀,多作预先的谋虑的。这两句是写"怀"。诗篇写秋是每联一句写景,一句写声,幽美中带点凄清,渐渐从不相干处写到切身之事;写怀又把切身的事排开,用达观的态度对待它,使人觉得作者所关心的倒是那些不相干的景物和天然的声籁,凄清之感又在洒脱的情趣中冲淡了。

第二首,前四句写"秋",后四句写"怀"。起两句:"茅堂索索秋风发,行绕空庭紫苔滑。"仍写秋风及雨后。"苔滑",是雨后情况,它和"空"字结合,表现室中空寂,门庭行人很少,也即表现冷宦孤居、过着寂寥的落寞生涯。第三四句:"蛙号池上晚来雨,鹊转南枝夜深月。"上句写雨再来,承前诗,看出雨是连日不断,时间又从白天转到夜里;下句用曹操《短歌行》"月明星稀，乌鹊南飞。绕树三匝，无枝可依”的诗意来写景。雨多池涨，兼以天冷，故蛙声虽多，而是“号”不是“鸣”，声带凄紧，不像夏天那样热闹有趣；雨余淡月照着树上的寒鹊，因栖息不安而转枝。这四句也是每联中一句写声，一句写景，凄清的气氛比前诗更浓，但还是淡淡写来，不动激情。第五六句：“翻手覆手不可期，一死一生交道绝。”感慨世上交情浇薄，不易信赖。杜甫《贫交行》：“翻手为云覆手雨，纷纷轻薄何须数。君不见管鲍贫时交，此道今人弃如土。”《史记·汲郑列传赞》：“一死一生，乃知交情。”为诗意所本。第七八句：“湖水无端浸白云，故人书断孤鸿没。”写得细微含蓄。从凄清、孤寂的处境中引起对友谊的渴求，首先感到的是世上真挚友谊的难得；这种情境又使作者更感到少数志同道合的“故人”的友谊的可贵，可惜的是这些“故人”又远隔他乡，不但无法相对倾谈，而且连代为传书的鸿雁的影子都看不到。四句中包含着复杂的思想感情的转折起伏，却写得若断若续，脉络不露，使人只能于言外得之；“湖水浸白云”，插以“无端”二字，便是埋怨它只浸云影而不能照出传书的鸿影，诗句就由写景化为抒情，做到寓情于景。前诗写怀，归于轻视物质上的困难，归于洒脱；这首诗写怀，归于重视别离中的友谊，归于绵邈。洒脱与绵邈兼而有之，使得诗篇也就兼具着理趣和深情。

清范大士《历代诗发》评此诗：“清和秀健，淡然以远。”笔调确实如此。但它在平淡的景物描写中，表现处境的凄清、寂寞，又从而含蓄地表现心情的洒脱、绵邈，加上形式特殊，古律相参，也有曲折的一面。深察之，犹露庭坚诗在似不着力处仍带匠心的本色。

（陈祥耀）

【词】

【原文】

念奴娇

八月十七日，同诸生[①]步自永安城楼，过张宽夫园待月。偶有名酒，因以金荷酌众客。客有孙彦立，善吹笛。援笔作乐府长短句，文不加点。

断虹霁雨，净秋空，山染修眉新绿。桂影扶疏，谁便道，今夕清辉不足？万里青天，姮娥何处，驾此一轮玉。寒光零乱，为谁偏照醽醁？　　年少从我追游，晚凉幽径，绕张园森木。共倒金荷，家万里，难得尊前相属。老子平生，江南江北，最爱临风笛。孙郎微笑，坐来声喷霜竹。

〔注〕 ① 原作“诸甥”，据《苕溪渔隐丛话后集》卷三十一改。山谷诸甥洪朋、洪刍、洪炎、徐俯，皆能诗，而山谷戎州诗未及诸人。

黄山谷的个性、学养一似东坡，豪放不羁，豁达大度，即使处在最恶劣的环境中，依然谈笑风生，不改其乐。山谷一生和东坡一样，一直被卷在党争的旋涡里。哲宗绍圣年间，他被贬涪州别驾黔州安置，后改移戎州(今四川宜宾)安置。有一年(据任渊《山谷诗集注》附《年谱》，当是哲宗元符二年[1099])八月十七日，与一群青年人一起赏月、饮酒，有个朋友名叫孙彦立的，善吹笛，月光如水，笛声悠扬。此情此境，山谷意兴方浓，援笔写下上面这首《念奴娇》词，文不加点。胡仔评曰：“或以为可继东坡赤壁之歌云。”

词的开头三句描写开阔的远景：雨后新晴，秋空如洗，彩虹挂天，青山如黛，何等美好的境界！词人不说“秋空净”，而曰“净秋空”，笔势飞动，写出了烟消云散、玉宇为之澄清的动态感。“山染修眉新绿”，写远山如美女的长眉，反用《西京杂记》卓文君“眉色如望远山”的故典，已是极妩媚之情态，而一个“染”字，更写出了经雨水洗刷的青山鲜活的生命力。词人由天际画秋，展示出一幅高旷的极富色彩感的仲秋景象，衬托出作者快意的情怀。

接着写赏月。此时的月亮是刚过中秋的八月十七的月亮，为了表现它清辉依然，词人用主观上的赏爱弥补自然的缺憾，突出欣赏自然美景的愉悦心情，他接连以三个带有感情色彩的问句发问道：谁能说月中桂影很浓，今夜的月色便不够美满？晴空万里，嫦娥呵，你在哪里驾驶这圆圆的一轮玉盘？月亮呵，你又为谁偏照这樽中美酒、而散发皎洁的光辉？三个问语如层波叠浪，极写月色之美和自得其乐的骚人雅兴。嫦娥驾驶玉轮是别开生面的奇想。历来诗人笔下的嫦娥都是“姮娥孤栖”，“嫦娥倚泣”的形象，山谷却把她从寂寞清冷的月宫中解放出来了，让她兴高采烈地驾驶一轮玉盘，驰骋长空，多么富有浪漫主义的色彩，多么富有豪迈的诗情！

下面，转而写月下游园、欢饮和听曲之乐。“年少从我追游，晚凉幽径，绕张园森木”，用散文句法入词，信笔挥洒，恍惚使人看到洒脱不羁的词人，后面跟着一帮子愉快的年轻人，正在张园茂密的树林中蹓跶。“共倒金荷，家万里，难得尊前相属”，让我们把金色的荷叶杯斟满，大家来干一杯吧！离家万里，难得有今宵开怀畅饮呀！举起酒杯时，忽然，在词人心灵上掠过一抹阴影，流露出一种身世之感，但这只是一刹那，个性倔强的词人感到今天能和青年朋友们共饮，难得一欢。他不肯沉吟，马上把笔调一转，振作精神，以豪迈刚健之气高唱道：

“老子平生，江南江北，最爱临风笛！”文似看山喜不平，“家万里”是一抑，“老子平生……”又一扬，没有深谷焉见山之高也，行文至此，起伏跌宕，把词人豪迈激越之情推向顶峰。这三句是词中最精彩之笔,《世说新语》记载东晋庾亮在武昌时,于气佳景清之秋夜,登南楼游赏,庾亮曰:“老子于此处兴复不浅。”老子,犹老夫,语气间隐然有一股豪气在。山谷说自己这一生走南闯北,偏是最爱听那临风吹奏的曲子。这句话意味深长,似在隐指自己漂泊颠踬的一生,然而这又算得了什么呢,我生平最爱的就是那种高亢激越的旋律啊!“最爱临风笛”句,雄浑潇洒,豪情满怀,表现出词人处逆境而不颓唐的乐观心情。这里的“笛”字,陆游《老学庵笔记》卷二谓“泸、戎间谓笛为独,故鲁直得借用”。山谷是依戎州方音押韵。有些本子改作“曲”字,以求完全合于本韵,但是在文意上就嫌稍隔一层了。

最后一笔带到那位善吹笛的孙彦立:“孙郎微笑,坐来声喷霜竹。”孙郎感遇知音,喷发奇响,那悠扬的笛声回响不绝。以声结情,使人神远。

这首词通篇洋溢着豪迈乐观的情绪,词中出现的形象如断虹、秋空、万里青天、明月、森木等等,大都是巨大的,色彩鲜明的,其本身就具有一种高远的意境。在这首词中没有落木萧萧的衰飒景象,而是表现出一种豪迈的气派。词中写游园、饮酒、听曲,也都自有一种豪气充斥其间。笔墨淋漓酣畅,颇见作者洒脱旷放的为人,《宋史》本传说:“庭坚泊然不以迁谪介意,蜀士慕从之游,讲学不倦。”这首词不正是他这种豪放性格的生动写照吗?正如东坡之有赤壁词,山谷也在这首词中真实地写出了他自己。

(高　原)

水调歌头

瑶草一何碧,春入武陵溪。溪上桃花无数,枝上有黄鹂。我欲穿花寻路,直入白云深处,浩气展虹霓。只恐花深里,红露湿人衣。　　坐玉石，倚玉枕，拂金徽。谪仙何处，无人伴我白螺杯。我为灵芝仙草，不为朱唇丹脸，长啸亦何为？醉舞下山去，明月逐人归。

黄庭坚曾参加编写《神宗实录》，在《实录》中，写有"用铁龙爪治河，有同儿戏"的文字，讥笑神宗的治河措施。后来又因作《江陵府承天禅院塔记》，被诬告为"幸灾谤国"。因此，他晚年两次被贬官西南，最后死于西南贬所。这首词采用幻想的镜头，描写神游"桃花源"的情景，反映他对污浊的现实社会的不满以及不愿媚世求荣、与世俗同流合污的品德。据此看来，词作大约写于作者被贬官时期。

开头一句，词人采用比兴手法，热情赞美瑶草（仙草）的青翠可爱，使词作一开始就能给人一种美好的印象，激起人们的兴味，把读者不知不觉地引进作品的艺术境界中去。然后，再从第二句开始，用倒叙的手法，逐层描写神仙世界的美丽景象。

"春入武陵溪"，具有承上启下的作用，以下描写进入幻想的神仙世界的第一境界。在这里，词人巧妙地使用了陶渊明《桃花源记》的典故。《桃花源记》说："晋太元中，武陵人捕鱼为业，缘溪行，忘路之远近，忽逢桃花林。夹岸数百步，中无杂树，芳草鲜美，落英缤纷，渔人甚异之。复前行，欲穷其林。林尽水源，便得一山……"陶渊明描写这种子虚乌有的理想国度，表现他对现实社会的不满。黄庭坚用这个典故，联系他的经历来看，其用意何在，不是一目了然了吗？这三句写词人春天来到"桃花源"，那里溪水淙淙，到处盛开着桃花，树枝上的黄鹂（黄莺）在不停地唱着婉转悦耳的歌。这是多么美丽的境界啊！显而易见，作者似乎已为这种理想境界而陶醉。

"我欲穿花寻路"三句，是写词人进入幻想国度的第二个境界。这是幻

【鉴赏】

想镜头，词人想穿过桃花源的花丛，一直走向飘浮白云的山顶，一吐胸中浩然之气，化作虹霓。在这里，词人曲折含蓄地表现对现实的不满。

然而尽管如此，作者并不就为这仙境的桃花所迷醉。“只恐花深里，红露湿人衣”两句，即是词人采用比喻和象征手法，曲折地表现他对纷乱人世的厌倦但又不甘心离去的矛盾。这种含蓄的写法，很富有令人咀嚼不尽的诗味。“红露湿人衣”一句，是从王维诗句“山路元无雨，空翠湿人衣”（《山中》）脱化而来，黄庭坚把“空翠”换成“红露”，使词句天衣无缝，浑然一体，真有脱胎换骨之妙。

下片继续采用浪漫主义笔调，抒写作者孤芳自赏、不同凡俗的思想。词人以丰富的想象，用“坐玉石，倚玉枕，拂金徽（弹瑶琴）”表现他的志行高洁、与众不同。“谪仙何处，无人伴我白螺杯”两句，表面上是说李白不在了，无人陪他饮酒，言外之意，是说他缺乏知音，感到异常寂寞。他不以今人为知音，反而以古人为知音，这正表现他对现实的不满，及其苦闷的情怀。这种手法尽管在古典诗词中屡见不鲜，但由于作者的写法比较自然，所以并不使人有落入俗套之感。

“我为灵芝仙草”两句，表白他到此探索的真意。“仙草”即开头的“瑶草”，“朱唇丹脸”指第三句“溪上桃花”。苏轼咏黄州定惠院海棠诗云：“朱唇得酒晕生脸，翠袖卷纱红映肉。”花容美艳，大抵略同，故这里也可用以说桃花。这两句是比喻和象征的语言，用意如李白《拟古十二首》之四所谓“耻掇世上艳，所贵心之珍”。既然如此，则“长啸亦何为”？意谓自不必去为得不到功名利禄而忧愁叹息的了。

此作好像是写词人幻想升入仙境的一出戏剧，表现他到了仙境的喜悦。然而最后他还是从仙境回到人间来。最后两句是词作中的警句，生动、形象、含蓄，具有深刻的意境和浓郁的诗味。它不仅描写词人酒醉后摇摇晃晃、如舞婆娑的形象，更是表现他想逃避现实而又不甘心如此的矛盾心理。最终还是回到现实中，却说是明月追随他回来的。“明月逐人归”的境界，正如王国维所说：“常人皆能感之，而惟诗人能写之。”（《清真先生遗事》）李白《下终南山过斛斯山人宿置酒》诗的“暮从碧山下，山月随人归”，用之于开头，悠闲舒畅，带起下文良朋共饮的欢乐；此词用作结尾，为醉后的感觉，体现了独处无友、唯月相随的孤寂的心境，以应接前文。两者面目相同，而情味自异。整首词写景抒情，浑然一体，是富有强烈抒情性的佳作。

（陆永品）

满庭芳

茶

北苑春风，方圭圆璧，万里名动京关。碎身粉骨、功合上凌烟。尊俎风流战胜，降春睡、开拓愁边。纤纤捧，研膏溅乳，金缕鹧鸪斑。　　相如虽病渴，一觞一咏，宾有群贤。为扶起灯前，醉玉颓山。搜搅胸中万卷，还倾动、三峡词源。归来晚，文君未寝，相对小窗前。

此词也收入秦观《淮海居士长短句》中，字句少异。据南宋吴曾《能改斋漫录》卷十七《茶词》一条说，山谷曾作《满庭芳》茶词“北苑龙团，江南鹰爪”云云，其后修改前作，止咏建茶，“北苑研膏，方圭圆璧”云云，词意益工。证为山谷所作。此词刻画铺叙，极妍尽态，极似一篇茶赋。

词先从茶的名贵说起，“北苑春风，方圭圆璧，万里名动京关”。北苑在

【鉴赏】

建州，即今福建建瓯。是贡茶的主要产地。王象之《舆地纪胜》引周绛《茶苑总录》云："天下之茶建为最，建之北苑又为最。"从宋太宗太平兴国二年开始，建州专造龙凤团茶入贡，北苑茶贵，至此得名。由于是贡品，故采择十分讲究，据蔡襄《北苑焙新茶诗》序云："北苑（茶）发早而味尤佳，社（立春后第五个戊日为春社日）前十五日，即采其芽，日数千工，聚而造之，逼社（临近社日）即入贡。"因此"春风"二字，即指社前之茶。山谷另一首茶词《看花回》云："香引春风在手，似粤岭闽溪，初采盈掬"，并可证。如此讲究产地节令，且"日费数千工"，制成的方圆茶饼，蔡絛《铁围山丛谈》卷六且云"岁但可十百饼"，故无怪要声传万里名动汴京了。圭方璧圆，以喻茶饼形状。

这些细小的茶，有如此身价，且进奉御用，简直是有功社稷，可与凌烟阁（唐代所建，表彰开国功臣的地方）中那些流芳百世，为国粉身碎骨的将相功臣并列了。"碎身粉骨"二句写得刻至，以研磨制茶之法攀合将相报国之事，以贡茶之贵比之开业之功，着意联想生发，避实就虚。接着写茶之用，"尊俎风流战胜"是"战胜风流尊俎"的倒装，意指茶能解酒驱睡、清神醒脑，排忧解愁。"战胜"、"开边"，字面切合凌烟功臣。以下说更有红巾翠袖，纤纤玉指，研茶沏水，捧精美茶盏，侍奉身前，堪称一时雅事。"鹧鸪斑"，以其纹色代指茶盏。杨万里《陈蹇叔郎中出闽漕别送新茶》诗："鹧斑碗面云萦字，兔褐瓯心雪作泓。"据蔡襄《茶录》："茶色白，宜黑盏，建安所造者绀黑，纹如兔毫。"范成大《桂海虞衡志》记有鹧鸪斑香，谓其"色褐黑而有白斑点点，如鹧鸪肶上毛"，则仿兔毫瓯例，茶盏色泽花点似鹧鸪斑者，亦可命名。以上言有好茶叶之外，还要有好水，好茶具，好的捧盏人，这才珠联璧合，相得益彰。

下片写邀朋呼侣集茶盛会。当时有行茶令的风俗："每会茶，指一物为题，各举故事，不通者罚。"（王十朋《梅溪文集》）这里写自己雅集品茶，却翻出司马相如的风流情事。茶可解渴,故以“相如病渴”引起。司马相如“常有消渴疾”,见《史记》列传。紧接着带出他的宴宾豪兴,又暗暗折入茶会行令的本题。“为扶起灯前”下四句,是承接字面,明写司马相如的酒兴文才,实暗指茶客们酣饮集诗、比才斗学的雅兴。“一觞一咏”两句,用王羲之《兰亭集序》“群贤毕至,少长咸集。……一觞一咏,亦足以畅叙幽情”。“醉玉颓山”,用《世说新语·容止》“嵇叔夜(康)……其醉也,傀俄若玉山之将崩”。“搜搅胸中万卷”,用卢仝《走笔谢孟谏议寄新茶》诗“三碗搜枯肠,唯有文字五千卷”。“还倾动、三峡词源”,用杜甫《醉歌行》“词源倒流三峡水”。以上连用四个典故,真如他自己所主张的“无一字无来处”(《答洪驹父书》)了。最后带出卓文君,呼应相如,为他们的风流茶会作结,使下片成为一个整体。

这首词围绕一杯茶,竭尽腾挪铺叙之能事。为了避免泥定题目导致拘而不畅,作者通篇不着一个茶字,翻转于名物之中,出入于典故之间,不即不离,愈出愈奇。特别是下片用司马相如集宴事绾合品茶盛会,专写古今风流,可谓得咏物词的要领了。

当时人论词家有“秦七、黄九”之说,但清代的冯煦在《宋六十一家词选》例言中却不以为然,认为“若以比柳(永),差为得之”,这话颇中肯綮。山谷词以疏隽旷放为主调,但他也受到了柳永词的影响。这首词的传移铺写,风流冶荡颇近柳词格调,但刻意出奇,穷力追新,却是自家面目。以这首词论之,黄庭坚的长调虽学柳永,但无柳词的平直晓畅,雕琢有余而自然不足,虽冶艳而乏情致,不免有堆砌饾饤、词意枯涩之弊。

(邓乔彬　祝振玉)

【原文】

醉蓬莱

对朝云叆叇，暮雨霏微，乱峰相倚。巫峡高唐，锁楚宫朱翠。画戟移春，靓妆迎马，向一川都会。万里投荒，一身吊影，成何欢意！　　尽道黔南，去天尺五，望极神州，万重烟水。樽酒公堂，有中朝佳士。荔颊红深，麝脐香满，醉舞裀歌袂。杜宇声声，催人到晓，不如归是。

绍圣二年，山谷被指控为撰修《神宗实录》失实多诬，贬为涪州别驾黔州安置，此词当是他赴黔途中经过夔州巫山县时所作。作为一个知名的诗人，山谷受到了地方官的热情接待，还游览了峡中的山水奇胜；但作为一个逐臣，他的内心又有着难以排解的抑郁忧闷。山谷把这两方面编织在同一首词中，通过乐与悲的多层次对比烘托，突现出他在贬谪途中去国怀乡的忧闷之情。

提起巫山，人们自然会联想到那浪漫旖旎的神话传说：巫山神女与楚王幽会，“旦为朝云，暮为行雨”。词的开头以“对”字直领以下三句，描绘出一幅烟雨凄迷的峡江图：有时云蒸霞蔚，有时微雨蒙蒙，云雨迷离之中，只见错落攒立的群峰互相依傍。这里既是肖妙的写景，又是贴切的用典，“朝云”、“暮雨”镶嵌于句中，化而不露，“乱峰”则指巫山群峰，其中神女峰尤为峭丽，相传即为神女的化身。这样我们不仅领略到云雨奇峰的峡江风光，而且产生对历史、神话的丰富联想，进入一个惝恍迷离、凄清悠远的境界。这种意境与他去国怀乡的怅惘心情是十分协调的。如以“叆叇”状云，表现云气浓重，据汉代服虔《通俗文》的解释，更有日色昏暗之意。又如以“乱”

字表现群峰的攒拥交叠。这些不正暗示他遭贬后神乱意迷的心境吗？“巫峡高唐，锁楚宫朱翠”，是由神话生发出来的联想。“朱翠”指女子的朱颜翠发，代指美人。一个“锁”字不也隐约透露出自叹身世的感慨：此行西去，羁管于荒远之地，身非由己，不正像锁于深山峡谷的楚宫佳丽吗？这里感情的流露是含蓄深婉的，词人只是创造一种情绪和氛围，给人以感染。他的写同一主题的《减字木兰花·登巫山县楼》就表现得较为直露，其词云：“襄王梦里，草绿烟深何处是？宋玉台头，暮雨朝云几许愁。　　飞花漫漫，不管羁人肠欲断。春水茫茫，欲渡南陵更断肠。”

顺着这样的情绪写下去，应该继续抒发其乡愁离恨，但山谷并未如此，而是笔锋一转，描绘出一幅热闹的仪仗图：春光明媚之中，官府的仪仗队在行进，盛装艳服之人迎接着马队，迤逦向城中行去。“画戟”是加上彩饰的戟，用于仪仗队。“靓妆”，粉黛妆饰，这里大约指歌姬舞女之类。面对如此盛况，山谷的内心却是一片悲凉：“万里投荒，一身吊影，成何欢意！”它与开头呼应，但与其以景言情的含蓄隐晦相比，这里一腔忧闷简直是喷涌而出。词的上片巧妙地运用了反衬，使词意极尽跌宕起伏、曲折回环之致。

下片与上片则同一机杼。开头四句承上片最后一层意思而加以生发。上面“一身吊影，成何欢意”，倾诉悲情，已一泻无余，如何再深入一层呢？山谷巧妙地越过眼前的情景，而设想在贬谪之地的望乡之苦，这也是一种衬托，即用未来的乡愁反过来烘托现实的离情。“去天尺五”极言黔南地势之高，旧有“城南韦、杜，去天尺五”的谚语，此处借来形容山高摩天。尽管在这样的高处，但是眺望神州，还是隔着千山万水。那乡愁就像那万重烟水，一直延伸到天地的尽头，绵绵不绝。“神州”指中原，这里意同“神京”。古代的逐臣每每通过回望京城来表达其哀怨之情。

“樽酒”五句又是一个大的转折，展现了地方官为山谷摆酒接风，欢宴公堂的热烈景象。宴会上不仅有来自朝廷的“佳士”，还有歌舞的美女。为了渲染欢快的气氛，这里用了一些色彩富丽的词，如用“荔颊红深”形容美人容颜的娇艳之色，用“麝脐香满”描写香气的氤氲馥郁。轻歌曼舞，醉意蒙胧，场面越是写得热烈，越能反衬出山谷心头的悲凉孤寂。置身于高堂华宴，面对着主宾的觥筹交错，会更使人强烈地感受到“斯人独憔悴”的况味。所以词的最后又跌入深沉的乡愁之中，唯有那杜鹃“不如归去”的声声啼鸣陪伴着他通宵达旦。

王夫之说过：“以乐景写哀，以哀景写乐，一倍增其哀乐。”（《薑斋诗话》）此词正是这一艺术辩证法的具体应用。表现在词的结构上就是：上下两片都分三个层次，先写悲情，然后折入欢快场景的描写，最后又转入悲情的抒发，而上下两片又写法各异，不使雷同。诚所谓“常山蛇势”：“击其首则尾至，击其尾则首至，击其中则首尾俱至。”（《孙子·九地篇》）为了构成鲜明的对比，写悲与乐所用词语的色彩反差也很大：前者朴素自然，近乎口语，直抒胸臆；后者富丽浓郁，风华典雅，着力铺陈。

（黄宝华）

蓦山溪

赠衡阳妓陈湘

鸳鸯翡翠，小小思珍偶。眉黛敛秋波，尽湖南、山明水秀。娉娉嫋嫋，恰似十三余，春未透，花枝瘦，正是愁时候。　寻花载酒，肯落谁人后。只恐远归来，绿成阴，青梅如豆。心期得处，每自不由人，长亭柳，君知否，千里犹回首？

《蓦山溪》又名《上阳春》,“赠衡阳妓陈湘”又作“别意”。这是一首赠别的词。上片写陈湘的天生丽质,豆蔻年华,而又柔情脉脉,春愁恹恹,使人魂飞心醉,我见犹怜。下片写词人载酒寻芳,临别伤怀,后约无期的怅惘心情。前者重在绘形,故多绮语;后者重在抒情,故饶风韵。全词运用铺叙的手法,层次分明。上片分三个层次来写。第一个层次是前两句。鸳鸯、翡翠,皆偶禽。雄者为鸳,雌者为鸯。《说文》:“翡,赤羽雀也。翠,青羽雀也。”雄赤曰翡,雌青曰翠。作者《鼓笛令》也有“翡翠金笼思珍偶”之句。这两句把陈湘妙年怀春的内心活动揭示了出来。第二个层次也是两句,以远山秋波,比喻陈湘的眉清目秀。作者另有《阮郎归》一词,也是赞美陈湘的歌舞的,中有“歌调态,舞工夫,湖南都不如”云云,可作这两句词的注脚。“山明水秀”与“眉黛”、“秋波”相应,言其眉如山之明,眼如水之秀。把美人的眼比作秋波,眉比作远山,是我国古代诗文中所习见的。第三个层次是末五句,以春花的娇嫩鲜艳,比喻陈湘的年轻貌美。妙在词人不着痕迹地点染了杜牧《赠别》的“娉娉袅袅十三余,豆蔻梢头二月初”的诗句,含蓄而婉转地把陈湘的婀娜身段、锦绣年华勾勒了出来。在点染中有创造,在绮语中有蕴藉,呈现出细腻而工巧的审美情趣。又以“透”、“瘦”、“愁”三字分别写出陈湘的情窦初开、腰肢苗条和多愁善感。艳而不冶,媚而不妖,清丽纤巧,情韵兼胜,其构思之委婉曲折,低回往复,出人意表,不可窥测,让许多层次的内容,组成一个完整的机体,给人以多侧面的鲜明而真实的美的享受。

下片也有三个层次。第一个层次也是前两句。写结识陈湘,唯恐不早。一种急于谋面、一倾积愫的感情,溢于言表,不言倾慕,而爱恋之情自见。第二个层次是中两句,写词人对后约无期、犹恐美人已有所属的怅惘。妙在他把杜牧《叹花》诗“自是寻春去校迟,不须惆怅怨芳时。狂风落尽深红色,绿叶成阴子满枝”融化在里面。据载,唐大和末,杜牧自侍御史出佐

【原文】

沈传师宣城幕，雅闻湖州出美女，于是前往游观，逢州里张水戏，见一女十余岁，面容姣好，遂相约十年后来迎娶。后杜牧于大中三年出任湖州刺史，此时已过十四年，所相约的女子早已嫁人并生二子。杜牧只好作诗怅别。(事见宋胡仔《苕溪渔隐丛话后集》卷一五引《丽情集》)词人在这里是借用，表示别易会难，聚少离多，待到他们重逢的那天，恐怕是花已成泥、叶已成阴、子已满枝了。这在意脉上是与“娉娉袅袅，恰似十三余”相呼应；在感情上深沉、真挚又含诙谐沧桑。第三个层次是最后五句，表现自己的眷恋之深，依慕之切。“心期”，指内心深处的期望。这里是申说人生实难，事与愿违，造物是那样的捉弄人，不让人把握自己的命运，实现自己的愿望。接着又以柳的飘拂依人，比喻自己的别情无极，依恋不已。虽在千里之外，犹然频频回首，寻觅那折柳赠行者的倩影。读到这里，不禁使人联想起那“羁客春来心欲碎，东风莫遣柳条青”(戎昱《湖南春日》)的情思油然而生，那“含烟惹雾每依依，万缕千条拂落晖”(李商隐《离亭赋得折杨柳》)的情景宛然在目。语淡而情深，意浓而韵远，非有这种实际生活的体验，是不能道出此中的委婉曲折的。写这样的题材，是很不容易着笔的。过于浓艳，则流于儇薄；过于厚重，则易失风韵；痴语多则失之纤弱，谐谑多则流于亵近。刘熙载说得好：“词要恰好，粗不得，纤不得，硬不得，软不得。不然，非伧父即儿女矣。”(《艺概·词曲概》)山谷这首词，既妥溜，又恰切；既合身分，又饶情趣，使人挹之不尽，味之无穷。

(羊春秋)

定风波

次高左藏使君韵

万里黔中一漏天，屋居终日似乘船。及至重阳天也霁，催醉，

【原文】

鬼门关外蜀江前。　　莫笑老翁犹气岸，君看，几人黄菊上华颠？戏马台南追两谢，驰射，风流犹拍古人肩。

此词为作者在黔州贬所的作品。唐置黔中郡，后改黔州，治所在今四川彭水，在宋时是边远险阻的处所。绍圣二年(1095)黄庭坚以修《神宗实录》不实的罪名，贬为涪州(今重庆市涪陵区)别驾，黔州安置，开始他生平最艰难困苦的一段生活。当时他的弟弟知命有诗云："人鲊瓮中危万死，鬼门关外更千岑。问君底事向前去，要试平生铁石心。"(《戏答刘文学》)写出他在穷困险恶的处境中，不向命运屈服的博大胸怀。这种心境见于词体创作，则一变早年多写艳情的故态，转而深于感慨了。此阕通过重阳即事，抒发了一种老当益壮、穷且益坚的乐观奋发精神。

全词分四层写。上片首二句写黔中气候，以明贬谪环境之恶劣。黔中秋来阴雨连绵，遍地是水，人终日只能困居室内，不好外出活动。不说苦雨，而通过"一漏天"、"似乘船"的比喻，形象生动地表明秋霖不止叫人不堪其苦的状况。"乘船"而风雨喧江，就有覆舟之虞。所以"似乘船"的比喻不仅是足不出户的意思，还影射着环境的险恶。联系"万里"二字，又有去国怀乡之感。这比使用"人鲊瓮中危万死"的夸张说法来得蕴藉耐味。下三句是一转，写重阳放晴，登高痛饮。说重阳天霁，用"及至"、"也"二虚词呼应斡旋，有不期然而然、喜出望外之意。久雨得晴，是一可喜；适逢佳节，是二可喜。逼出"催醉"二字。"鬼门关外蜀江前"回应"万里黔中"，点明欢度重阳的地点。"鬼门关"即石门关，在今重庆市奉节县东，两山相夹如蜀门户，"天下之至险也"(陆游《入蜀记》)。但这里却是用其险峻来反衬一种忘怀得失的胸襟，大有"鬼门关外莫言远，五十三驿是皇州"(作者《竹枝词》)的意味。如果说前二句起调低沉，此三句则稍稍振起，已具几分傲兀之气了。

过片三句承上意写重阳赏菊。古人在重阳节有簪菊的风俗(杜牧《九日齐山登高》:“尘世难逢开口笑,菊花须插满头归。”),但老翁头上插花却不合时宜,即所谓“几人黄菊上华颠”。作者却借这种不入俗眼的举止,写出一种“气岸遥凌豪士前,风流肯落他人后”(李白《流夜郎赠辛判官》)的不伏老的气概。“君看”、“莫笑”云云,全是自负口吻。这比前写纵饮就更进一层,词情再扬。但高潮还在最后三句。这里用了一个典故:晋时刘裕北征至彭城,九月九日会将佐群僚于戏马台(台为项羽所筑,在今江苏铜山县南),赋诗为乐,当时名诗人谢瞻、谢灵运各赋诗一首(诗见《文选》卷二十)。“两谢”即指此二人。此三句说自己重阳节不但照例饮酒赏菊,还要骑马射箭,吟诗填词,其气概直追古时的风流人物(如在戏马台赋诗之两谢)。末句中的“拍肩”一词出于郭璞《游仙诗》“右拍洪崖肩”,即追踪的意思。下片分两层推进,从“莫笑老翁犹气岸”到“风流犹拍古人肩”彼此呼应,一气呵成,将豪迈气概表现到极致。

全词结构是一抑三扬(催醉——簪菊——驰射),衬跌有力;铸词造句新警生动,用典亦自然贴切。作者虽身经忧患,却气度开张,绝不作衰飒乞怜语,至今读来犹凛然有生气。

(周啸天)

阮郎归

效福唐独木桥体作茶词

烹茶留客驻金鞍,月斜窗外山。别郎容易见郎难,有人思远山。　　归去后,忆前欢,画屏金博山。一杯春露莫留残,与郎扶玉山。

茶，与宋人生活、宋代文化有不解之缘。宋代三大诗人苏东坡、黄山谷、陆放翁，有许多诗咏茶。王士禛《花草蒙拾》云："黄集咏茶诗最多，最工。"山谷咏茶词亦多，多达十首。此词即其中之一。与他首专咏茶有所不同，此首以一女子口吻，咏其与茶颇有因缘之一段爱情。题中所谓福唐独木桥体，是词中一种体式，又有全部或部分韵脚押用同一个字两式。这里是用后一式。

"烹茶留客驻金鞍。"烹茶二字破题，留客五字转出本事。过客驻马止息，女子烹茶相留。起句写情事，次句点时间。"月斜窗外山。"客人投宿，正当黄昏月出。月儿爬上山头，照进窗户。那情境，很朴素，也很优美。两人相遇，在女子印象极深。可见客人给女子之好感。"别郎容易见郎难。"接上来这一声喟叹，便将上二句所写，全化为回忆。别易会难，古今所叹，唯情之所钟有以致之。喟叹之中，称郎而不再称客，很微妙，也很含蕴，包蕴了那位驻马过客成为女子情郎的一段钟情过程。郎来郎又去，"有人思远山。"有人，正是女子自指。李白《菩萨蛮》"暝色入高楼，有人楼上愁"，同此句法。思远山，遂将意境拓远。当日，郎从窗外山边来，后又向远山去。远山遮住了女子的愁目，也牵动了她的悠悠情思。歇拍之远山，与次句之窗外山，同字押韵，其妙用在于含意各不相同。

"归去后，忆前欢。"换头所写，补足上片前二句相遇与下二句别后之间的那一分离。情郎归去后，女子剩有空忆而已。女子何所忆？最忆是前欢。"画屏金博山。"画屏掩映，博山销香，那正是前欢的象征。博山，指雕有重叠山形的香炉，金博山即铜制博山炉。此句暗用乐府诗《杨叛儿》"欢作沉水香，侬作博山炉"。博山销香，一片氤氲，正似前欢之融洽。韵脚仍

【鉴赏】

用山字，可是已非窗外之远山，而是室内之博山，可加注意。“一杯春露莫留残。”一杯春露，遥接起句之烹茶，写出女子捧茶劝郎。山谷另首《阮郎归·茶词》云：“雪浪浅，露花圆，捧瓯春笋寒”，作此四字之注脚极好。莫留残，是女子殷勤语，谓一饮须尽。宋袁文《瓮牖闲评》评云：“残字下得虽险，而意思极佳。”佳就佳在如闻女子之声口，如见女子之深情。劝郎饮茶，又包蕴了前此醉饮之一节情事。所以结云：“与郎扶玉山。”玉山，形容男子醉后仪容之美。语出《世说新语·容止》：“其醉也，傀俄若玉山之将崩。”此句不光是写出女子为扶醉酒之情郎，承上句，也有以此清茶为郎解酒之意。解酒，正是茶之一份神奇功能。而酒，又往往是生活中不可无。山谷《品令·茶词》云：“味浓香永，醉乡路，成佳境。”可为情郎此时之感受作注。其《满庭芳·茶词》云“纤纤捧，冰瓷莹玉”，“为扶起，尊前醉玉颓山”，则可使两人此时之情景如画。不难体会，这醉后劝茶之情景虽非现境，可在心头细细回忆起来，那滋味之美不正和香茶一样回味无穷吗？

此首题名茶词，以烹茶捧茶之意象，贯串女子爱情之本事，题材与题名是若即若离，又不可分离。茶，正是前欢之见证，一妙也。女子回味前欢之美（此是词中所写），实暗与茶味回甘之美（此是词题所启示）相合。茶，又是回味之象征，又一妙也。此词共九句，起二句结三句为回忆（准确地说应为追思实写），中间四句大抵为现境，时间错综，情境往复，表现女子之神情惝恍心境迷离最佳，又是一妙。此词隔句用同字押韵，属独木桥体式之一种。其中，起句以鞍字押韵，三句押难字，换头押欢字，第八句押残字，韵字并不全同。即使隔句押韵的同一个山字，出现四次，但窗外山是郎来处，远山是郎去处，博山是物，玉山指人。字虽同而含意用法皆不雷同，这在独木桥体词中也不可谓不高明。王士禛云：“仆尝取黄诗：‘金沙滩头锁子骨，不妨随俗暂婵娟。’以为涪翁殆自道其文品耳。”对山谷作此体词，也可作如是观，即随俗而能不流于俗。

（邓小军）

清平乐

春归何处？寂寞无行路。若有人知春去处，唤取归来同住。

春无踪迹谁知？除非问取黄鹂。百啭无人能解，因风飞过蔷薇。

对黄庭坚的词，历代毁誉不一。宋代陈师道说："今代词手，惟秦七、黄九耳，唐诸人不逮也。"（《苕溪渔隐丛话后集》卷三十二引）晁补之说："黄鲁直间作小词，固高妙，然不是当家语，自是着腔子唱好诗。"（同上）清代陈廷焯更指斥说："黄九于词，直是门外汉。"（《白雨斋词话》卷一）这些话虽各执一端，但都有一定的道理。因为黄庭坚现存近两百首词中，品类很杂，高下悬殊，不可一概而论。只是这首《清平乐》，传诵至今，向来获得好评。

在古代诗词中，以"惜春"为主题的作品何止千百篇。因此词人写这类作品，必须取新的角度和用新的手法方能取胜。

此词好就好在写得新颖、曲折，风格清奇，语言轻巧，词味隽永。它赋予抽象的春以具体的人的特征。词人因春天的消逝而感到寂寞，感到无处觅得安慰，像失去了亲人似的。这样通过词人的主观感受，反映出春天的可爱和春去的可惜，给读者以强烈的感染。

若词人仅限于这样点明惜春的主题，那也算不了什么高手。此词高妙处，在于它用曲笔渲染，跌宕起伏，饶有变化。好像荡秋千，既跌得深、猛，又荡得高、远。此词先是一转，希望有人知道春天的去处，唤她回来，与她同住。这种奇想，表现出词人对美好事物的执著和追求。

【鉴赏】

下片再转。词人从幻想中回到现实世界里来，察觉到无人懂得春天的去向，春天不可能被唤回来。但词人仍存一线希望，希望黄鹂能知道春天的踪迹。为什么呢？因为黄鹂常和春天一同出现，它也许能得知春的讯息。这样，词人又跌入幻觉的艺术境界里去了。

末两句写黄鹂不住地啼叫着。它宛转的啼声，打破了周围的寂静。但词人从中仍得不到解答，心头的寂寞感更加重了。只见黄鹂趁着风势飞过蔷薇花丛。蔷薇花开，说明夏已来临。词人才终于清醒地意识到：春天确乎是回不来了。

像这样一首短词，几经曲折，含蕴着一层深似一层的感情。词人从惜春到寻春，从希望到失望，从不断追寻到濒于绝望；终于怀着无可告慰的心情，为美好事物的消逝陷入沉思中去了。

黄庭坚在诗词创作中，常喜欢掉书袋，发议论，甚至堆砌典故，化用前人辞句，并自诩为"夺胎换骨"、"点铁成金"。这首词却无此类弊病。仅结尾与欧阳修《蝶恋花》（庭院深深深几许）词末句"泪眼问花花不语，乱红飞过秋千去"，意境稍嫌重复。但这充其量只是"偷意"，仍不失为一种高格。

有人认为这首词"结语暗寓身世，大有佳人空谷，自伤幽独之感"，不妨聊备一说。但从全词看，这种说法显然跟通篇的主题不合。一首词不能是上半写"惜春"，下半又变成写"自惜"。如果这样写，势必造成主题的不统一。

读这首词，感情的波澜常会随着词人笔底的波澜一同跳动，一同变化。使人觉得：春天是可爱的，要珍惜春天，别让她轻易流逝！

（蔡厚示）

鹧鸪天

座中有眉山隐客史应之和前韵，即席答之

黄菊枝头生晓寒，人生莫放酒杯干。风前横笛斜吹雨，醉里簪花倒着冠。　　身健在，且加餐，舞裙歌板尽清欢。黄花白发相牵挽，付与时人冷眼看。

史应之，为黄庭坚在戎州贬所新交的朋友。《山谷诗内集》有《戏答史应之》七绝三首，又《谢应之》一首，任渊注云：应之名铸，眉山人，授馆于人，为童子师；落魄无检，喜作鄙语，人以屠脍目之；客泸、戎间，因识山谷。元符三年(1100)，山谷既得赦复官，七月自戎州省其姑于青神，应之亦自眉山来青神，二人在客馆时接从容，宾主相乐。山谷十一月始自青神复还戎州，这首《鹧鸪天》，当是重阳节后在戎州或青神所作。同调同韵三首，此为第二首，自和前首韵。

山谷因被诬修《神宗实录》不实，于绍圣二年(1095)谪涪州别驾黔州安置，后移戎州安置，在贬五年余。初至戎州时，寓居南寺，作槁木寮、死灰庵，喻其心已如槁木死灰，可以见其抑郁愤嫉之情。此词写的正是胸中不平之气，却以达观放浪之态出之。上片是劝酒之辞，劝别人，也劝自己到酒中去求安慰，到醉中去求欢乐。首句"黄菊枝头生晓寒"是纪实，其第一首(题"明日独酌自嘲呈史应之")末云"茱萸菊蕊年年事，十日还将九日看"，点明为重阳后一日所作。因史应之有和词，故自己再和一首，当亦是此数日间事。赏菊饮酒二事久已有不解之缘，借"黄菊"自然过渡到"酒杯"，引出下一句"人生莫放酒杯干"。意即酒中自有欢乐，自有天地，应让杯中常有酒，应该长入酒中天。"风前横笛斜吹雨，醉里簪花倒着冠"，着意写出酒

【鉴赏】

后的浪漫举动和醉中狂态，表明酒中自有另一番境界：横起笛子对着风雨吹，头上插花倒戴帽，都是不入时的狂放行为，只有在酒后醉中才能这样放肆。能达此境，即可眼中无人；能做到眼中无人，心中还有什么忧虑烦恼不能消除呢？不言而喻，这仍然只是借酒浇愁而已。高明之处是不说一个愁字，而处处愁怨可见。

下片则是对世俗的侮慢与挑战。“身健在，且加餐，舞裙歌板尽清欢。”仍是一种反常心理，其含意不在正面，而在反面：世事纷扰，是非颠倒，世风益衰，无可挽回，只愿身体长健，眼前快乐，别的一无所求。其实这些轻松俏皮的话语后面隐藏着无可名状的悲哀。“黄花白发相牵挽，付与时人冷眼看”，则是正面立言。菊花傲霜而开，常用以比喻人老而弥坚，故有黄花晚节之称。这里说的白发人牵挽着黄花，明显地表示自己要有御霜之志，决不同流合污，而且特意要表现给世俗之人看。这自然是对世俗的侮慢，不可能为时人所理解和容忍，那就让他们冷眼对我吧。

此词表现的是黄山谷从坎坷的仕途上得来的人生经验。他与苏东坡同在新旧党争的夹缝中过日子，四处碰壁，几经贬徙，投荒万死，受尽了种种屈辱与迫害。东坡还懂得用老庄思想来遣愁解忧，而山谷却忘不了自己的伤痛，常常用侮世慢俗的方式来发泄心中的愤懑。本词所写的雨中吹笛也好，簪花倒戴帽也好，都是对俗人俗眼的一种戏弄侮慢；加餐也好，听歌观舞也好，都是以自乐自娱对现实迫害作调侃与反击；而“黄花白发相牵挽”则是对时人的抗争。此词三首一意贯串，总写其不平傲世之心。史应之看来也是个不谐于俗的人，故山谷与他能彼此投合。山谷《戏答史应之》诗有云“不嫌藜藿来同饭，更展芭蕉看学书”，可见二人穷困相得之情。在这样的朋友面前，所言自不必忌惮，所以数词写来自见真情。刘熙载《艺概·词曲概》云：“黄山谷词用意深至，自非小才所能办。”这正是其为人的可贵之处，也是此词的积极意义所在。

（谢楚发）

南歌子

槐绿低窗暗，榴红照眼明。玉人邀我少留行。无奈一帆烟雨画船轻。　　柳叶随歌皱，梨花与泪倾。别时不似见时情。今夜月明江上酒初醒。

本词写离别。上片写行客即将乘舟出发，正与伊人依依话别。作者先从写景入手，这时正当初夏，窗前槐树绿叶繁茂，所以室内显得昏暗，而室外榴花竞放，红艳似火，耀人双眼，这与室内气氛恰好形成强烈对比，两人此刻的心情没有明说，却以室内黯淡的气氛来曲折地反映。

离别在即，难舍难分，“玉人邀我少留行”，不仅是伊人在挽留，行客自己也是迟迟不愿离开。“无奈”两字一转，写出事与愿违，出发时间已到，不能迟留。接着绘出江上烟雨凄迷，轻舟挂帆待发，两人无限凄楚的别情就在这诗情画意的描述中宛转流露。

本词系双调，下片格式与上片相同。“柳叶”两句，承上片“无奈”而来，由于舟行在即，不能少留，而两人情意缠绵，难舍难分，真是“悲莫悲兮生别离”。“柳叶”两句，写临行饯别时伊人蹙眉而歌，泪如雨倾。这里运用比喻，以柳叶喻双眉，梨花喻脸庞。“别时”句又一转，由眼前凄凄惨惨的离别场面回想到当初相见时的欢乐情景，但往事不堪回首，只能使临行时的心情更加沉重。

末句略同柳永“今宵酒醒何处、杨柳岸、晓风残月”。词人悬想半夜酒醒，唯见月色皓洁，江水悠悠，无限离恨，尽在不言之中，如此写法颇具蕴藉含蓄之致。

【原文】

李清照《词论》认为“黄(庭坚)即尚故实,而多疵病”。但本词却并未使用典故,倒是在写作手法上显得很有特色。如“槐绿”两句,例用对句,做到了对偶工整、色泽鲜艳;槐叶浓绿,榴花火红,“窗暗”、“眼明”用来渲染叶之绿与花之红,“绿”与“红”、“暗”与“明”在色彩与光度上形成两组强烈的对比,对人物形象和环境气氛起着烘托渲染的作用。“柳叶”两句,以柳叶和梨花来比喻伊人的双眉和脸庞,以“皱”眉和“倾”泪刻画伊人伤离的形象,通俗而又贴切。

(潘君昭)

谒金门

示知命弟

山又水,行尽吴头楚尾。兄弟灯前家万里,相看如梦寐。

君似成蹊桃李,入我草堂松桂。莫厌岁寒无气味,馀生今已矣。

这首词是黄庭坚于哲宗绍圣三年(1096)在黔州(四川彭水)所作。知命是黄庭坚之弟,名叔达。据任渊《山谷诗集注·目录》附《年谱》,黄庭坚于绍圣元年十二月谪涪州别驾,黔州安置。绍圣二年四月到达黔州,寓开元寺。庭坚赴贬所,未能携家来,其家时寓芜湖。同年秋,其弟知命自芜湖登舟,携一妾、一子及庭坚之子相及其生母溯江而上,于绍圣三年五月六日到黔州。此后数年中,知命一直在贬所陪伴庭坚,兄弟间友爱甚笃。这首词是知命初到黔州时庭坚所作,充分抒写了兄弟间患难相依的天伦笃厚之情。

【鉴赏】

开头两句是说知命万里远来，行路艰难。《方舆胜览》："豫章之地为吴头楚尾。"豫章，今江西，春秋时为吴国之西界，楚国之东界，故称为吴头楚尾。知命自芜湖登舟，溯江西行，正是经历了吴头楚尾之地。下边两句写兄弟患难中相聚的惊喜之情。"相看如梦寐"，用杜甫《羌村》诗："夜阑更秉烛，相对如梦寐。"下半阕起二句用了两个典故。上句用《史记·李将军列传》。这篇传赞中引谚曰"桃李不言，下自成蹊"，称赞李广诚信著于中而自然形于外。黄庭坚借用此语称赞其弟知命。下句用孔稚珪《北山移文》。文中有"钟山之英，草堂之灵"及"诱我松桂，欺我云壑"之语。此文原意是讥讽周颙的。"周颙昔经在蜀，以蜀草堂寺林壑可怀，乃于钟岭雷次宗学馆立寺，因名草堂"(《文选·北山移文》李善注引梁简文帝《草堂传》)，周颙曾隐居于此，后来他又出来做官，所以孔稚珪作文以讥之。黄庭坚此处只是借用其中辞句，以"草堂"拟所居之开元寺，以"松桂"喻环境荒寂，与《北山移文》原意无关。古人诗词中对典故常是灵活运用，不可拘泥求之。以"草堂松桂"对"成蹊桃李"，对偶工整，很有文采，这也是作词的一种艺术手法。最后二句是对远谪的慨叹，是年黄庭坚五十二岁，故曰"馀生今已矣"。此词以放笔为直干之法抒写天伦情谊，质朴浑厚，在宋人词中还是少见的。

黄庭坚是北宋诗的大家，造诣很高，与苏轼齐名，并称苏黄。他也能填词。但论者毁誉不同。黄庭坚在文学艺术上是具有很高天才的，而又是卓然自立，不肯随人后的。他作诗时，态度郑重，精心结撰，而填词则不然，仅视为余事，因此不免有"亵诨"、"鄙俚"之语，且有"倔强"、"太生硬"处，但其佳者则是"妙脱蹊径，迥出慧心"(详拙著《灵谿词说·论黄庭坚词》，载《四川大学学报》1984年第三期)。从这首《谒金门》词，也可以看出黄庭坚词的特点，他能将其作诗遒劲的笔法运化于词中。

(缪　钺)

【原文】

渔家傲

三十年来无孔窍，几回得眼还迷照。一见桃花参学了。呈法要，无弦琴上单于调。　　摘叶寻枝虚半老，看花特地重年少。今后水云人欲晓。非玄妙，灵云合被桃花笑。

宋代有不少叫作“灯录”的禅宗典籍，记载着许多叫人转迷成悟的机关，颇得当时文人的喜爱，一些人干脆援禅家语入诗词，以增加其理趣，这首《渔家傲》便是其中突出的一例。

这首词所演绎的是南岳临济宗福州灵云志勤和尚的故事。此事最早见于五代静、筠二僧所撰之《祖堂集》：“（灵云）偶睹春时花蕊繁花，忽然发悟，喜不自胜。”在南宋普济的《五灯会元》中也有记载，说灵云在沩山见桃花而悟道，作偈云：“三十年来寻剑客，几回落叶又抽枝。自从一见桃花后，直至如今更不疑。”这里所谓的“剑”，即指佛家的般若慧剑，般若，意谓智慧，是成佛的途径之一。“落叶抽枝”，喻年复一年地苦心修习参学。考禅家源流，临济宗属南宗，南宗修禅的根本方法是“顿悟”，主张无须经过长期修习而突然发悟。因此，灵云和尚睹桃花而悟，实在是个很好的例子。按黄庭坚的禅学根源，亦出自临济宗派，《五灯会元》将他的座次排在南岳下十三世，称为“居士”，可见他作此词并非出自偶然。

首三句，讲灵云三十年茫昧混沌，几番出入于迷悟之间。最后一见桃花，终于参悟。“无孔窍”，典出《庄子》，亦即“儵忽凿窍”之寓言。据《淮南子》：“夫孔窍者，精神之户牖也。”此用来比喻灵云三十年来的不彻不悟。

“得眼迷照”，是说灵云几次将悟还迷。佛家有“五眼”之说，即肉眼、天眼、慧眼、法眼和佛眼。其中肉眼和天眼只能看见世间虚妄的幻象，慧眼和法眼才能看清事物的实相。因此，此处的“眼”，当指慧眼或法眼。“参学了”的“了”，作“完成”讲。

下面两句是讲灵云参悟的境界。“呈法要”即是得佛法的意思。“无弦琴”，用陶渊明故事。“（渊明）不解音律，而蓄无弦琴一张，每酒适，辄抚弄以寄其意”（萧统《陶靖节传》）。黄庭坚以此作比，意在阐释至法无法的禅理：琴有弦，所奏音调总有一定限制，即是有碍。唯其无弦，方能奏出单于（广大无限）之调。所谓至法无法，也就是一种纵横自在、纯任本然的境界。而这，正是禅宗南宗创始人慧能所倡导，为他的后学大力阐扬的法则。

词的下阕，由灵云之事生出感想，大意是说灵云为求“悟”的境界，历经曲折，虚度了半辈子。我们应以此为鉴，趁着年少及早悟道。岂但见花能悟道，天地万物，流水行云无不蕴藏着道机禅理，因此，参禅学佛实非高不可攀之事，灵云三十年方悟道，真该见笑于桃花了。这里所着重阐扬的，仍是“顿悟”之说。在黄庭坚看来，灵云三十年的蹉跎，是大可不必的。因为在他身上，顿悟之中尚有“渐”的痕迹。而事实上，世间的万事万物皆可作为顿悟的凭借，真所谓“青青翠竹总是法身，郁郁黄花无非般若”（大珠语）。黄庭坚阐扬顿悟之说，还有着自己的参学体验。据说他早年投靠晦堂禅师，“乞指径捷处。堂曰：‘只如仲尼道“二三子以我为隐乎？吾无隐乎尔”（《论语·述而》）者，太史居常，如何理论？’公拟对。堂曰：‘不是，不是。’公迷闷不已。一日侍堂山行次，时岩桂盛放，堂曰：‘闻木犀花香么？’公曰：‘闻。’堂曰：‘吾无隐乎尔。’公释然，即拜之。”（《五灯会元》卷十七）这真是不折不扣的顿悟了。

黄庭坚另有一首诗，所咏也是灵云（诗作“凌云”）的故事，可与这首词

【原文】

参照。诗曰:“凌云一笑见桃花,三十年来始到家。从此春风春雨后,乱随流水到天涯。”(《题王居士所藏王友画桃杏花二首》)诗的末句所揭示的同样是纵横自在、纯任本然的意境。

应该说,用诗词来阐扬禅理,并不是什么创举。平心而论,黄庭坚的这首词在艺术上也并无惊人之处。不过,在词坛的弦歌声中加入一些钟磬梵呗之音,倒能给人一点新鲜之感,聊备一格可也。

(祝振玉　胡中行)

诉衷情

在戎州登临胜景,未尝不歌渔父家风,以谢江山。门生请问:先生家风如何?为拟金华道人作此章。

一波才动万波随,蓑笠一钩丝。金鳞正在深处,千尺也须垂。
吞又吐,信还疑,上钩迟。水寒江静,满目青山,载月明归。

这首词在构思用意上十分着力深刻,说是学金华道人渔父家风,实际上是搬用了唐代船子和尚的偈语,借此表白自己当时遭贬后的胸次襟抱。

词前小序所说金华道人,即唐代词人张志和,婺州金华(今浙江金华)人。据《新唐书》记载,他原名龟龄,十六擢明经,肃宗特见赏重,因赐名,后坐事贬南浦尉,不复仕,居江湖,自称烟波钓徒,著《玄真子》,亦以自号。曾写过五首《渔父》词,以“西塞山前白鹭飞,桃花流水鳜鱼肥。青箬笠,绿蓑衣,斜风细雨不须归”一阕最有名。其词表达“得道身不系,无机舟亦闲,从水远逝兮任风还，朝五湖兮夕三山”（释皎然《奉和鲁公真卿落玄真子舴艋舟歌》）的情趣，对后人影响很大。宋哲宗元符元年(1098)，山谷自黔州贬所移戎州（治所在今四川宜宾），赋闲之日，登高览胜，目尽青天，感怀今古，不禁向往独钓江天、泛迹五湖的自由生活而与张志和神交意合。

“一波才动万波随，蓑笠一钩丝”，这是幅寒江独钓图，一碧万顷，波光粼粼，有孤舟蓑笠翁，浮游其上，置身天地之间，垂钓于重渊深处，钩入水动，波纹四起，环环相随。这样空灵洒脱的境界与尊前花下的绿意红情，不啻有仙凡之别，令人逸怀浩气，举首高歌。“金鳞”二句写垂钓之兴：鱼翔深底，沉沦不起，为取水下金鳞，渔翁不惜垂丝千尺。此时此刻，渔父专注于一念之上，神智空明，似乎正感受到水下之鱼盘旋于钓钩左右的情态：“吞又吐，信还疑，上钩迟。”这一虚设之笔描绘了渔翁闭目凝神，心与鱼游的垂钓之乐，在这种快乐中，渔父举目江天山水，忽然得道忘鱼。末三句皴染出一幅空灵澄澈的江渔归晚图：“水寒江静，满目青山，载月明归。”从鱼的乍信乍疑情态忽然转入江渔归晚的图景，用笔虽然突兀，但意思并不离奇，因为词中的“渔父”，本来就是志不在鱼。据说张志和垂钓时不设饵，乘兴而往，兴尽而返，不计所得如何。黄庭坚继承的就是这种渔父家风，他向往的是那种置身江天、脱落尘滓的逍遥生活，那么，突出渔父在这样一种澄静澹远的境界里，任漂泊而不问其所至，不正显示渔父的最终目的与风人之旨么？

黄庭坚称扬的是张志和的渔父家风，但这首词的语句却本自秀州华亭船子和尚德诚的《拨棹歌》，该题下有诗词三十九首，其一云：“千尺丝纶直下垂，一波才动万波随。夜静水寒鱼不食，满船空载月明归。”显然，黄庭坚这首词是由船子和尚《拨棹歌》增益而成。船子和尚为唐元和、会昌间人，其《拨棹歌》本是超度众人的偈语。禅宗讲究不涉理路，不落言筌，故说法传道都用比喻暗示，因此禅宗说偈往往有类诗词。据《五灯会元》记载，一次有一官人问船子和尚：“如何是和尚日用事？”他答曰：“棹拨清波，金鳞罕

【鉴赏】

遇。”这个比喻是说，皈依佛法之人，处世优游而不涉虚名荣利，当如行船于水而桨不碰鱼身。那么这首《拨棹歌》的意思，也可分作二层理解，前二句暗喻沽名钓誉，纷纷攘攘的世相，后二句是象征功利心绝，顿然透脱的悟境。于是，黄庭坚的借用船子和尚的《拨棹歌》，不也是他当时参破世相、舍弃荣利的心灵表白么？这样，他就将张志和那种志不在鱼、逍遥自由的渔父家风，更升华为一种摆脱世网，顿悟入圣的精神境界。

黄庭坚在这首词中写得如此逍遥超脱，但当时的实际生活却没有那样自由。哲宗绍圣二年(1095)，作者因修《神宗实录》不实的罪名，被贬黔州(今四川彭水)，三年后又迁至戎州，经过朝政的反复与自己三年的贬谪生活，他对世相人生有了更深的认识，有感于人世因缘的束缚，而又无法得到真正的自由，他在心中幻想出一个逍遥超脱的境界，通过对不受羁勒、随缘任运的理想王国的描写，来为自己苦痛的心灵注射一针麻醉剂。题序“歌渔父家风，以谢江山”，表明了写作的真正动机，乃在于表白自己面对江山胜景，幡然悔悟的解脱心理，但是这种自欺欺人的自由幻想，只是更说明现实对他的真实束缚。因此在这首词貌似空灵超脱的渔父家风与禅机佛理中，又打着作者当时生活创伤的印记。

这首词在取景设境上具有象征色彩，虽然在描写上不失形象的鲜明与完整，但他的用意并不在具体景物本身而在于形象后面的暗示。作者展开的是一连串跳跃行进的特写镜头：波纹四起的水面，独钓江天的渔翁，沉沦不起的鱼儿，吞吐犹疑的鱼情，青山明月下的归舟。这些镜头组织成一幅空明澄澈、含意深远的山水画轴，特别是最后“水寒江静，满目青山，载月明归”三句，直以诗家之化境写禅宗之悟境，用自然超妙之景象征自己觉悟解脱，由凡入圣的心志襟怀。相传这首词在当时颇有名，南宋张元幹特将所填《诉衷情》调名改为《渔父家风》，可见其称赏了。

(祝振玉)

菩萨蛮

半烟半雨溪桥畔，渔翁醉着无人唤。疏懒意何长，春风花草香。 江山如有待，此意陶潜解。问我去何之，君行到自知。

此词原有序云："王荆公新筑草堂于半山，引八功德水作小港，其上垒石作桥，为集句云：'数间茅屋闲临水，窄衫短帽垂杨里。花是去年红，吹开一夜风。 梢梢新月偃，午醉醒来晚。何物最关情，黄鹂三两声。'戏效荆公作。"作者曾批评王安石作集句诗是"百家衣"，以为"正堪一笑"（见《苕溪渔隐丛话前集》卷三十五），后来不知怎么，自己技痒难禁，也效法王安石写了这首集句词。

开首二句以极自然轻盈的笔法描绘了一幅闲适的溪桥野渔图，一点也没有剥落前人的痕迹。在一片氤氲迷蒙的山岚水雾中，是烟是雨，叫人难以分辨，真是空翠湿人衣。在溪边桥畔，有渔翁正在醉酒酣睡，四周阒无声息，没有人来惊破他的好梦。"疏懒意何长，春风花草香"，这不是杜甫的两句诗吗？"无人觉来往，疏懒意何长"（《西郊》），"迟日江山丽，春风花草香"（《绝句二首》）。两句诗不仅从字面看放在这里十分熨帖，而且从原作的意境看，也与这首词情相合，更重要的是通过这诗句的媒介，将读者导向了杜甫的诗境，这些诗境又反过来丰富了这首词本身的意蕴。从"春风花草香"会使人联想到"迟日江山丽"以至整首杜甫绝句。由联想再回到词意，那么我们会感到在"春风花草香"后面，不单是春风花草的幽香，而且是"迟日江山丽，……泥融飞燕子，沙暖睡鸳鸯"，整个风光明媚生机勃勃的春世界。

【鉴赏】

江山形胜，四时美景吸引着一切身为形役的江湖游子投入她温馨的怀抱，“江山如有待”是杜甫《后游》中的诗句，作者向往大自然的美好，却推开自己不说，而从对面着笔，将自己热烈的感情移植到无生命的江山自然上，通过拟人化的描写，表现“我见青山多妩媚，料青山见我应如是”那种人与自然交流相亲、物我不分的情感意绪，黄庭坚巧妙地移植了这一诗意，将前面“疏懒意何长，春风花草香”词意发展为对自然生活的向往与追求。这时候，作者自然地想到了开隐逸风气的陶靖节先生，又随手拈来了杜甫的另一句诗“此意陶潜解”(《可惜》)，令人联想到陶潜返朴归真退居田园的隐逸事迹，将自己对山川自然的企慕之意，又落实到对这位抛弃荣利的田园先哲的景仰上，从而挑出了全词隐逸的主题。

“此意陶潜解，吾生后汝期”(杜甫《可惜》)，杜甫感叹生不逢时，恨不能与陶渊明同归田园。这首词的最后二句“问我去何之，君行到自知”，是接住杜甫诗意，表明自己的态度，他不学杜甫的感慨而是步先哲的后尘。作者决心归隐，但到底去何方，是山野，是林莽，是田园，却无可奉告，不过如随之而去，一定会明白他的踪迹。这二句在别人诗里，是非常平常的句子，而在这首词里，却将上面贯串下来的情志意趣，结束得非常工稳，飘逸而含蓄。这虽然本来不是他自己的语言，但词人凭着自己的诗才学力，通过精心的构思安排，却创造出比原句更高的美学价值。

文学创作的源泉应该来自生活，像这样全靠剥落前人诗句以为词，当然不是创作的正道。但如果真的是才高学富，能够移花接木，发明妙慧，真正为自己表情达意服务，也不妨在词苑诗国中予它一席之地。

（祝振玉）

西江月

老夫既戒酒不饮，遇宴集，独醒其旁。坐客欲得小词，援笔为赋。

断送一生惟有，破除万事无过。远山横黛蘸秋波，不饮旁人笑我。　　花病等闲瘦弱，春愁无处遮拦。杯行到手莫留残，不道月斜人散。

山谷作诗主张“以俗为雅”，这一点也表现在他的词作中，他的一部分词相当口语化，但却能表现出脱俗的雅趣，在遣词造句上，力求在平常语句中翻新出奇，使之不同凡响，真所谓“看似寻常却奇崛”。此词就是一例。

开头两句：“断送一生惟有，破除万事无过。”真有点破空而来的味道。以议论破题，一扫传统词的绸缪宛转之度。这一联对仗浓缩了山谷的人生体验，是他阅历过人世沧桑以后产生的深沉感慨，但它又以“歇后”的形式出之，颇有出奇制胜之妙与诙谐玩世之趣。它们分别化用了韩愈的两句诗，见出他的点化之功。韩愈《遣兴》云：“断送一生惟有酒，寻思百计不如闲。莫忧世事兼身事，须著人间比梦间。”又《赠郑兵曹》云：“当今贤俊皆周行，君何为乎亦遑遑？杯行到君莫停手，破除万事无过酒。”《后山诗话》评此二句云：“才去一字，遂为切对，而语益峻。”韩愈的两句诗经过他的组织，竟成为一联工整的对偶，表现出山谷的才力富赡。

“远山横黛蘸秋波”，此句接得突兀，细绎词意，当是指酒席宴上，侑酒歌女的情态。“远山横黛”指眉毛。《西京杂记》称：“（卓）文君姣好，眉色如望远山。”又，汉赵飞燕妹合德为薄眉，号“远山黛”，见伶玄《赵飞燕外传》。

【鉴赏】

“秋波”则指眼波。此句“蘸”字下得奇巧，真有出人意表之概，它描绘出一幅黛色远山傍水而卧的美景，引起人们对女子眉眼盈盈的联想。“远山”与“秋波”在文人的笔下已被用得烂熟，而着一“蘸”字则光彩顿生，境界全出，这也是所谓的“化臭腐为神奇”。尽管有宾客、歌女劝酒，但山谷因戒酒而不饮，因而见笑于人，上片即以“不饮旁人笑我”作结。

下片却是一个转折，由“不饮”转为“劝饮”。其转变之由则是对花伤春。“花病等闲瘦弱，春愁无处遮拦。”前句写群花凋零，好似一个病躯瘦弱之人，“等闲”，意谓“无端”，显然这写的是暮春花残之时。后句写春愁撩人，“无处遮拦”即阻挡不住之意。所谓“春愁”不光是指伤春意绪，而有着更深的意蕴，它是山谷在宦海浮沉、人生坎坷的经历中所积淀下的牢骚抑郁、愁闷不平的总和。所以接下来说：“杯行到手莫留残。”还是开怀畅饮，一醉方休吧！这一句也是化用韩愈《赠郑兵曹》中的诗句，而“留残”则又本于庾信六言诗《舞媚娘》：“少年唯有欢乐，饮酒那得留残。”山谷在诗中常常咏及“劝酒”，如《喜太守毕朝散致政》云：“功名富贵两蜗角，险阻艰难一酒杯。百体观来身是幻，万夫争处首先回。”《题太和南塔寺壁》云：“万事尽还杯酒里，百年俱在大槐中。”《和师厚郊居示里中诸君》云：“身后功名空自重，眼前樽酒未宜轻。”这一些都表现出山谷游戏人生的倾向。末句“不道月斜人散”，“不道”意为“不思”、“不想”，多用为反辞，犹云“何不思”、“何不想”，此句是说：何不思月斜人散后，无复会饮之乐乎（参见张相《诗词曲语辞汇释》卷四）。

山谷这首词感慨世事人生，带有诙谐玩世的情趣，但又使人触摸到他内心的愁闷抑郁，颇堪玩味。字面上明白如话，但词意却多转折，且处处显示出化用成语典故的功力。这一类作品以寻常语句感叹世事，寄寓人生哲理，我们显然可以发现它们和唐代诗僧寒山、拾得、王梵志的渊源关系，这也就是他所说的“以俗为雅”。

（黄宝华）

虞美人

宜州见梅作

天涯也有江南信，梅破知春近。夜阑风细得香迟，不道晓来开遍向南枝。　　玉台弄粉花应妒，飘到眉心住。平生个里愿杯深，去国十年老尽少年心。

徽宗崇宁二年(1103)，黄庭坚因写过一篇《承天院塔记》，被人挑剔、锻炼出“幸灾谤国”的罪名，被除名，羁管宜州(今属广西)。他冬天从鄂州起程，次年五、六月始达宜州贬所。此词即作于三年的冬天。当时作者已是六十岁的老人了。

宜州地近海南，去京国数千里，说是“天涯”不算夸张。到贬所居然能看到江南常见的梅花，作者很诧异：“天涯也有江南信，梅破知春近。”“梅破知春”，这不仅是以江南梅花多在冬末春初开放，意谓春天来临；而且是侧重于地域的联想，意味着“天涯”也无法隔断“江南”与我的联系(作者为江西修水人，地即属江南)。“也有”——居然也有，是始料未及、喜出望外的口吻，显见环境比预料的好。“也”字用法，与作者初贬黔州时作《定风波》“及至重阳天也霁”的“也”字同妙。表现出一种豁达乐观的情怀。

紧接二句则由“梅破”——含苞欲放，写到梅开。梅花开得那样早，那样突然，夜深时嗅到一阵暗香，没能想到什么缘故，及至“晓来”才发现向阳的枝头已开繁了。虽则“开遍”，却仅限于“向南枝”，不失为早梅，令人感到新鲜，喜悦。“得香”在“夜阑(其时声息俱绝，暗香易闻)风细(恰好传递清香)”时候，不及想到，是由于“得香迟”的缘故。此处用笔细致。如果说“也

【鉴赏】

有”表现出第一次意外（居然有梅），“不道”则表现出又一次意外（梅开何早），作者惊喜不迭之情，溢于言表。

于是这个天涯待罪的垂老之人，已满怀江南之春心。一个久已忘却的关于梅花的浪漫故事，不期然而然地回到记忆中来了。《太平御览·时序部》引《杂五行书》：“宋武帝女寿阳公主人日卧于含章殿檐下。梅花落公主额上，成五出花，拂之不去。”这就是“玉台弄粉花应妒，飘到眉心住”的典故由来。多少诗人词客用它，但此词用来却有独特意味。由此表现出一个被贬的老人观梅以致忘怀得失的心情，暗伏下文“少年心”三字。想起故事的人，自己进入了角色，体味到那以梅试妆的少女娇羞喜悦的心情。这是何等浪漫的情味！所以，此处用事之妙不仅是切题而已。

从绍圣元年（1094）初次贬谪算起，到此已经整整十年，是多么不平静的十年。作者并不能一味浪漫，纯然超脱，他必须正视这个现实，虽则是无情的现实。想到往日赏梅，对着如此美景（“个里”，此中，这样的情景中），总想把酒喝个够；但现在不同了，经过十年的贬谪，宦海沉沦之后，不复有少年的兴致了。结尾在词情上是一大兜转，“老”加上“尽”的程度副词，更使拗折而出的郁愤之情得到充分表现。用“愿杯深”来代言兴致好，亦形象有味。

全词通过梅花，把天涯与江南、垂老与少年、去国十年与平生作了一个令人不知不觉的对比，有力表现出作者对当局横加的政治迫害的不满，有不胜今昔之慨。另一方面，作品又表现出天涯见梅的喜悦，朝花夕拾的欣慰，使得这首抒愤之作饶有兴味，而无消沉之感。

（周啸天）

西江月

月仄金盆堕水，雁回醉墨书空。君诗秀绝雨园葱，想见衲衣寒拥。　　蚁穴梦魂人世，杨花踪迹风中。莫将社燕笑秋鸿，处处春山翠重。

胡仔《苕溪渔隐丛话前集》卷四十八引释惠洪《冷斋夜话》云："山谷南迁，与余会于长沙，留碧湘门一月，李子光以官舟借之，为憎疾者腹诽，因携十六口买小舟。余以舟迫窄为言，山谷笑曰：'烟波万顷，水宿小舟，与大厦千楹、醉眠一榻何所异，道人缪矣。'即解纤去。闻留衡阳作诗写字，因作长短句寄之，曰：'大厦吞风吐月，小舟坐水眠空。雾窗春晓翠如葱，睡起云涛正涌。　　往事回头笑处，此生弹指声中。玉笺佳句敏惊鸿，闻道衡阳价重。'时余方还江南。山谷和其词云云。"词如上所录。山谷词集此首前有序，云："崇宁甲申（三年，1104），遇惠洪上人于湘中，洪作长短句见赠云云，次韵酬之。时余方谪宜阳，而洪归分宁龙安。"两者合看，有关情事大致可知。山谷因在荆州作《承天院塔记》，被执政者指摘其中数语为"幸灾谤国"，除名编管宜州（今属广西），由鄂州（湖北武昌）出发，此年二月过洞庭湖，经湖南长沙、衡阳、零陵等地赴宜州贬所。在长沙遇惠洪，至衡阳而有寄书唱和之词。长沙别惠洪时，曾赠以诗，大意说：虽只相识数面，而已情如旧交；读诗喜其丰腴，谈论至于忘食；末云"月清放舟舫，万里渺云涛"，所以惠洪寄词有"小舟坐水眠空"和"睡起云涛正涌"之句，切合山谷情事，亦用其诗语。

山谷在衡阳，当亦宿于舟中，故词首句云"月仄金盆堕水"。语本于杜

【鉴赏】

甫《赠蜀僧闾丘师兄》诗："夜阑接软语，落月如金盆"；又苏轼《铁沟行赠乔太博》诗："山头落日侧金盆。"仄同侧，金盆在山谷词中形容圆月，加以"堕水"二字，切合湘江夜宿舟中所见。次句"雁回醉墨书空"。衡山有回雁峰，其峰势如雁之回转。相传雁南下至衡阳而止，遇春而回飞向北。又雁飞时排成"一"字或"人"字，称雁字。山谷元祐三年在京师史局与苏轼、秦观以《虚飘飘》为题相唱和，有"雁字一行书绛霄"之句（此诗不见山谷诗集中，周紫芝《太仓稊米集》和此题诗序中录存。或编入苏轼诗集），词句也同此意，说出了春到衡阳这点意思。首两句成工整对偶，以律诗锻炼之笔，写水天空阔之景，点出眼前时地，以为发端；而逐客迁流，扁舟迫窄，种种感慨，已暗藏其中，却并不在字面上表露。

三四句转入酬答惠洪之意："君诗秀绝雨园葱，想见衲衣寒拥。"因其词而及其人，因其人而称其诗，说诗兼代说人。山谷称道他人之诗之美，常巧设比喻，如对苏轼云："我诗如曹郐，浅陋不成邦；公如大国楚，吞五湖三江。"（《子瞻诗句妙一世，乃云效庭坚体……》）又对刘孝孙云："公诗如美色，未嫁已倾城。"（《次韵刘景文登邺王台见思》）这里说惠洪诗秀绝（词集作"秀色"），如园里青葱，得雨更为鲜绿。这种以形象化比喻来评论诗风的手法，南朝梁钟嵘《诗品》已有之，如所评范云诗"清便宛转，如流风回雪"，评丘迟诗"点缀映媚，似落花依草"之类。惠洪是诗僧，有《石门文字禅》三十卷，大半为诗，其中颇多清隽之篇，山谷所称，亦非虚誉。至于园葱之喻，王梵志诗亦云"喻若园中韭，犹如得雨浇"，想同本于俗谚。"想见衲衣寒拥"是说惠洪苦吟时的情状。意似调侃，实见亲切。"拥"字韵不用惠洪原唱的"涌"，以同部的另一字为叶，使词意不为韵字所拘，这原是和韵诗词中可以允许的。

下片"蚁穴梦魂人世，杨花踪迹风中"，至此感慨生平，也是应答惠洪来词"往事回头笑处，此生弹指声中"句意。上句用唐李公佐《南柯太守传》事。淳于棼与客饮酒间，梦入宅南古槐中蚁穴，所谓"槐安国"者，国王招为驸马,赐爵拜相,又领兵守郡,数十年荣耀显赫,一旦公主死后,备受冷落,遣送还家,其梦方醒,斜日未坠,余酒尚陈,“梦中倏忽,若度一世矣”。山谷曾供职秘书省,又为史官,在京师十年,友朋文酒之乐,亦甚称意,而后一贬黔州,再谪宜州,后者且为黜降官最重的除名编管处分,所去又是南荒之地,前后比照,宜有“梦魂人世”之感。“杨花”句说自己转徙流离,有似柳絮随风飘荡,不由自主。即如这次由鄂州远赴宜州贬所,中途暂寓衡阳,不久又将南行。与惠洪在长沙才相聚一月,彼又将东归分宁(今江西修水),分宁是山谷家乡,对此岂不益增凄怆?但是山谷处逆境已久,能够看得开。他对这次与惠洪的分别,各奔前程,说是“莫将社燕笑秋鸿,处处春山翠重”。燕、鸿皆候鸟,因时迁徙。燕,春社来,秋社去(春社为春分前后,秋社为秋分前后);《礼记·月令》:“季秋之月,鸿雁来宾。”苏轼《送陈睦知潭州》诗云:“有如社燕与秋鸿,相逢未稳还相送。”山谷也以此二物作喻,或许还融入了他老师的诗意。指事述情,在这里也是非常之贴切的。彼此皆如社燕、秋鸿,各去所要去的地方,一例奔忙,莫以彼而笑此。心头诚然沉重,却以轻倩之语出之。“处处春山翠重”句,祝惠洪此行能履佳境,也有自为开解之意。南方草木,当也是美好的,只要心地宽阔,亦何妨处处皆春。这同视长沙城外水宿小舟为一榻之在大厦,都可以见出山谷旷达的胸襟。

《西江月》词八句,两句一组,分为四组意思。上下片前两句写自己,后两句及惠洪。写自己处前虚后实,写惠洪处前实后虚。每片两意过接处,纯以神行,不着痕迹。山谷为江西诗派始祖,此篇亦是以诗法为词。《苕溪渔隐丛话前集》卷四十七引录其语云:“诗文不可凿空强作,待境而生,便自工耳。每作一篇,先立大意;长篇须曲折三致意,乃可成章。”所谓“不凿空强作,待境而生”,就是有情事,有感受要写,才写。此首虽是和韵词,而有实事,有真情,绝非泛泛应酬之什。写法上虽短篇亦有层次,有曲折。上片由衡阳舟中的自己,转到长沙旅次的惠洪,用以连结的枢纽就是不久前的接席论诗，与此时的便道寄词。下片由南行途中的湘水流域匝月勾留，回溯导致此行的生平政治遭遇，瞻望还待走下去的千里程途。“蚁穴”、“杨花”，分设两喻，总于一身；“社燕”、“秋鸿”，扣合二人，归于各散。以此结束，事尽、语尽而情未尽。曲折吞吐之处，一转一深，值得再三体味。

（陈长明）

木兰花令

当涂解印后一日，郡中置酒，呈郭功甫。

凌歊台上青青麦，姑孰堂前馀翰墨。暂分一印管江山，稍为诸公分皂白。　　江山依旧云空碧，昨日主人今日客。谁分宾主强惺惺，问取矶头新妇石。

山谷此词作于宋徽宗崇宁元年。对徽宗，他是寄有希望的。徽宗继位之后，倒也摆出一副刷新朝政的姿态，改年号为“建中靖国”，意谓消弭党争，安邦定国，一些贬官也被纷纷召回，山谷也从戎州回到荆南待命。但是曾几何时，党祸复起，朝政更趋腐败。山谷先是受命知舒州，后又召为吏部员外郎，但他将这些“恩命”一概辞去，只请求在太平州做个地方官，以了余生。这个请求终于获准，他在崇宁元年六月赴太平州（治所在今安徽当涂），初九到任，不料十七日即罢官，连头带尾只做了九天知州。这一令人啼笑皆非的戏剧性事件，使他感慨万千，在一次宴会上写成了这首词。据《能改斋漫录》卷十七：“豫章守当涂，即解印后一日，郡中置酒，郭

功甫在坐，豫章为《木兰花令》示之。”郭功甫是当涂的名士，为诗豪放俊迈，人称“太白后身”，山谷守当涂日，他已弃官归隐，两人诗词唱和，引为同调。

词从当涂的名胜古迹写起。凌歊台，“在城北黄山之巅，宋孝武大明七年，南游登台，建离宫”。姑孰堂，“在州之清和门外，下临姑溪”。（王象之《舆地纪胜》）开头两句概括了当涂的山川风物。但首句写凌歊台，既不写登临远眺之胜，也不写花竹草树之美，而是缀以“青青麦”三字，不由逗起人“黍离麦秀”的联想。《史记·宋微子世家》写到殷商旧臣“箕子朝周，过故殷虚，感宫室毁坏，生禾黍，箕子伤之”，遂作《麦秀》之诗，诗云：“麦秀渐渐兮，禾黍油油。”“青青麦”在字面上又是用《庄子·外物》所引的逸《诗》：“青青之麦，生于陵陂。生不布施，死何含珠为？”高台离宫，而今麦苗青青，透露出世事沧桑的无限感慨，就像后来姜夔在《扬州慢》中所写之“过春风十里，尽荠麦青青”，二者有着同样的艺术效果。姑孰本是当涂县的古名，姑孰溪流贯其中，姑孰堂凌驾溪上，颇得山水之胜。所谓“馀翰墨”，实即感叹昔人已逝，只留下了佳篇名章。前人咏当涂之作甚夥，如李白就有《姑熟十咏》，它们为江山增色，供后人吟咏。这两句寄寓了山谷宦海浮沉的无尽感慨，无论是称雄一世的帝王，还是风流倜傥的词客，都已成历史的陈迹，只有文章翰墨尚能和江山共存，垂之久远。这种感慨令人联想起孟浩然的诗：“人事有代谢，往来成古今。江山留胜迹，我辈复登临。”（《与诸子登岘首》）

三四两句写知太平州。经过迁谪的动荡磨难，忧患余生的山谷已把做官一事看得十分淡漠，所以他把此事只称为“管江山”、“分皂白”。“管江山”实际是“吏隐”的代称，亦即把做官作为隐居的一种手段，不以公务为念，优游江湖，怡情山林，亦官亦稳。苏、黄诗文中常用此说。《东坡志林》卷四《临皋闲题》云：“江山风月，本无常主，闲者便是主人。”而所谓“分皂白”亦即“分是非”之意。州郡官历来为皇帝所倚重，是统治稳固的基础，《汉书·循吏传》说：“与我共此者，其唯良二千石乎？”而山谷却轻描淡写地说：他只是来为诸位断一断是非曲直的。再加上一个“暂”字，一个“稍”字，更突出了这种淡然超脱的态度。

下片开头两句概括了九日罢官的戏剧性变化，与上两句适成对照，大有“江山依旧，人事已非”之慨。“江山”承上而来，山川形胜，碧天浮云，着一“空”字，真所谓“应是良辰美景虚设”，因为“昨日主人今日客”，本来要“管江山”、“分皂白”的主人，一下子成了“诸公”的客人了！这一句集中揭示了政治生活的反常和荒谬，它运用当句对，一句之中即构成今昨主客的鲜明对比，语气斩截，强调了变化之突兀，其中有感叹、不平、讥讽、自嘲，内涵颇为丰富。最后两句则展现了山谷自我解脱的感情变化。谁要勉强把主客分个一清二白，那就去问江边的“新妇石”吧！“惺惺”，此处意谓清醒、明白，“新妇石”即当涂当地的望夫山，刘禹锡有诗云：“终日望夫夫不归，化为孤石苦相思。望来已是几千载，只似当时初望时。”显然它是千百年来历史的见证，阅尽了人世沧桑，但见人间的升沉荣辱都只如过眼烟云，本无须有是非彼此之分。“谁分宾主”句，从字面上看是山谷在宴会上劝大家无分宾主，尽欢一醉，而从深一层看，则是用“万物之化，终归齐一”的老庄哲学来作自我解脱。

这首词在旷达超然之中发泄了牢骚不平，最后仍归结为物我齐一，表现出山谷力图在老庄哲学中寻求解脱的思想倾向。全词展示了这样一条变化脉络：暂作主人——反主为客——主客不分。一个“暂”字表现出山谷不以进退出处萦怀的超脱。变化的万物本来只是“道”在运行中表现出的一种暂时形式，正如庄子借孔子之口答鲁哀公所说：“死生、存亡、穷达、贫富、贤与不肖、毁誉、饥渴、寒暑，是事之变、命之行也。日夜相代乎前，而知不能规乎其始者也。”（《德充符》）故宜随形任化，淡然自若，不入于心。尽管认识到这一点，但一夜突变，毕竟难堪，所以还是不免有牢骚，最后又用齐物论否定牢骚，达于解脱。《庄子·缮性》说："轩冕（官位）在身，非性命也，物之傥来（意外忽来），寄者也。寄之，其来不可圉（同"御"，抵挡），其去不可止。故不为轩冕肆志，不为穷约趋俗，其乐彼与此同，故无忧而已矣。"全词所展现的正是这样一个否定之否定的过程，"谁分宾主"的无差别境界正是超脱放达的进一步升华，"矶头新妇石"遥应开头，归结为"人事代谢，江山永存"之意。山谷这一类抒发人生感慨的词，风格奇崛奥峭，与他的诗颇为相近。此词押入声韵，也有助于这种硬体风格的形成。词中多用俗语，看似明白，而意在言外，曲折刻深，耐人寻味，富有理趣。刘熙载《艺概·词曲概》中指出："黄山谷词用意深至，自非小才所能办。"这正是他提倡的"以俗为雅"的特色。

（黄宝华）

品　令

茶　词

凤舞团团饼。恨分破，教孤令。金渠体净，只轮慢碾，玉尘光莹。汤响松风，早减了二分酒病。　　味浓香永。醉乡路，成佳境。恰如灯下，故人万里，归来对影。口不能言，心下快活自省。

黄庭坚嗜茶是出名的，有"分宁一茶客"（《朱子语类》）之称。他不仅善品茶，而且爱写茶。有关茶的诗词，他做了不下五十首。"我家江南摘云

【鉴赏】

腴，落硙霏霏雪不如；为君唤起黄州梦，独载扁舟向五湖”（《双井茶送子瞻》），是他咏茶诗的名句，而这首《品令》，特别是最后“恰如灯下，故人万里，归来对影。口不能言，心下快活自省”，却是咏茶词的奇作了。

上阕写碾茶煮茶。开首写茶之名贵。宋初进贡茶，先制成茶饼，然后以蜡封之，盖上龙凤图案。这种龙凤团茶，皇帝也往往只以少许分赐从臣，足见其珍。下二句“分破”即指此。接着描述碾茶，唐宋人品茶，十分讲究，须先将茶饼碾碎成末，方能入水。白居易亦有“茶新碾玉尘”（《游宝称寺》）之句。“金渠”三句无非形容加工之精细，成色之纯净。如此碾成琼粉玉屑，加好水煎之，一时水沸如松涛之声，苏轼《汲江煎茶》诗所谓“松风忽作泻时声”者即此。煎成的茶，清香袭人。不须品饮，先已清神醒酒了。

下片写品茶，换头处以“味浓香永”承接前后。正待写茶味之美，作者忽然翻空出奇：“醉乡路，成佳境。恰如灯下，故人万里，归来对影”，以如饮醇醪、如对故人来比拟，可见其惬心之极。山谷茶诗中每有这种奇想，如《戏答荆州王充道烹茶四首》云：“龙焙东风鱼眼汤，个中即是白云乡”，甚至还有登仙之趣哩。也提到“醉乡”：“三径虽锄客自稀，醉乡安稳更何之。老翁更把春风碗，灵府清寒要作诗。”杯中之趣，碗中之味，确有可以匹敌的地方。至于故人灯下重逢，在他也是梦寐以求的事，如《寄黄几复》诗：“我居北海君南海，寄雁传书谢不能。桃李春风一杯酒，江湖夜雨十年灯。”念远怀旧之情，溢于言表，一旦得以实现，快何如之！但词中用“恰如”二字，明明白白是用以比喻品茶。其妙处都是“只可意会，不能言传”的。这几句话，原本于苏轼《和钱安道寄惠建茶》诗：“我官于南（时苏轼任杭州通判）今几时，尝尽溪茶与山茗。胸中似记故人面，口不能言心自省。”但山谷稍加点染，添上“灯下”、“万里”、“归来对影”等字，意境又深一层，形象也更鲜明。这样，作者就将风马牛不相及的两桩事，巧妙地与品茶糅合起来，将口不能言之味，变成人们常有之情，令读者都领略分享到他品茶的快活。

苏轼说:“求物之妙,如系风捕影,能使是物了然于心者,盖千万人而不一遇也,而况能使了然于口与手者乎?”(《答谢民师书》)要心中透彻了解事物的奥妙,而且用语言文字表达出来,其难尚且如此,何况是对“情味”之类玄虚的东西。黄庭坚这首词的佳处,就在于把人们当时日常生活中心里虽有而言下所无的感受情趣,表达得十分新鲜具体,巧妙贴切,耐人品味,以出奇制胜之笔,显示他迁想妙得之才。

(祝振玉)

归田乐引

对景还消瘦。被箇人、把人调戏,我也心儿有。忆我又唤我,见我嗔我,天甚教人怎生受。　　看承幸厮勾,又是尊前眉峰皱。是人惊怪,冤我忒撋就。拚了又舍了,定是这回休了,及至相逢又依旧。

此词写一对情侣在相恋过程中内心充满着的矛盾和苦闷,但读后使人爆发出欢快的笑声。那种“怨你又恋你,恨你惜你,毕竟教人怎生是”(《归田乐引》之一)的矛盾,贯串在词的始终,使人深深地感到词中女主人公是那样的逗人喜爱,又是那样的惹人气恼;是那样的玲珑剔透,天真无邪,又是那样的情性乖张,不可捉摸。词中的男主人公是那样的温存憨厚,如痴如醉,“为伊消得人憔悴”;又是那样的负气绝情,拚休拚舍,然而乍寒乍暖,“及至相逢又依旧”。在他们的生活中充满了苦闷,也充满了欢笑;充满了矛盾,也充满了幸福。往往在天朗气清中,出现迅雷疾风;在甜情蜜意中,渗进

【鉴赏】

辣味醋劲。然而只要相视一笑，他们之间的龃龉怨恨，就会化为乌有，化为两意缠绵、两情缱绻。

词的上片，写男主人公被那个善于调风弄月的“诈妮子”捉弄得魂牵梦萦的情状。“对景还消瘦”三句，是写他形容憔悴、腰围瘦损的原因。“对景”就是“对影”。这句话起得很突兀，好像忽然发现自己的清影还是那么消瘦，原来是被那人儿捉弄的结果。“箇人”意即“那人”，是宋、元之间的俗语。“调戏”也不同于现代汉语中的意义，而是“捉弄”、“调侃”的意思。作者的《鼓笛令》“苦杀人，遭谁调戏”，正是遭人嘲弄之意。“我也心儿有”，上应“箇人”，言越遭调戏，心里越有她。“忆我又唤我”三句，是进一步描写那个“诈妮子”对他的“调戏”。她的言行常常是出人意料之外，却又在情理之中。想“我”又唤“我”来，可在见着的时候，却又是那样的嗔怪“我”。这种举动的反常性，似乎是不可理解的；但仔细一想，却又是那样合乎逻辑。这里的“天甚教人怎生受”的“甚”，是“真正”的意思，也是宋、元时的俗语。“生受”在这里同“消受”，“怎生受”意即怎么受得了。

下片分三个层次，深入写“诈妮子”和男主人公的爱情纠葛。“看承幸厮勾”二句，写他们本来是那样的亲昵，忽然又是那样的厌憎。“厮勾”和皱眉，几乎是同一时间出现在他们之间，这是表现他们之间的矛盾的第一个层次。“看承”有“特别看待”的意思，“幸”作“本”或“正”讲，“厮勾”意为“亲昵”。吴昌龄《西游记》剧九：“他想我，须臾害，我因他，厮勾死”，就是“亲昵”的意思。“是人惊怪”二句，从旁人眼中的“诈妮子”和男主人公，看他们之间的微妙关系，是写他们之间的矛盾的发展，是第二个层次。“是人”是“人人”、“个个”的意思，犹“是处”、“是事”、“是物”释作“处处”、“事事”、“物物”一样。“掴就”有“迁就”、“温存”之意，也是词曲中常用的方言。刘克庄《满江红·中秋》的“说与行云，且掴就嫦娥今夕”，就是作“迁就”讲的。在一般人的眼里，个个都怪他太温存了，太迁就了，而在“诈妮子”看来，却依旧责怪他太薄幸了，太无情了，这就把矛盾推向一个新的高潮，也进一步说明哪里有爱情、哪里就有妒忌的道理。“拚了又舍了”三句，写男主人公在内外交迫下，不得不横下心来和她决绝，以为这一回关系一定完了，但相逢一笑，又和好如初。这是状写他们之间的矛盾的第三个层次。通过这么三个层次的描写，一个活泼泼的“诈妮子”的形象就宛然在目了。他们的行动上越是荒诞，他们的内心越是纯朴；他们表面上越是矛盾，爱情越是真诚。人们从以俚言俗语尽情刻画的这一对儿的爱情喜剧中，心有所会，止不住要爆发出欢快的笑声；又从欢快的笑声中，看到有情人将终成眷属。不仅得到感情上的满足，而且得到艺术上的享受。彭孙遹说：“山谷‘女边着子，门里安心’，鄙俚不堪入诵。”（《金粟词话》）刘熙载也说：“黄山谷词……故以生字俗语侮弄世俗，若为金、元曲家滥觞。”（《艺概·词曲概》）所谓“鄙俚”，所谓“以生字俗语侮弄世俗”，实际上就是以通俗的语言，诙谐的笔致，刻画世俗的人和事，如果用“设色贵雅”、“言情贵含蓄”的正统观点去衡量黄山谷的词，自然是“鄙俚不堪入诵”了，其实这正是词人的富有个性的艺术特色，是词人继承民间词传统的成果，说它“为金、元曲家滥觞”，是颇具慧眼的。朱光潜先生有一句名言：“丝毫没有谐趣的人大概不易做诗，也不能欣赏诗。”（《朱光潜美学论文集·诗论》）这话值得我们咀嚼。

（羊春秋）

南乡子

重阳日，宜州城楼宴集，即席作。

诸将说封侯，短笛长歌独倚楼。万事尽随风雨去，休休，戏马

【原文】

台南金络头。　　催酒莫迟留，酒味今秋似去秋。花向老人头上笑，羞羞，白发簪花不解愁。

据王晧《道山清话》载："山谷之在宜州，其年乙酉，即崇宁四年也。重九日，登郡城之楼，听边人相语：'今岁当鏖战取封侯。'因作小词云云，倚阑高歌，若不能堪者。是月三十日果不起。"由此看来，这首词是山谷的一首绝笔词。词中对自己一生经历的风雨坎坷，表达了无限深沉的感慨，对功名富贵予以鄙弃，抒发了纵酒颓放、笑傲人世的旷达之情。

词的开头两句就描绘了一组对立的形象：诸将在侃侃而谈，议论立功封侯，而自己却悄然独立，和着笛声，倚楼长歌。对比何等鲜明，大有"举世皆浊我独清，众人皆醉我独醒"(《楚辞·渔父》)的意味。在封建社会中，封侯显贵历来是人生追求的目标，东汉的班超就曾"投笔叹曰：'大丈夫无他志略，犹当效傅介子、张骞立功异域，以取封侯，安能久事笔砚间乎！'"但在山谷眼中，这一切都只是梦幻一场，所以他此时只在一边冷眼旁观，沉醉在音乐之中。这一组对比用反差强烈的色调进行描绘，一热一冷，一动一静，互为反衬，突出了词人耿介孤高的形象。《老子》第二十章中说："众人熙熙，如享太牢，如登春台。我独泊兮，其未兆，如婴儿之未孩。儽儽兮，若无所归。"山谷此词也是用类似的对比，借助笛声与歌声把我们带入了一个悠长深远的意境中，超然之情蕴含于这不言之中，自有一种韵外之致，味外之旨。"吹笛倚楼"用唐赵嘏《长安秋望》诗中的名句"残星几点雁横塞，长笛一声人倚楼"，正切本词写重九登高远望之意。

"万事尽随风雨去，休休，戏马台南金络头。"一切的是非得失、升沉荣辱，都淹没在时光流逝的波涛中，被时代的风雨冲洗得一干二净了。"休休"，算了吧，还有什么可说呢！即使是像宋武帝刘裕在彭城(今徐州)戏马台欢宴重阳的盛会，不也成为历史的陈迹而一去不复返了么！刘裕在晋安帝义熙十二年被封为宋公，遂于重阳节大会群僚于戏马台，置酒高会，后即相承以为惯例。刘裕“固一世之雄也，而今安在哉”！用“戏马台”之典正切重阳宴集之题，而“金络头”，用鲍照《结客少年场行》“骢马金络头，锦带佩吴钩”，既切戏马台之马，又照应开头说封侯的“诸将”。山谷受佛老思想的浸润，人生观中有着消极虚无的一面，随着政治上的连遭打击，这种思想时有流露，如《喜太守毕朝散致政》诗云：“功名富贵两蜗角，险阻艰难一酒杯。百体观来身是幻，万夫争处首先回。”《题太和南塔寺壁》云：“万事尽还杯酒里，百年俱在大槐中。”这里表现的就是这种思想感情，但更为含蓄深婉，在感叹“万事”之后，再垫上一句“戏马台南金络头”，颇有言不尽意之慨。

如果说上片的感情较为低沉，那么下片则转而为开朗达观。词人举杯劝酒：“催酒莫迟留，酒味今秋似去秋”（一作“酒似今秋胜去秋”）。过去的就让它过去吧，还是开怀痛饮，莫辜负这大好秋光和杯中佳酿。以功名之虚无，对美酒之可爱，本于晋人张翰“使我有身后名，不如即时一杯酒”之语（见《世说新语·任诞》），也是山谷诗中常有的写法，如“身后功名空自重，眼前樽酒未宜轻”（《和师厚郊居示里中诸君》），这里也是同一机杼。古人咏重九，常由美酒而兼及黄花，山谷沿用此法，却又翻出新意。他运用拟人手法，借花自嘲。词人老兴勃发，插花于头，而设想花该笑他偌大年纪还要簪花自娱。《道山清话》中最后一句作“人不羞花花自羞”，这样写就是词人与花在相互调侃，更洋溢出幽默感与生活的情趣。其造语则是脱胎于苏轼的两句诗：“人老簪花不自羞，花应羞上老人头。”（《吉祥寺赏牡丹》）词人热爱生活的不服老精神跃然纸上，他并不因处境的拂逆和年事的增高而消沉，相反觉得秋光和美酒都与去年不殊，表现出开朗豁达的胸襟，这方面颇有点像东坡。

作为苏门弟子，山谷也继承了东坡“以诗为词”的创作方法，从遣词造句到意境格调都体现出诗的特点。这首词也像山谷的不少诗一样，不借助景物渲染，而直抒胸臆，风格豪放中有峭健。语言质朴，有的句子完全口语化，体现了他所谓的“以俗为雅”的特点。

（黄宝华）

千秋岁

【原文】

少游得谪，尝梦中作词云：“醉卧古藤阴下，了不知南北。”竟以元符庚辰[1]死于藤州[2]光华亭上。崇宁甲申[3]，庭坚窜宜州，道过衡阳。览其遗墨，始追和其《千秋岁》词。

苑边花外，记得同朝退。飞骑轧[4]，鸣珂[5]碎。齐歌云绕扇[6]，赵舞[7]风回带。严鼓断[8]，杯盘狼藉犹相对。　洒泪谁能会？醉卧藤阴盖。人已去，词空在。兔园[9]高宴悄，虎观[10]英游改。重感慨，波涛万顷珠沉海。

〔注〕 ① 元符庚辰：元符三年(1100)。 ② 藤州：州治在今广西藤县。 ③ 崇宁甲申：崇宁三年(1104)。 ④ 轧：摩轧。 ⑤ 鸣珂：马身上的玉制装饰品。 ⑥ 齐歌：古有齐人善讴之说，此处是泛指。云绕扇：暗用《列子》韩娥善歌，响遏行云典故，形容歌声美妙。 ⑦ 赵舞：古代赵国女子善歌舞，天下闻名。此处也是泛称。 ⑧ 严鼓断：宋代都城汴京有宵禁，以击鼓为号。 ⑨ 兔园：《西京杂记》说，梁孝王刘武在汴梁筑兔园。 ⑩ 虎观：指白虎观，东汉章帝时曾在这里会集学者讨论五经，词里用以代称宋国史馆和秘书省一类的学术机构。

【鉴赏】

这是一首悼念故人的词。这首词的作者,据胡仔《苕溪渔隐丛话后集》卷三十三说是晁补之。张宗櫹《词林纪事》卷六说:"汲古阁《山谷词》、《琴趣外篇》(晁补之词集名)并收,当以山谷词序为正。"张宗櫹的说法是正确的。据词的序文,可知这首词作于宋徽宗崇宁三年(1104)。当时黄庭坚被贬宜州,经过衡阳,在秦观的好友、衡州知州孔毅甫处,见到了秦观的遗作《千秋岁》词。秦观是哲宗元符三年(1100)在贬谪中死于藤州的,黄庭坚追和《千秋岁》词时,距离秦观之死已经五年。

词的上阕写在朝为官时的欢乐。黄庭坚和秦观都出自苏东坡门下。哲宗元祐年间,又同在朝为官。黄庭坚任《神宗实录》检讨官,又迁著作佐郎,加集贤校理;秦观为秘书省正字兼国史院编修官,意气相投,关系亲密,是他们生平最得意的时期。词的开头两句从退朝以后说起,"飞骑轧,鸣珂碎",写出了他们退朝以后联骑奔驰的快意情状。"齐歌"两句写他们公余之暇的征歌逐舞,有动听的歌声,有婀娜的舞姿。他写这些,主要是表现他们在得意时期的深契豪情,并不是表明他留恋的就是过去这种生活。在"严鼓断"两句里,可以想象得到,他们在酒酣耳热之际,会纵谈国家大事,会谈诗论文,如果有他们的老师苏东坡在座的话,气氛会更加活跃,一定是庄谐杂出,议论风起。这是历史上很高级的文学集会。可惜他们集会的具体内容不得而知,只能留待后人想象了。政治风云的突然变化,改变了他们的生活。绍圣元年(1094),章惇等人执政,元祐党人都被贬官,他和秦观连遭贬谪,不复相见。词的下阕写他对秦观的沉痛悼念。"洒泪谁能会"表明自己的哀苦心情没有人能够领会,其实他的哀苦心情是不难领会的,他是在悼念秦观,实际上也是自悲自悼,也就是曹丕《与吴质书》中所说的:"既痛逝者,行自念也。"他和秦观遭遇相同,秦观已死,坟有宿草,而他仍在奔赴贬所途中,岂能久生!这大概就是"洒泪"一语的深刻含意。他在追和

【鉴赏】

秦词的次年亦即崇宁四年(1105)九月三十日，果然死在宜州。“醉卧藤阴盖”，用的是秦观《好事近》词中的句子。由秦观的词，想到了秦观的死，他感叹“人已去”而“词空在”，言外之意是对秦观之死，表示痛惜。在“兔园”两句里，更强烈地表露出他的痛惜心情。“高宴”之所以“悄”，“英游”之所以“改”，是因为秦观已不在人间，以苏轼为中心的一班才士则因遭贬而风流云散。黄庭坚赞赏秦观的学识与才华。秦观之死，对他来说，是失去了一位交谊深厚的朋友，而对国家来说则是失去了一位可以作出更大贡献的英才。秦观死的时候才五十一岁，是无情的政治风波吞没了他的生命。“重感慨，波涛万顷珠沉海。”秦观的横遭折磨，以至于死，使他感慨百端。这是全词的警句，集中地表现出他的沉痛情绪。

黄庭坚的词作，在当时他的朋友中间，评价不一，陈师道说：“今代词手惟有秦七、黄九耳，唐诸人不逮也。”(《后山诗话》)把他和秦观并论，这在当时是很高的评价。但晁无咎却说：“黄鲁直间作小词，固高妙，然不是当行家语，自是著腔子唱好诗。”(吴曾《能改斋漫录》卷十六引)在后代也有异同之论，称之者如夏敬观，说：“‘超轶绝尘，独立万物之表；驭风骑气，以与造物者游。’东坡誉山谷之语也，吾于其词亦云。”(手批山谷词)毁之者如彭孙遹，说：“词家每以秦七、黄九并称，其实黄不及秦甚远，犹高(观国)之视史(达祖)，刘(过)之视辛(弃疾)，虽齐名一时，而优劣自不可掩。”(《金粟词话》)大概是喜婉约者贬之，喜豪放者尊之。平心而论，黄庭坚的词的基本风格是豪放的，受苏东坡的影响比较大。他是个大才，偶尔写些婉丽词，如《清平乐》(春归何处)、《蓦山溪》(鸳鸯翡翠)等，风味绝不减秦七。他的毛病是下笔轻率，好写些庸俗卑下的东西，为人所诟病。这类作品大多产生在他的青年时期。到后来，饱经忧患，他的创作态度也转趋严肃，他晚年的一些作品，足可与东坡争辉。这首追和秦观的《千秋岁》词，就是非常老成的作品。感情深沉郁勃，在用语上不事藻饰。通过上阕所写的欢乐，与下阕的悲愤，形成强烈的对比，反映出政治局面的重大变化，从中抒发出悼念故人的深情，同时也表露出自己的身世之感，切身之痛。和韵词比和韵诗更难写，压“海”字韵尤其难。但他写来，毫无着力之痕。“波涛万顷珠沉海”和秦词末句“落红万点愁如海”相比，功力悉敌，比起孔毅甫和词末句“仙山杳杳空云海”（全词见《能改斋漫录》）来，要劲健、形象得多。黄庭坚这首《千秋岁》词，在词史上是值得重视的。

（李廷先）

望江东

江水西头隔烟树，望不见江东路。思量只有梦来去，更不怕、江拦住。　　灯前写了书无数，算没个、人传与。直饶寻得雁分付，又还是秋将暮。

这首词所写的，是梦幻与现实的矛盾，是人物性格的冲动的激情与冷静的沉思的结合，是心灵的自剖，这些，又寄托在深刻的离愁之中。这首词对离情的描写，通过多种意境来体现，白天与黑夜，思念与期待，沉思与呼喊，都错综地融合在一起。

词的开篇“江水西头隔烟树，望不见江东路”句，在展现一片迷蒙浩渺的艺术境界中，反映出主人公对远方亲人的怀念。她极目瞭望，茫无所见；“江水”、“烟树”、“江东路”等客观自然意象，揭示了人物的思想感情。“隔”字把在遥望一片浩渺江水、迷蒙远树时的失望惆怅的心境呈现出来，既反映了客体的真实和美，又表现了主体的情思意绪。“望不见江东路”是这种情思的

【鉴赏】

继续。接着,作者把特定的强烈的感情深化,把满腔的幽怨化为深沉的情思:“思量只有梦来去,更不怕、江拦住。”梦,梦是遂愿的手段。在现实生活中无从获得的东西,就企望在梦中得到。“思量”,是主人公在遥望中沉思获得了顿悟,“只有梦来去”,这是一种复杂的情绪。她在瞭望大江被江树拦阻所引起的感受是什么呢?就像“隔烟树”、“望不见江东路”一样,在雾霭迷蒙的客观美的衬托下,显示出一种仿佛、模糊的潜意识,渴望离别重逢,只有在梦中才能自由地来去;“更不怕、江拦住”,从“江水西头隔烟树”到“不怕江拦住”是一个回合,似乎可以冲破时空,跨越浩浩的大江,实现自己的愿望,飞到思念中的亲人身边。但这是依靠梦来实现的。况且这个“梦”还没有做,只是在“思量”,即打算着做。作者没有写她是否做成了这样的梦。既然是“日有所思”,可以设想这样的梦是做成了吧。梦是自由的,然而又是虚幻的。在梦里会见了亲人,梦醒后回到现实,一切美好的情景又将归于乌有了。

画饼还是不能充饥,她又把思绪带回现实生活的无穷思念和孤独之中。词的下阕,通过灯前写信的细节,进一步细腻精微地表达主人公感情的发展。梦中相会终是空虚的,她要谋求实在的交流与联系。“灯前写了书无数”,以倾诉对远方亲人的怀念深情,但在“算没个、人传与”的一念中,又使她陷入失望的深渊。“直饶寻得雁分付”,“直饶”,在宋代语言中,有“纵使”的意思。词中的主人公想到所写的信无人传递,一转念间,鸿雁传书又燃烧起她的希望,“分付”即交付,要把灯下深情的书信交与飞雁;然而又一想,纵然“寻得”传书的飞雁,“又还是秋将暮”,雁秋暮才来,已为时太晚!灯下写信这一感情细腻的刻画,把女主人公的直觉、情绪、思想、梦境、幻境等全部精神活动,在“写了书”又“没人传”,“寻得雁”又“秋将暮”那回环曲折的描摹过程中用“算”、“直饶”、“还是”等表现心里嘀咕的词语,向读者作了深度的心灵的开掘。黑格尔在《美学》第一卷中曾说过:“在艺术里,感性的东西是经过心灵化了,而心灵的东西也借感性化而显现出来。”山谷在这首《望江东》中，把离情别绪中的“心理流”写得回肠荡气，他采用遐想中的意识的流动，表现人物的热烈的思念和失落感，写得何等精细，何等生动。在艺术形象的创造中，体现了深刻鲜明的主题，因此，这首词获得了历代读者的欣赏。《望江东》调，宋词只此一首，即以其中“望不见江东路”句而得名，有可能是山谷所创制。

（唐玲玲）

诉衷情

小桃灼灼柳鬖鬖[①]，春色满江南。雨晴风暖烟淡，天气正醺酣。

山泼黛，水挼[②]蓝，翠相搀。歌楼酒旆[③]，故故招人，权典[④]青衫。

〔注〕 ① 鬖(sān)鬖：本意是形容毛发下垂，此处形容柳条纷披下垂。② 挼(ruó)：揉搓的意思。 ③ 旆(pèi)：旗。 ④ 权典：姑且当掉。

这是一首写春景的小令。唐宋人写春景的诗或词，大多是借以抒发春愁春恨，或感时伤离，例如“晴烟漠漠柳鬖鬖，无那离情酒半酣。更把玉鞭云外指，断肠春色在江南”（韦庄《古离别》），“恨芳菲世界，游人未赏，都付与、莺和燕”（陈亮《水龙吟》），例子举不胜举。这首词的情调却完全不同，它以轻快的笔调写出了江南春天的秀丽风光，清新俊美，富有生活情趣。

春天是百花争妍、万物繁茂的季节，但最足以作为春天表征的是桃花盛开，柳条垂拂。词的开头一句就把这两种典型景物描写出来。第二句“春色满江南”，用个“满”字似乎表明不必再写其他景物了，其实这一句是承上启

【鉴赏】

下，是个过渡句。一切景物都是相互关联着的，美景还要有良辰衬托。如果碰到风雨如晦的天气，即使是盛开的桃花，扶疏的柳条，看起来也会令人黯然魂销。所以接下去转向对天气的描写："雨晴风暖烟淡，天气正醺酣。"这里边包括四种意思：宿雨初晴，惠风和畅，烟霭澹淡，着人如酒的天气。这样的天气，使人心旷神怡，正可以游目骋怀，饱览自然风光。江南是名山胜水之乡，在春天里它们会呈现出更加诱人的姿态。写江南春景，如果不写山水，不管怎么说，都是美中不足。下阕前三句"山泼黛，水挼蓝，翠相搀"连贯而下，以浓重的色彩，绘出了江南山水的春容。"泼"字、"挼"字用得很有魄力，非崇尚纤巧者所能办。色彩浓丽的山和水，正承上阕"雨晴风暖烟淡"句而来，只有新雨之后，和风之中，天宇澄澈，万木争荣，才能为山水增辉。"泼黛"、"挼蓝"二句不仅画出了山色、水色，也反映了万物在春天里的勃勃生机。写到这里为止，已经构成了一幅完整的色彩明丽的江南春景画面。"良辰美景"都有了，但似乎还缺少点什么，抬头望处，看到了"歌楼酒旆"。楼外的酒旗在迎风飘动，足以惹人神飞。"故故招人"，生动地写出了词人的心理状态，"故故"在这里是故意、特意之义，酒旗当然谈不上故意招人，只是因为词人想喝酒，所以产生这种感觉。这一句是在"天气醺酣"时的心理反应。酒兴发作了，而阮囊已空，怎么办呢？回去吧，岂不败兴！办法有了，这就是"权典青衫"。这一句是化用杜甫"朝回日日典春衣，每日江头尽醉归"（《曲江》二首之二）诗意，至于口袋里是否真正空空的，可不必深究。词人的性格、情趣集中体现在结语里，使人回味不尽。

在词里，小令是很难写的。宋代著名词人张炎在《词源》里说："词之难于令曲，如诗之难于绝句，不过十数句，一句一字闲不得。末句最当留意，有有余不尽之意乃佳。"这是他本人的创作经验之谈，讲得很精辟。拿黄庭坚这首小令来说，初看似信笔写成，实际上却很费经营。短短的四十四个字，分四层来写，江南春景随着层层叙写而逐步展现。写桃柳是第一层，写天气是第二层，写山水是第三层，“歌楼酒旆”到结语是第四层，层层勾勒，上下呼应，脉理分明，在语言运用上沉着有力，结语风神摇曳，情景兼备，是一首很精彩的写景小令。

（李廷先）

瑞鹤仙

环滁皆山也。望蔚然深秀，琅琊山也。山行六七里，有翼然泉上，醉翁亭也。翁之乐也。得之心、寓之酒也。更野芳佳木，风高日出，景无穷也。　　游也。山肴野蔌，酒洌泉香，沸筹觥也。太守醉也。喧哗众宾欢也。况宴酣之乐、非丝非竹，太守乐其乐也。问当时、太守为谁，醉翁是也。

山谷此词之体裁，其别致处有二。论笔法为隐括体，隐括欧阳修《醉翁亭记》而成。论体式则为福唐独木桥体，全词用同字协韵。可称之为全独木桥体。山谷《阮郎归·茶词》隔句用同字押韵，可称之为半独木桥体。《醉翁亭记》为宋文名篇，隐括非易，成功尤难。

“环滁皆山也。”起句全用《醉翁亭记》（下简称《记》）首句原文。滁即滁州（今属安徽滁州市），欧阳修曾任滁州知州。起笔写出环滁皆山之空间境界，颇有一份在大自然怀抱之中的慰藉感，从而覆盖全篇，定下基调。下第一个也字，已觉唱叹有情。“望蔚然深秀，琅琊山也。”《记》云：“其西南诸峰，林壑尤美，望之蔚然而深秀者，琅琊也。”词句则更省净，直指环山中之琅琊。蔚然，草木茂盛的样子。更言深秀，倍加令人神往。“山行六七里，有翼然泉

【鉴赏】

上，醉翁亭也。”此三句，以倒装句法，移植《记》中“山行六七里，渐闻水声潺潺，而泻出于两峰之间者，酿泉也。峰回路转，有亭翼然临于泉上者，醉翁亭也”。直点出意境之核心所在，而语句更加省净。“翁之乐也。”此一句拖笔，变上文之描写而为抒情，词情遂愈发摇曳生姿。《记》中原无此句，乃词人统摄原意而自铸新辞，笔力之巨，显然可见。翁之乐，何所从来？“得之心、寓之酒也。”此二句概括《记》中“醉翁之意不在酒，在乎山水之间也。山水之乐，得之心而寓之酒也”。历来读《醉翁亭记》的人，往往最欣赏“醉翁之意不在酒”之句，而山谷却宁舍此句而取“得之心而寓之酒”一句，可谓具眼。境由心生，故谓之得。酒为外缘，故谓之寓。此句较“醉翁之意不在酒”，更为内向，更为深刻，可谓有识。“更野芳佳木，风高日出，景无穷也。”此三句，囊括《记》中“若夫日出而林霏开，云归而岩穴暝，晦明变化者，山间之朝暮也。野芳发而幽香，佳木秀而繁阴，风霜高洁，水落而石出者，山间之四时也。朝而往，暮而归，四时之景不同，而乐亦无穷也”。此一节《记》文，极写琅琊山朝暮四季之自然神理，其于自然知赏也深，故其乐也无穷。词句仅三句，于朝暮一节仅以日出二字点出，其余略去，而着力写四季。这是因为写四季尤可开拓意境之时间深度，从而与上文环滁皆山的空间广度相副，境界遂愈感阔大遥深，此类笔法，深得造境之理。只言景无穷，而乐无穷实已寓于其中，这又深得融情之法。凡此在在皆显示词人运思之自由灵活。这是作隐括词乃至一切词的法宝。

“游也。”上片造境既足，下片便极写境中人之游乐。换头，将《记》文“至于负者歌于途，行者休于树，前者呼，后者应，伛偻（躬腰的样子，指老人）、提携（须提携而行者，指小儿），往来而不绝者，滁人游也”一节，尽行打并在“游也”这两字短韵的一声唱叹之中。笔墨精炼无伦。下边着力写太守与众宾客之游乐。“山肴野蔌（蔬菜），酒洌泉香，沸筹觥（酒器）也。”筹，是用来行酒令、饮酒计数的签子。此三句，移植《记》中“酿泉为酒，泉香而酒洌。山肴野

【鉴赏】

蔌,杂然而前陈者,太守宴也。宴酣之乐,非丝非竹。射(投壶)者中,弈者胜,觥筹交错”。泉香酒冽,系泉冽酒香之倒装,为的是增强语感之美。山肴泉酒之饮食,及此处略写的非丝非竹之音乐,正是野趣、自然之趣的体现。极写此趣,实透露出作者愤世之情。众人之乐以至于沸,又正是众人与太守同一情趣之证明。“沸”字添得有力,《记》中所无。人心既与自然相合,人际情趣亦复相投,所以,下边接着写出:“太守醉也。喧哗众宾欢也。”太守遭贬谪别有伤心怀抱,故返归自然容易沉醉。众人无此怀抱,故欢然而已。一醉一欢,下字自有轻重。此二句移植《记》中“起坐而喧哗者,众宾欢也。苍颜白发,颓然乎其间者,太守醉也”。下边,“况宴酣之乐、非丝非竹,太守乐其乐也”三句,移植《记》中“宴酣之乐,非丝非竹”及“人知从太守游而乐,而不知太守之乐其乐也”。太守游宴,不用乐工歌妓弹唱侑酒,有“响不乱人语,其清非管弦”(《题滁州醉翁亭》诗)的酿泉潺潺水声助兴。其所乐者何?众人不知,但太守实以与民共乐为乐。妙。“问当时、太守为谁,醉翁是也。”结笔隐括《记》末:“太守谓谁?庐陵欧阳修也。”读其词(进而《记》),想见其人,结笔是意味深长的。

《醉翁亭记》是北宋文化领袖人物欧阳修被贬滁州时所作,《记》中以雍容而平易之文情,表现了超越而深沉的哲思,即天人合一、与民同乐的乐观精神。山谷此词隐括《记》文,全篇处处能表现乐于自然、乐于同乐之情景。尤其上片云“翁之乐也。得之心、寓之酒也”,下片云“太守醉也”,又云“太守乐其乐也”,反复暗示寄意所在,可谓一篇之中三致意焉。能于隐括之中不失其精神,实为难得。若加苛求的话,则此词忠实原作有余,创寓新意稍嫌不足。宋词发展到后来,已弥补此种不足,如朱熹词隐括杜牧诗,便能另寓哲思。

此词艺术技巧上之特色,在极巧妙地运用独木桥体,成功地再现了《醉翁亭记》的神韵。原作共用了二十一个也字煞句尾,最是唱叹有情,而在散

【鉴赏】

文中别具一格。此词用也字为全词同一韵脚，共十二次，较原作已过其半，遂使原作唱叹有情之神韵，获致生生不已之重视。可见，用独木桥体隐括《醉翁亭记》，真有恰到好处之妙。这是山谷聪明过人处。独木桥体之本身，纯属文字技巧之显示，仅可称之小道，山谷此词，却可说是小道中之无上高明者。善继传统以创新之宋代文化精神，在宋诗中之体现，推山谷为第一人。从山谷此词，也可见其以故为新之本领。

（邓小军）

【文】

【原文】

书梵志翻着袜诗

"梵志翻着袜,人皆道是错,乍可刺你眼,不可隐我脚。"一切众生颠倒,类皆如此,乃知梵志是大修行人也。昔茅容季伟,田家子尔,杀鸡饭其母,而以草具饭郭林宗。林宗起拜之,因劝使就学,遂为四海名士,此翻着袜法也。今人以珍馔奉客,以草具奉其亲,涉世之事,合义则与己,不合义则称亲,万世同流,皆季伟之罪人也。

——《豫章黄先生文集》

王梵志是唐代著名的通俗诗人,也是一个类似寒山、拾得,富于传奇色彩的佛教徒。他写了不少五言诗,寓人生哲理于嘲戏谐谑,寄喜笑怒骂于俗言俚语。深刺浅喻,出人意表,颇得后人喜爱。宋人的诗话笔记中,多称引他的诗句。黄庭坚虽然才高学富,名满天下,但却十分景仰这位唐代通俗诗人,称他是"大修行人",特地亲书他的《翻着袜诗》,并撰文发表感想,据此规箴世人。

这篇小品开首所引梵志之诗,看似突梯滑稽然寓意却深。世人着袜,无不光面向外,粗里在内,只求人看好,不知己受苦。积习成俗,难以移易。梵志抗颜犯俗,不顾世人非议,翻着袜子,"乍可(宁可)刺你眼,不可隐(痛)我脚"。这无疑是个移风易俗的大胆革新之举。工梵志以身说法,针砭了人们这种习以为常,然又似是而实非的世俗人情。引而申之,那些专事沽名求誉,而忘记自养自尊的人又何尝不与之相似!所以黄庭坚文中第一句即道出了梵志《翻着袜诗》的底蕴:"一切众生颠倒,类皆如此。"

于是作者联类生发，引出了一个历史故事，进一步申明了梵志的诗意。东汉名士季伟未显时杀鸡奉母，拿粗食招待枉驾光临的名流郭（泰）林宗。郭林宗非但不怪罪他的轻慢，反而认为小子可教，培养他成为海内名士。黄庭坚认为季伟之所以被郭林宗赏识，就是因为他采取了有如梵志的翻着袜法。据此理解，则黄庭坚实将梵志的翻着袜诗意，概括为一种自养自尊，不求外誉，不邀虚名的涉世态度。此可谓一语中的，发梵志所未发。

然而，懂得此理的人在世罕有，山谷愤世嫉俗，遂变梵志之谐谑滑稽而为直言规箴："今人以珍馔奉客，以草具奉其亲，涉世之事，合义则与己，不合义则称亲。"损高堂而求外誉，虽博好客之名，但似义而实不仁，如此损己求誉不知自养奉亲，实在是一种打肿脸充胖子的愚人之举。作者针砭世情，举例未必恰当。然提倡自养自尊，不求外誉虚名，尚不失为一种度世之语。可惜人心执迷，世情难移。一千多年后的今天，反穿袜子仍然没人响应，珍馔奉客，粗食养亲之习依旧。如此则"万世同流"、"季伟罪人"，应该把我们也算进去。

王梵志诗，多主象喻，不谈义理，而黄庭坚这篇画龙点睛式的小品文，援事议论，更中肯綮，不特表示作者异代神交，惺惺相惜之意，就文章本身而言，其剀切痛快之语，与梵志诙谐任诞之诗，亦可谓是庄谐互济，各主其妙。

（祝振玉）

《小山词》序

晏叔原，临淄公之暮子也。磊隗权奇[①]，疏于顾忌，文章翰墨，自立规模，常欲轩轾人，而不受世之轻重。诸公虽称爱之，而又以小谨望之，遂陆沉[②]于下位。平生潜心六艺，玩思百家，持论

【原文】

甚高，未尝以沽世。余尝怪而问焉，曰："我槃跚勃窣[3]，犹获罪于诸公，愤而吐之，是唾人面也。"乃独嬉弄于乐府之余，而寓以诗人之句法，清壮顿挫，能动摇人心。士大夫传之，以为有临淄之风耳，罕能味其言也。

余尝论："叔原，固人英也；其痴亦自绝人。"爱叔原者，皆愠而问其目，曰："仕宦连蹇，而不能一傍贵人之门，是一痴也；论文自有体，而不肯一作新进士语，此又一痴也；费资千百万，家人寒饥，而面有孺子之色，此又一痴也；人百负之而不恨，己信人，终不疑其欺己，此又一痴也。"乃共以为然。虽若此，至其乐府，可谓狎邪之大雅，豪士之鼓吹，其合者《高唐》、《洛神》之流，其下者岂减《桃叶》、《团扇》哉？

余少时，间作乐府，以使酒玩世。道人法秀独非余以笔墨劝淫，于我法中当下犁舌之狱，特未见叔原之作耶？虽然，彼富贵得意，室有倩盼慧女，而主人好文，必当市致千金，家求善本，曰："独不得与叔原同时耶！"若乃妙年美士，近知酒色之虞；苦节臞儒[4]，晚悟裙裾之乐，鼓之舞之，使宴安酖毒而不悔，是则叔原之罪也哉？山谷道人序。

——《小山词》

〔注〕 ① 磊隗权奇：形容才能卓越，性格奇特。 ② 陆沉：比喻不为人知，有埋没之意。 ③ 槃(pán)跚勃窣(sū)：槃跚，同"蹒跚"，跛行貌。勃窣，匍匐而上貌。 ④ 苦节臞儒：因过度节制而消瘦的书生。

"满纸荒唐言，一把辛酸泪。都云作者痴，谁解其中味？"《红楼梦》开卷

第一回载录的这首小诗，抒述了作家曹雪芹写作这部伟大小说时的深沉感慨，是大家熟知的。但人们未必了解，这些诗句脱胎自北宋黄庭坚为《小山词》所作的一篇序文。《小山词》的作者晏几道，乃黄庭坚同时代人，相距曹雪芹有六七百年之遥。是什么因素把他们沟通起来，以致曹雪芹能够从古人对晏氏的评价中唤起共鸣，从而将一些共同的人生感慨写进自己的小诗呢？

晏几道，字叔原，仁宗朝宰相晏殊的幼子。他父亲在世时家世豪贵，荣华显达独擅一时，养成了小晏"磊隗权奇，疏于顾忌"、"常欲轩轾人，而不受世之轻重"的贵介子弟作风，一生未能改变。而到了父亲辞世、家道中落之后，他那种傲兀不群、不顺流俗的气质，同周围环境之间的矛盾便凸显了出来。据传他在颍昌府任小吏时，曾将词作呈送给当地知府又是父亲的门生韩维看，韩维复信批评他"才有余而德不足"，希望他捐才补德，加强修行（见《邵氏闻见后录》卷十九）。这就是黄庭坚序文中所说的"诸公虽称爱之，而又以小谨望之"的事由。在这种情况下，他只能"陆沉下位"，潦倒终生了。比照曹雪芹的出身钟鸣鼎食之家，而又历经人事沧桑之变，饱尝世态炎凉之苦，不很有几分类同吗？

再看他们所选择的人生道路。序文告诉我们，小晏受过很好的文化教育，精通六艺百家，"持论甚高"，加以才华洋溢，"文章翰墨，自立规模"。可讶的是，他并不打算拿这些显耀于世，偏要勤心溺志于时人视为小道末技的曲子词的制作上，这当然有其苦衷。按照他自己解说，便是担心一肚子愤世嫉俗的情怀宣泄出来后获罪于人，不得不加以掩抑。至于被称作"诗余"的小词，当时还多半用为歌台舞榭娱宾遣兴的工具，人们一般是不加重视的，而小晏恰恰在这个领域里开辟了独特的胜境。这跟曹雪芹的不走仕途经济之路，把自己的"传神文笔"交付给"不登大雅之堂"的小说，亦有"异曲同工"之妙。

【鉴赏】

但是，两位作者的最大相似处还在于他们的人品，其特点用一个字来概括，便叫做“痴”。序文着力渲染小晏的这一品格，列举四方面证据：一是仕宦不得意，却不肯干谒权贵；二是文章有自己的风格，不愿趋时；三是家产荡尽，家人寒饥，而能怡然自乐；四是受人亏负不生怨恨，诚信待人不起疑惑。从这些表现来看，所谓的“痴”，其实就是为人的“真”。真于自我，真于他人，真于处世，真于为文……真到了底，难免不合世情，于是被看作迂执，看作“痴绝”。“痴”之一语，恰切地成为小晏在那个欺诈成风、矫饰为习的社会环境里难能可贵地保持“赤子之心”的鲜明写照，无怪乎《红楼梦》的作者要汲汲借用来作自我品题。试想：我们的小说家全然不顾“举家食粥酒常赊”（敦诚《赠曹雪芹》诗）的生计煎迫，一力惨淡经营他那传写闺阁情事的“假语村言”，不惜“披阅十载，增删五次”，呕心沥血，死而后已，不也叫人感到“痴”得可笑，“痴”得可爱，“痴”得可敬吗？

唯“痴”，乃有真人格，乃有真情感，乃有真文学。曹雪芹以他的一片痴情，记述大半生所见所闻的辛酸往事，由于写得真切，尽管采用虚幻的形式，仍能感人肺腑，催人泪下，其意义又何止于“自传”而已！同样，《小山词》虽大多沿袭曲子词里惯见的男女情爱的题材，因有意无意地渗入词人身世之感，读来特别凄惋动人。序文高抬之为“狎邪之大雅，豪士之鼓吹”，固不能脱门面语，但看出其中郁勃顿挫，哀感沉绵，别有怀抱，不同于一般吟风弄月之作，则不能不谓独具只眼。当然，对于内涵层深的作品，难免见仁见智，各取所需。倩盼慧女，探其灵心；好文之士，节其藻采；甚而酒色之徒，亦可从中获得声色之娱。就好比《红楼梦》里的“风月宝鉴”，正照反照由人自取，怨得谁来？此所以曹雪芹要深深叹息解“味”者稀，而词序作者于士大夫们徒能传其词、罕能味其言，终只能感慨系之。

附带说一说为《小山词》作序的黄庭坚。他是一位多少受道学影响的正宗文士，但也写过一些香艳小词，颇为时人诟病。序文中特地提到这一节，与小晏比附，为自己开脱，可见思想并不那么纯正，这也许是他能够致同情于小晏的重要原因。不过严格说来，黄氏的艳词仅停留在男欢女爱的表面情事上，其深度是无法跟《小山词》相提并论的。但我们仍应该感谢他在这篇序文里用极经济而生动的笔墨勾画了小晏的人品和词品，留下了可贵的剪影。依据这幅剪影，我们得以确凿无疑地把握两位相距甚远的作家之间微妙而深刻的联系，发掘出古代知识分子群里一种特定的悲剧性格和悲剧命运。探讨这类悲剧的成因，深入辨析其多方面涵义，将成为文学史研究中饶有兴味的课题。饮水思源，不能忘记《〈小山词〉序》带给我们的启发。

（蒋哲伦）

《胡宗元诗集》序

士有抱青云之器，而陆沉[①]林皋之下，与麋鹿同群，与草木共尽。独托于无用之空言，以为千岁不朽之计。谓其怨邪？则其言仁义之泽也；谓其不怨邪？则又伤己不见其人。然则，其言不怨之怨也。

夫寒暑相推，草木与荣衰焉，庆荣而吊衰，其鸣皆若有谓，候虫是也；不得其平，则声若雷霆，涧水是也；寂寞无声，以宫商考之，则动而中律，金石丝竹是也。维金石丝竹之声，《国风》、《雅》、《颂》之言似之；涧水之声，楚人之言似之；至于候虫之声，则末世诗人之言似之。

今夫诗人之玩于词，以文物为工，终日不休；若舞[②]世之不知者，以待世之知者然。然其喜也，无所于逢；其怨也，无所于伐。能春能秋，能雨能旸，发于心之工伎而好其音，造物者不能加焉。

【原文】

故余无以命之，而寄于候虫焉。

清江胡宗元，自结发迄于白首，未尝废书，其胸次所藏，未肯下一世之士也。前莫挽，后莫推，是以穷于丘壑。然以其耆老于翰墨，故后生晚出，无不读书而好文。其卒也，子弟门人，次其诗为若干卷。宗元之子遵道，尝与予为僚，故持其诗来求序于篇。自观宗元之诗，好贤而乐善，安土而俟时，寡怨之言也。可以追次其平生，见其少长不倦，忠信之士也。至于遇变而出奇，因难而见巧，则又似予所论诗人之态也。其兴托高远，则附于《国风》；其忿世疾邪，则附于《楚辞》。后之观宗元诗者，亦以是求之。故书而归之胡氏。

——《山谷集》

〔注〕 ① 陆沉：无水而沉，喻隐居。 ② 舞：玩弄，戏侮。

胡宗元是位沉沦下僚、终生不得志的诗人。山谷（黄庭坚自号山谷道人）在这篇序中，借评论胡氏的诗歌，表达了自己一系列的文艺理论观点。

首先，山谷提出诗歌应有“不怨之怨”的精神境界。他认为诗可以怨，为个人的壮志未酬、沉埋草野而抒发出内心的愁怨，但这个怨是要有原则的，就是要能表现出“仁义之泽”，不能越出纲常伦理之道。这跟儒家怨而不怒、温柔敦厚的传统诗教是一致的。山谷多次说过：“其人忠信笃敬，抱道而居，与时乖逢，遇物悲喜，同床而不察，并世而不闻，情之所不能堪，因发于呻吟调笑之声，胸次释然，而闻者亦有所劝勉，比律吕而可歌，列干羽而可舞，是诗之美也。”（《书王知载朐山杂咏后》）无太过，无不及，既要把人所不能堪的情怀表现出来，又要胸次释然，保持平心静气的超然态度。这是贯穿着山谷全部创作的文艺观点。

古代的士大夫，最高理想是当个杰出的政治家，立德立功，致君尧舜。至于立言以期不朽，已是不得已的事，而立言而托之于诗，以文物为工，终日不休，则更是无可奈何的。山谷在序中也反映了这种复杂的内心矛盾。在北宋后期的政治斗争中，山谷也被卷入漩涡。他第一次贬谪黔戎，即因修《神宗实录》不实而得罪；第二次再贬宜州，又因作《承天院塔记》而被诬为“幸灾讪谤”。他虽不满当前的政治现实，但又无力抗争，他也曾写了不少文章表达自己的政治见解，但最后不得不把它们焚去三之二。所以他也只好像胡宗元那样，“好贤而乐善，安土而俟时”，以“寡怨之言”来寄托自己的志趣了。

在序中，山谷指出有三种类型的诗歌：一是像候虫那样的有谓之鸣，二是像涧水那样的不平之鸣，三是像金石丝竹那样，寂寞无声，动而中律。在三者之中，山谷最欣赏的还是后二者。他称赞胡氏的诗道：“其兴托高远，则附于《国风》；其忿世疾邪，则附于《楚辞》。”《国风》则是金石丝竹中律之声，《楚辞》则是声若雷霆的涧水之鸣。可见黄氏虽然一贯提倡“不怨之怨”的诗道，但也不是反对诗歌要有深刻广阔的思想内容的。

山谷还谈到，胡氏之诗，“遇变而出奇，因难而见巧”，这也可以说是夫子自道。他的诗作也力求“极风雅之变，尽比兴之体，包括众作，本以新意”(《东莱吕紫微诗话》)，刻意求变，努力出奇，以其奇字、奇句、奇意、奇境，造成特异的风格。故清人方东树赞道：“山谷之妙，在乎迥不与人，时时出奇，故能独步千古。”(《昭昧詹言》)山谷诗中严密的谋篇法度，特殊的句法字法，险拗的音律，都是难度很大的，山谷却能因难而见巧，以其深厚的学力和工力，不烦绳削，“而大巧出焉”(《与王观复书》)。正由于有了这些特点，山谷诗才能成为体现宋诗独特艺术风格的代表作品。

(陈永正)

【原文】

题王荆公书后

王荆公书字，得古人法，出于杨虚白①。虚白自书诗云："浮世百年今过半，较它蘧瑗②十年迟。"荆公此二帖近之。往时李西台③喜学书，题少师④大字壁后云："枯杉倒桧霜天老，松烟麝煤阴雨寒。我亦生来有书癖，一回入寺一回看。"西台真能赏音。今金陵定林寺壁，荆公书数百字，未见赏音者。

——《山谷集》

〔注〕 ① 杨虚白：杨凝式(873—954)字景度，号虚白。华阴(今属陕西)人。晚唐五代书法家。笔迹雄强遒放，尤工颠草。 ② 蘧瑗：春秋卫人。字伯玉。《淮南子·原道》载其"年五十而知四十九年非"。 ③ 李西台：李建中(945—1013)，字得中。京兆(今陕西西安)人。宋初书法家。曾前后三求掌西京留司御史台，人称"李西台"。 ④ 少师：即杨凝式。杨曾官太子少师。

王安石是位大政治家、学问家，也是个杰出的诗人。他积极推行新法，遭到保守派的反对，因而受诬千载。对这位有强烈的个性的"一世之伟人"，他的同时代人究竟能了解得多少呢？黄庭坚在这篇文章中，叹息王安石的书法"未见赏音者"，恐怕还有言外之意吧！

王安石的法书，传世不多。从现存的墨迹本《过从帖》来看，王安石的字信笔写来，而流畅飞动，不是寻常规矩可以束缚得了的，自然也就不被俗人所欣赏了。山谷是位有独特眼光的鉴赏家，他赞美王安石的诗歌，说它"脱去流俗，不可以常理待之"(《跋王荆公禅简》)，又赞美王安石的书法，说它"书法奇古，似晋宋间人笔墨"(《跋王荆公书陶隐居墓中文》)，可知山谷是以王安石的“赏音者”自命的。

王安石的书法得力于杨凝式。杨凝式人称“风子”，纵诞不羁，有类颠狂，据说他久居洛阳，多游佛道祠庙，遇山川胜概，辄流连赏咏，有垣墙缺处，顾视引笔，且吟且书，若与神会。黄庭坚到洛阳时，曾遍观僧壁间书，以为杨凝式书无一不造微入妙，当与吴道子之画合称洛中二绝。王安石的书法，多率意而作，本不求工，而其艺术情趣，实与杨风子相近，作为大书法家的山谷，是能领会到这一点的。同时的书法家米芾也是位狂士，他说：“文公（王安石）学杨凝式书，人鲜知之。余语其故，公大赏其见鉴。”可见艺术家的真正赏音者还是有的。

世间最怕的是偏见。理学家张栻说：“平生所见王荆公书，皆如大忙中写，不知公安得有如许忙事。”（朱熹《跋韩魏公与欧阳文忠公帖》）朱熹由此而推出王安石“躁扰急迫”，并感叹地说：“书札细事，而于人之德性其相关有如此者。”朱氏之论，则未免借题发挥，厚诬前人了。

（陈永正）

题自书卷后

崇宁三年十一月，余谪处宜州半岁矣[①]。官司谓余不当居关城中，乃以是月甲戌抱被入宿子城南余所僦舍“喧寂斋”[②]。虽上雨旁风，无有盖障，市声喧愦，人以为不堪其忧；余以为家本农耕，使不从进士，则田中庐舍如是，又可不堪其忧耶？既设卧榻，焚香而坐，与西邻屠牛之机相值[③]。为资深书此卷[④]，实用三钱买鸡毛笔书。

——《豫章黄先生文集》

【鉴赏】

〔注〕 ① 宜州：今广西壮族自治区宜州市。 ② 子城：附于大城的子城，如内城及附郭的月城。 ③ 机：通几，几案。 ④ 资深：李定，字资深，扬州人。曾受学于王安石。

宜州在北宋时是个边远瘴疠之地，崇宁二年(1103)，有人指摘黄庭坚所作《承天院塔记》中有幸灾谤国之语，遂被朝廷贬往此地。他由鄂州(今湖北武昌)动身，历经潭、衡、永、全、桂诸州，于第二年夏天到达贬所，在此只安顿了半年，当局又下令将他逐出城关，命他搬到子城居住。对于作者来说，这种政治迫害，生活打击已不是第一次了，早在绍圣元年(1094)，他就因修《神宗实录》不实的罪名，被谪为涪州(今重庆涪陵区)别驾，黔州(今重庆彭水)安置，后来又因避亲嫌移住戎州(今四川宜宾)，过了将近六年的拘禁生活，至元符三年(1100)才得放还。然不到三年，又罹此厄运。这时，作者已是个年届六旬的垂暮老人了。十年之中，他遭受了两次大的人生挫折，可谓历尽宦海沉浮，人间沧桑。但在作者笔下，却没有流露出一丝一毫的悲戚颓唐之意。

他将自己的陋室蜗居名之为“喧寂斋”，取闹中取静之意。黄庭坚在给朋友的诗中有“寄寂喧阒间，此道有汲引”(《次韵子实题少章寄寂斋》)句，正好作为自己此时此境的写照。说明自己虽身居喧愦闹市，甚至与“屠牛之机相值”，却没有烦恼萦心，而能宁静以致远，淡泊以明志，显示自己在困苦环境下所保持的修养操守。正因为他有如此襟怀，才会在“上雨旁风，无有盖障”的陋室之中，处之泰然。“人以为不堪其忧”句出自《论语》，孔子曾称赞其弟子颜回“一箪食，一瓢饮，在陋巷，人不堪其忧，回也不改其乐”。作者在元祐间已与苏轼齐名，被称为“苏、黄”，享誉天下，但作者并不以虚名为累，投荒遭贬，身陷逆境，旁人为之惋惜同情，以为不堪其忧，而作为当事人的作者却显露了豁达开阔的心怀：“余以为家本农耕，使不从进士，则田中庐舍如是，又可不堪其忧耶?”此数语是全篇的熠熠闪光之处。作者的父亲黄庶虽是个小有名气的诗人，但祖上却是躬耕南亩的农民。他没有因为自己的才名而讳言自己平民的出身与清寒的家世。甚至将贬所的陋室比之家乡的庐舍，以为假使没有那一段进士为宦的沉浮遭遇，则岂不恍若重返故居么？所以，旁观者以为他不堪其忧，而作者却认为无所可忧。如此看来，作者的贬远投荒，身居寒舍，只不过是归本返真而已。而他六十年的人生之旅，也只是一场轮回，一切又回到原来的起点上。宜州的贬舍与江西的故居，对于四海为家，随缘任运、归本返朴的作者来说，简直是没有区别了。既然如此，对于眼下还其本来面目的处境，还有什么值得忧虑的呢？这样一种难能可贵的思想境界，并不是他一时的故作姿态。而是始终表里一贯的。和他同时代的人评：“山谷老人谪居戎、僰，而家书周谆，无一点悲忧愤嫉之气，视祸福宠辱，如浮云去来，何系欣戚”(宋张守《毘陵集》卷十一)。如果孔子再世，恐怕更要发出“贤哉、贤哉”的赞叹了。

(祝振玉)

题东坡字后

东坡居士极不惜书[①]，然不可乞。有乞书者，正色诘责之，或终不与一字。元祐中锁试礼部[②]，每来见过，案上纸不择精粗，书遍乃已。性喜酒，然不能四五龠已烂醉[③]，不辞谢而就卧，鼻鼾如雷。少焉苏醒，落笔如风雨，虽谑弄皆有义味。真神仙中人，此岂与今世翰墨之士争衡哉！

东坡简札字形温润，无一点俗气。今世号能书者数家，虽规模古人，自有长处，至于天然自工，笔圆而韵胜，所谓兼四子之有

【原文】

以易之[④]，不与也。

建中靖国元年五月乙巳，观于沙市舟中，同观者刘观国、王霖、家弟叔向、小子相[⑤]。

——《豫章黄先生文集》

〔注〕 ① 东坡居士：宋代文学家苏轼自号东坡居士。 ② 元祐：宋哲宗年号。锁试：考试时闭锁试场，以防止舞弊。礼部：宋代进士考试由礼部主试。 ③ 龠：籥的本字，古量器名。 ④ 四子：不详所指，照文义看，当是四位有成就的书法家。 ⑤ 小子相：小子，黄庭坚称自己的儿子。相是他儿子的名字。

黄庭坚很喜欢为别人写字，而且也像苏轼那样“不择笔墨，遇纸则书，纸尽则已”的。不过苏轼有时还更进一步，不待人家要求也写。他贬居海南岛儋州时，有一次醉后至姜秀才家，适姜外出，便向姜母索取纸笔，大书一番。他爱饮酒，但量小易醉，醉里狂写，其字往往独具真味。苏轼又自言，醒后无论怎样挥写总不及醉中所作的那样好。此文以黄庭坚眼中所见，记述了苏轼的醉、醒以及醒后的生活情态，很能表现出他性格中豪宕真率的一面。所以清代学者陈澧在读到庭坚此跋时，不禁感叹地写道：“读此数过，如亲见东坡。”足见跋文确是写出了苏轼的性格和神态，使千载之下的读者有亲切的感受。

（黄国声）

题摹燕郭尚父图[①]

凡书画当观韵。往时李伯时为余作李广夺胡儿马[②]，挟儿南驰，取胡儿弓引满以拟追骑。观箭锋所直，发之人马皆应弦也。伯时笑曰："使俗子为之，当作中箭追骑矣。"余因此深悟画格。此与文章同一关纽，但难入人神会耳。

——《豫章黄先生文集》

〔注〕 ① 摹：临摹。燕：宴饮。郭尚父：疑即唐代大将郭子仪。子仪曾平定唐代安史之乱，官至太尉、中书令。德宗时赐号"尚父"。 ② 李伯时：宋代画家李公麟，字伯时，安徽桐城人。擅画人物、鞍马、山水。李广：汉代陇西成纪人。善骑射，文帝时进击匈奴有功，为武骑常侍。武帝时为北平太守，匈奴畏不敢犯境，号曰"汉之飞将军"。胡儿：指匈奴人。据《史记·李将军列传》说：李广"出雁门击匈奴。匈奴兵多，破败广军，生得广……置广两马间……广佯死，睨其旁有一胡儿骑善马，广暂腾而上胡儿马，因推堕儿，取其弓，鞭马南驰数十里，复得其余军，因引而入塞"。

黄庭坚的这段画跋，可说是一篇题外的画评。"凡书画当观韵"，文章开首，提纲挈领，不啻一禅门棒喝。接着说了一个李公麟（伯时）为作者画"李广夺胡儿（匈奴）马"的轶事。那幅画描绘的是汉代的飞将军李广在一次战斗中遇险脱身，被匈奴追击，李广转身应战，但却盘马弯弓故不发，然观其箭镝所指，追兵必应弦落马。这时，李公麟不无得意地对黄庭坚说，这是他有意为之，如果让世俗画家为之，以李广百发百中的箭法，没入石棱的膂力，必然会描绘追兵的中箭之状。黄庭坚点头称许，也因此顿悟出绘事三昧。

那么，黄庭坚所说的绘事三昧或"画格"又是什么呢，那便是开首标举的"韵"，即气韵、神韵、雅韵，是精神范畴的情趣风致。如果本图画李广一箭而中，追兵翻身落马，那情节便一览无余。那就是俗子所为，不是大家笔墨了。所以，意到笔不到，留下艺术的空间让观者去体味，由读者去想象，才能做到书画有韵、文章有趣。这就是文学艺术虚实相生、有无相间的"同一关纽"。

至于这幅《摹燕郭尚父图》本身的内容与艺术水准，山谷并没有提及与评价，但却说了一个题外的轶事、一次赏画的感悟，所以这篇画跋对于《摹燕郭尚父图》到底是褒还是贬，也是盘马弯弓故不发，让读者自己去忖度了。总之，这篇画跋不主故常，脱落蹊径，触处生春，连类取比，言简意赅，含蓄无垠，可谓不拘画筌、不落理障，不愧一篇有韵有趣的大家小品。

（祝振玉）

书家弟幼安作草后

幼安弟喜作草，携笔东西家，动辄龙蛇满壁，草圣之声欲满江西，来求法于老夫。老夫之书，本无法也，但观世间万缘，如蚊蚋聚散，未尝一事横于胸中，故不择笔墨，遇纸则书，纸尽则已，亦不计较工拙与人之品藻讥弹。譬如木人舞中节拍，人叹其工，舞罢则又萧然矣，幼安然吾言乎？

——《豫章黄先生文集》

黄庭坚是宋代著名的诗人与书法家。他的草书用笔瘦劲婉美，雄放瑰奇，体势纵横开阖，遒畅多姿，尤足称颂。当时有不少晚学后进曾请他传艺指教，他的妻弟（家弟）幼安亦是其中之一，这篇短文就是当时的题书作答。

妻弟兴冲冲地呈上自己的草书作品求取教益，作为姐夫的黄庭坚首先对他的勤书好学的精神予以肯定。同时，在热情的赞扬与鼓励中又包含着作者亲切的戏谑与调侃,体现了自己与内弟的亲密关系。开首三句很简洁形象地写出了幼安到处作草的豪兴。“动辄”指他挥毫下笔之快,“龙蛇”比喻书法线条之美。其典出李白《草书歌行》:“时时只见龙蛇走,左盘右蹙如惊电。”“满壁”形容作品之多。如此敏捷多产,前途当不可限量,所以黄庭坚要戏称之为“草圣之声欲满江西”。作者与幼安均为江西人,说他的书法之名欲满江西,实暗谓幼安已在向他争势挑战了。“草圣”是古人对草书大家的敬称,历史上只有东汉的张芝、唐代的张旭曾获此誉。黄庭坚以此来称赞向他求学的幼安,当然是过奖之词,但也无疑包含着他对晚学后进的奖掖之意。在这样热情的鼓励与亲切的戏谑后,作者才正面归到了向他学书的问题。不过他还要顿一顿。在“草圣之声欲满江西”后紧接上“来求法于老夫”,逗出”老夫又岂敢承当”的弦外之音,虚怀谦逊之意又顿时充溢于字里行间。

幼安急于求知的是作书之法,但黄庭坚却宕开一笔,回答是“老夫之书,本无法也”。这并非是作者过于谦虚,吝于指教,而是表示自己对具体规矩法度的超越,他要向内弟传授的,乃是作为一个书法家所必具的精神涵养。于是谈起自己的创作三昧是“但观世间万缘,如蚊蚋聚散,未尝一事横于胸中”。“缘”即“因缘”,乃佛教术语,“万缘”此指一切事物。他主张摆脱一切世俗观念,不执著于任何事物,这就是他书法得心应手、纵横自如的成功秘诀。他在《道臻师画墨竹序》一文中亦说:“夫心能不牵于外物,则其天守全,万物森然出于一镜,岂待含墨吮笔,磅礴而后为之哉。”至于“不择笔墨”,也确有其事。他曾用三钱买鸡毛笔题书(见黄庭坚《题自书卷后》)。可见,保持自己心胸的澄澈空灵、天然澹泊,是作书之第一要务。正因为黄庭坚是遵循这样一种书法原则,所以他在挥毫时没有丝毫的功利意识,也就是“不计较工拙与人之品藻讥弹”。由此表明他的书法,只是充内形外的个性自然流露,言下之意,世人目他为书法大家,然这与他的初衷是了不关涉的啊！他很形象地将自己的书法比作木偶起舞，人们赞叹它的舞姿很合乎音乐的节拍，但它本身却并无取悦于人的动机。通之于书道，无非申明书法三昧首先在于澡雪精神，涵养心胸，忠于自性，不沽名求誉，这确实是离乎具体规矩之上的更高原则，一种无法之法。联系作者在文章开头对内弟幼安“携笔东西家”、“草圣之声欲满江西”露才求誉的戏谑褒美。最后一句“幼安然吾言乎”？在作者亲切深长的语辞中，是否包含着作者委婉的劝喻？

黄庭坚不仅作书自成一体，而且论书道也脱落蹊径。这篇短文不仅说理精要中肯，而且笔法摇曳亲切、情意兼胜，无疑是山谷短札中的上品。

（祝振玉）

跋范文正公帖

范文正公书，落笔痛快沉着，极近晋宋人书。往时苏才翁[1]笔法妙天下，不可一世人，惟称文正公书与《乐毅论》[2]同法。余少时得此评，初不谓然，以谓才翁傲睨万物，众人皆侧目，无王法，必见杀也，而文正待之甚厚，爱其才而忘其短也，故才翁评书少曲董狐[3]之笔耳。老年观此书，乃知用笔实处，是其最工。大概文正妙于世故，想其钩指回腕，皆优入古人法度中。今士大夫喜书，当不但学其笔法，观其所以教戒故旧亲戚皆天下长者之言也。深爱其书，则深味其义，推而涉世，不为吉人志士，吾不信也。

——《山谷集》

〔注〕 ① 苏才翁：苏舜元(1006—1054)，字叔才，号才翁。梓州铜山(今四川中江)人。与弟舜钦合称“二苏”。工篆隶，尤善草书，清劲老健。 ②《乐毅论》：晋王羲之所书小楷法帖。唐褚遂良称其“笔势精妙，备尽楷则”。被列为王羲之正书第一。 ③ 董狐：春秋时晋史官。孔子以其直书不讳，称为“古之良史”。

范仲淹的书法，前人赏者颇多。宋文同云：“观文正书，如侍其人之左右，令人既喜而且凛然也。”明唐锦《龙江梦余录》称范书极端劲秀丽，无毫芒纵逸之态。清高士奇亦云范文正书法挺劲秀特，肖其为人。由于范仲淹是位名臣，每被误以为“书以人传”，甚至连山谷少时也认为苏才翁评书有“曲笔”，未免不够公正。其实类似苏才翁这样被误解，山谷本人也曾经历过，他称赞颜鲁公、杨少师二人“笔法超逸绝尘”，闻者皆瞠目，唯东坡独以为然，士大夫乃云东坡于山谷“爱而不知其恶”(黄庭坚《跋东坡书》)。直到山谷晚年，才体会到范仲淹书法的特色，“钩指回腕，皆优入古人法度中”，得出“落笔痛快沉着，极近晋宋人书”的结论。可见山谷对艺术的态度是实事求是、严肃认真的。

山谷还指出，范仲淹的书帖之所以被喜爱，除了它的艺术价值外，还有其深刻的思想教育意义。人们不但学习它的笔法，还学习其中的“长者之言”，深刻领会它的义理，用来指导自己的为人处世，以成为“吉人志士”。山谷在《跋范文正公诗》中也说过类似的话：“范文正公在当时诸公间第一品人也。故余每于人家见尺牍寸纸，未尝不爱赏弥日，想见其人所谓‘先天下之忧而忧，后天下之乐而乐’，此文正公饮食起居之间，先行之而后载于言者也。”范仲淹先有忧国忧民之行，而后有忧国忧民的诗文，“如斯人，不必以书立名于来世也，然翰墨乃工如此”(《跋范文正公书〈伯夷颂〉》)，这就说明，范仲淹帖的可贵，首先是他的为人，有高度的道德修养，然后是他的诗文,能够起着"载道"的作用,最后才是他翰墨书法之工,可供人欣赏和学习。

(陈永正)

跋东坡书寒食诗

东坡此书似李太白,犹恐太白有未到处。此书兼颜鲁公、杨少师、李西台笔意[①],试使东坡复为之,未必及此。他日东坡或见此书,应笑我于无佛处称尊也[②]。

——《豫章先生遗文》

〔注〕 ① 颜鲁公:唐代著名书法家颜真卿,因曾封鲁郡公,世称颜鲁公。杨少师:五代后周书法家杨凝式,后汉时曾历官少傅、少师,世称杨少师。李西台:宋代书法家李建中,因喜爱洛阳风土,曾屡次要求任西京留司御史台之职,世称之为李西台。 ② 无佛处称尊:宋石霜慈明禅师至京师,见驸马都尉李遵勖,李问临行一句作么生,师曰:无佛处作佛。"无佛处称尊"意亦相同,谓于无能人处逞能。

苏轼的书法,在当时并不十分为人称道,甚至还受到不少的讥评,能够独具只眼,赏识他的书法的,首推黄庭坚。庭坚是苏轼的门下士,不仅景仰老师的人品、学问、文章,对他的书法也有独到的评价,而不人云亦云。庭坚另外还说过:"东坡书随大小、真、行,皆有妩媚可喜处。今俗子喜讥评东坡,彼盖用翰林、侍书之绳墨尺度,是岂知法之意哉! 余谓东坡书,学问、文章之气,郁郁芊芊发于笔墨之间,此所以他人终莫能及尔。"指出书法要体

现作者的个性，表现其人的品格、学问、才气，只有这样，才是好的艺术作品。如此见解，当然不是见惯了翰林、侍书等的俗书的人所能有，东坡书法在当时之不受人赏识，也就可以理解了。

（黄国声）

跋王荆公禅简[①]

荆公学佛，所谓“吾以为龙又无角，吾以为蛇又有足”者也[②]。然余尝熟观其风度，真视富贵如浮云，不溺于财利酒色，一世之伟人也。暮年小诗雅丽精绝，脱去流俗，不可以常理待之也。

——《豫章黄先生文集》

〔注〕 ① 王荆公：宋政治家、文学家王安石，晚年退居江宁，封舒国公，旋改封荆国，世称荆公。禅简：谈禅的书信。 ② “吾以为”二句：《汉书·东方朔传》说，汉武帝置壁虎于盂内，令人猜是何物。朔猜曰：“臣以为龙又无角，谓之为蛇又有足，跂跂脉脉善缘壁，是非守宫即蜥蜴。”这里用来比喻王安石学习佛学未得要领，只是靠猜的。

王安石因为推行新法，遭到保守派的强烈反对，终于酿成宋代有名的党争。反对者采取各种手段，捏造事实，捕风捉影，对他及新法进行攻击。谬说流传，王安石也受诬千载。可是，他的学问，他的人品，他的文学成就，即使反对派有时也不能不承认的。安石死后，反对新法的苏轼在执笔的制词里就称他：“名高一时，学贯千载……少学孔孟，晚师瞿聃。网罗六艺之遗文,断以己意;糠秕百家之陈迹,作新斯人。"黄庭坚虽也站在保守派方面,政治见解与王安石不同,不过看法稍为客观,对新法并未一概否定。对于王安石个人,却是赞扬备至的。庭坚行辈稍后,他是元丰年间才得与王安石这位前辈相见的。其时,安石已罢相闲居金陵。他虽已入暮年,但外出未尝乘马或坐肩舆,所居住宅不设垣墙,饮食朴素,连治病也不肯使用人参(《王荆公年谱考略》卷二十三,《梦溪笔谈》卷九)。这些事情想必给庭坚以深刻的印象,再结合过去的所见所闻,"熟观其风度",便不能不承认他是"一世之伟人"。至于安石暮年的小诗,载誉文坛,一直享有很高的评价。庭坚虽然诗风与他大相径庭,也仍然对他的诗作给以赞许,这表现了他的艺术眼光和客观求是的精神。

(黄国声)

跋米元章书

余尝评米元章书如快剑斫阵,强弩射千里。所当穿彻,书家笔势亦穷于此,然似仲由未见孔子时风气耳。

——《豫章黄先生文集》

米芾(1052—1108),字元章,北宋书画家,能诗文,精鉴别。行书、草书兼取前人之所长,用笔俊迈豪放,是著名的"宋四家"(苏轼、黄庭坚、米芾、蔡襄)之一,《宣和书谱》有"风樯阵马,沉着痛快"之评。然不及黄庭坚文中所论"快剑斫阵,强弩射千里,所当穿彻"更为形象传神。"快剑斫阵"取其峻峭劲疾,"强弩射千里"喻其力透纸背,书法重用笔,技止乎此,亦可叹为观止了，故山谷文中有“书家笔势亦穷于此”云云。

然而，作者本身也是个与之齐名的书法大家，既是大家，在书艺上必独具风格自有会心，因此，与他人所作亦有不尽苟同之处。所以，黄庭坚在对米芾书褒奖之余，亦不无微词，“然似仲由未见孔子时风气耳”最后一句透露了此中的消息。

据《史记·仲尼弟子列传》载，仲由字子路，原是卞地之村野人，未做孔子弟子前，“性鄙，好勇力，志伉直，冠雄鸡，佩豭豚，陵暴孔子。孔子设礼稍诱子路，子路后儒服委质，因门人请为弟子”。山谷借此比喻米芾之书，实揭出米书有两方面之短：首先是虽勇直而近乎鄙野，不合儒家礼化敦厚气象；其次是锋劲有余而内蕴不足，缺乏含蓄深远之致。然而，山谷将米书比作子路，其贬意尚不止于此，据史载，子路未见孔子时固已鄙野非礼，而既见孔子后，夫子亦终不喜欢，子路虽执弟子之礼，但孔子终称他是“升堂矣，未入室”，认为他的才能也只够做个臣子而已。这当然是山谷的言外之意了。此中透露出黄庭坚对米芾书法的总体评价，虽然推誉他的笔力锋势，但对米书的意蕴气象是不以为然的。

黄庭坚论书最重一个“韵”字，他在《题摹燕郭尚父图》中说：“凡书画当观韵”。所谓“韵”，无非指创作主体通过笔法线条显示出来的气韵神采，它取决于书法家的主观修养。黄庭坚曾如此教导别人：“学书要须胸中有道义，又广之以圣哲之学，书乃可贵。”(《书缯卷后》)这当然是作者的一家之言，不过他敢于指摘名重一时的米芾之书，无疑说明了他在书法艺术上的独具只眼，以及不随波逐流的大家风范。

作者的书评传世很多，这是其中著名的一篇。后人常用此来赞美米芾之书，以为精要形象，中肯传神，但大多略去了文章的最后一句，这未免有违山谷言近旨远，讽而谲刺的本意了。

(祝振玉)

【原文】

自评元祐间字[①]

往王定国道余书不工[②]，书工不工，是不足计校事，然余未尝心服。由今日观之，定国之言诚不谬，盖用笔不知禽纵[③]，故字中无笔耳[④]。字中有笔，如禅家句中有眼[⑤]，非深解宗趣[⑥]，岂易言哉！

——《豫章黄先生文集》

〔注〕 ① 元祐间字：黄庭坚在元祐（宋哲宗年号）年间所写的字 ② 王定国：王巩，字定国，自号清虚先生。莘县人。因与苏轼交好，受党争牵累，谪监筠州盐税。他与黄庭坚亦为好友。 ③ 禽：同擒。 ④ 笔：笔法，笔力。 ⑤ 禅家：禅宗，佛教之别派。禅宗不立文字，不主张从经典中分析禅理，讲究顿悟、见性成佛。句中有眼：句子中某字特别能起警醒读者作用的称作眼。 ⑥ 宗趣：禅宗的旨趣。

据陆心源《宋史翼》记载，王巩是位"跌荡傲世，好臧否人物，其口可畏，以是颇不容于人"的人物，亦即苏轼所称的"强力敢言，不畏强御"的人，这自然不能见容于封建社会了。但王巩同苏轼、黄庭坚的交情都很好。他曾因苏轼之累而贬官，却并无怨言。东坡集中与王定国酬答的诗很多，可见二人仍然交好无间。庭坚也重王巩的为人，引以为友，因此他才直率地批评起庭坚的书法来。这批评是中肯的，黄庭坚自己就曾承认过："余在黔南未甚觉书字绵弱，及移戎州，见旧书多可憎，大概十字中有三四差可耳。"可见他到底有自知之明，并不敝帚自珍的。

北宋书家，苏（轼）、黄（庭坚）、米（芾）、蔡（襄）是齐名的，王定国竟直以黄书为不工，则庭坚的一时想不通，亦不奇怪。好在他后来并不掩饰自己当时“未尝心服”的心理，而到了洞见自己缺点的时候，又坦然承认王巩批评之不谬，自行指出“用笔不知禽纵，故字中无笔”的毛病。这种实事求是的精神，并无损于他的令名，倒是让人十分敬佩的。

（黄国声）

书嵇叔夜诗与侄榎[1]

叔夜此诗豪壮清丽，无一点尘俗气。凡学作诗者，不可不成诵在心，想见其人；虽沉于世故者，暂而揽其余芳，便可扑去面上三斗俗尘矣，何况深其义味者乎！故书以付榎，可与诸郎皆诵取，时时讽咏，以洗心忘倦。余尝为诸子弟言：士生于世，可以百为，惟不可俗，俗便不可医也。或问不俗之状，余曰：难言也，视其平居，无以异于俗人，临大节而不可夺，此不俗人也。士之处世，或出或处，或刚或柔，未易以一节尽其蕴，然率以是观之。

——《山谷集》

〔注〕 ①嵇叔夜：嵇康（224—363），字叔夜，谯郡铚（今安徽宿州市西南）人，三国魏文学家，为“竹林七贤”之一。榎：黄庭坚兄黄大临之子黄榎。

山谷对嵇康的诗作有深切的体会。嵇康生于魏晋易代之际，在政治上不满当时掌握政权的司马氏集团，声言“非汤武而薄周孔”，采取不合作的

【鉴赏】

态度，曾寓居山阳，锻以自给。后又与魏宗室联婚，官中散大夫。在哲学思想上深受老庄的影响，提出“越名教而任自然”之说，反对封建世俗礼教。终于触忤了司马昭，坐吕安事见杀。本文中提及的嵇康诗，究竟是哪一篇，如今已不可考了，山谷称其“豪壮清丽”，则传世的《四言赠兄秀才入军诗》足以当之，如“风驰电逝，蹑景追飞。凌厉中原，顾盼生姿”、“目送归鸿，手挥五弦。俯仰自得，游心太玄”等语，真“无一点尘俗气”。

山谷欣赏嵇康的“不俗”，恐怕主要还是在他的处世哲学上。北宋中后期，以王安石为首的“新党”与以司马光为代表的“旧党”反复斗争，山谷属于旧党中人，他的政治生涯也随着党派斗争的消长变化而升沉不定。为了保持节操，他谨守儒家之道；为了应付逆境，他遵奉佛道之理。委心任运，和光同尘；是非分明，大节不夺。在山谷的诗文中，经常表现出这种“不俗之状”。如《次韵答王慎中》诗云：“俗里光尘合，胸中泾渭分。”《戏效禅月作远公咏》云：“胸次九流清似镜，人间万事醉如泥。”在《与无勋不伐书》中，他大谈要“溷浊而志刚”，在《跋欧阳文忠公〈庐山高〉诗》中，他赞赏“中刚而外和”。出处刚柔，方圆内外，山谷是深得其中三昧的。

山谷在《书缯卷后》一文中，又把“士生于世”至“此不俗人也”一段重述一遍后，再加以补充说：“平居终日如含瓦石，临事一筹不画，此俗人也。”主张临事时要胸中有道义，懂得筹画大计，可见山谷的“不俗”的主张中还是有其积极用世的一面的。山谷尤其赞赏苏东坡这样的不俗之士：“东坡之在天下，如太仓之一稊米；至于临大节而不可夺，则与天地相终始。”（《东坡先生真赞》之二）山谷也是用这样的标准来要求自己的。

山谷还把“不俗”这种高尚的精神境界用于文艺批评中。他强调作诗要“不使语俗”（《题意可诗后》）。评东坡诗词说：“东坡道人在黄州时作，语意高妙，似非吃烟火食人语，非胸中有万卷书，笔下无一点尘俗气，孰能至此?”(《跋东坡乐府》)评书法时又云:“余尝以右军父子草书比之文章,右军似左氏,大令似庄周也。由晋以来难得脱然都无风尘气似二王者。”(《跋法帖》)“东坡简札,字形温润,无一点俗气。”(《题东坡字后》)评画时又云:“笔端真有造化炉,人间俗气一点无。”(《姨母李夫人墨竹》)“往时天章阁待制燕肃始作生竹,超然免于流俗。”(《道臻师画墨竹序》)“不俗”,是山谷进行艺术创作的基本点,也是山谷为人处世的立足点。

(陈永正)

答洪驹父[①]书

驹父外甥教授:别来三岁,未尝不思念。闲居绝不与人事相接,故不能作书,虽晋城[②]亦未曾作书也。专人来,得手书,审在官不废讲学,眠食安胜,诸稚子长茂,慰喜无量。

寄诗语意老重,数过读,不能去手,继以叹息。少加意读书,古人不难到也。诸文亦皆好,但少古人绳墨耳,可更熟读司马子长、韩退之文章。

凡作一文,皆须有宗有趣,终始关键,有开有阖;如四渎[③]虽纳百川,或汇而为广泽,汪洋千里,要自发源注海耳。

老夫绍圣[④]以前,不知作文章斧斤,取旧作读之,皆可笑。绍圣以后,始知作文章,但以老病惰懒,不能下笔也,外甥勉之,为我雪耻。

《骂犬文》虽雄奇,然不可作也。东坡文章妙天下,其短处在好骂,慎勿袭其轨也[⑤]。

【原文】

甚恨不得相见，极论诗与文章之善病，临书不能万一，千万强学自爱，少饮酒为佳。

所寄《释权》一篇，词笔纵横，极见日新之效。更须治经，深其渊源，乃可到古人耳。《青琐》祭文，语意甚工，但用字时有未安处。自作语最难，老杜作诗，退之作文，无一字无来处，盖后人读书少，故谓韩、杜自作此语耳。古之能为文章者，真能陶冶万物，虽取古人之陈言入于翰墨，如灵丹一粒，点铁成金也。

文章最为儒者末事，然索学之，又不可不知其曲折，幸熟思之。至于推之使高，如泰山之崇崛，如垂天之云；作之使雄壮，如沧江八月之涛，海运吞舟之鱼，又不可守绳墨令俭陋也。

——《山谷集》

〔注〕 ① 洪驹父：洪刍，字驹父。豫章(今江西南昌)人。黄庭坚之甥。著有《老圃集》。 ② 晋城：进城。 ③ 四渎：《尔雅·释水》："江、淮、河、济为四渎。四渎者，发源注海者也。" ④ 绍圣：宋哲宗年号(1094—1097)。 ⑤ 袭其轨：蹈其前辙。

本文是黄山谷59岁时的作品，可以说是江西诗派最重要的理论纲领，九百年来，在诗坛上有着广泛的影响，也引起诗论家们热烈的争论。

文中最受人注意的是"无一字无来处"和"点铁成金"的论点。批评者们以此作为山谷提倡蹈袭和剽窃的证据。宋人魏泰《临汉隐居诗话》就批评说："黄庭坚作诗得名，好用南朝人语，专求古人未使之事，又一二奇字，缀葺而成诗。自以为工，其实所见之僻也。"金人王若虚《滹南诗话》也说："鲁直论诗有夺胎换骨、点铁成金之喻，世以为名言。以予观之，特剽窃之黠者耳。鲁直好胜，而耻其出于前人，故为此强辞而私立名字。”近代学者也多认为山谷的主张，是以借鉴代替创造，以因袭拼凑代替推陈出新，带有片面追求形式的倾向。

其实，山谷的诗作及诗论，有个最主要的特色，就是在艺术上的革新精神。求变求新，自辟蹊径，戛戛独造，力争上游，以“自成一家”为最高目标。他的“无一字无来处”，实质上是要尽可能地吸取前人诗文语言技巧，像杜甫、韩愈那样，在借鉴的基础上达到创新的目的，这就是“以故为新”。他的“点铁成金”，是要把古人诗文中没有诗意或诗意不足的语句，点化改易为自己的有浓郁诗意的诗句，或是把古人诗中的意境、形象，换了一个形式更生动地表达出来。这种主张跟杜甫的“读书破万卷，下笔如有神”（《奉赠韦左丞丈二十二韵》）、韩愈的“沉浸醲郁，含英咀华，作为文章，其书满家”（《进学解》）并没有什么二致。文中批评洪驹父的诗文“少古人绳墨”、“用字时有未安处”，并主张可更熟读司马迁和韩愈的文章，以期达到古代优秀作家的高境。只有认真学习前人，才能真正做到陈言务去，山谷是深明两者间的辩证关系的。

山谷在信中还强调：“凡作一文，必须有宗有趣。”宗，宗旨；趣，趋向。宗趣，即作品的主题思想。他取古人之陈言，只是供“陶冶”之用，而不是生搬硬套，摹拟因袭。我们结合起黄庭坚其他论述，则可知黄氏并不忽视文艺作品的社会功用。他认为文章应“规摹远大，必有为而后作”（《王定国文集序》）、“文章本心术，万古无辙迹”（《寄晁元忠》），所以对杜甫诗的“善陈时事”（《潘子真诗话》引）大为赞赏。山谷还强调说：“好作奇语，自是文章病，但当以理为主，理得而辞顺，文章自然出群拔萃。”（《与王观复书》）可见黄庭坚诗论中，除了重视诗歌的句法、律法等形式方面的“法”外，还有重视其思想内容的“理”的一面的。“法”与“理”相辅相成，不可偏废。

（陈永正）

【原文】

书林和靖诗

欧阳文忠公极赏林和靖"疏影横斜水清浅,暗香浮动月黄昏"之句,而不知和靖别有《咏梅》一联云:"雪后园林才半树,水边篱落忽横枝。"似胜前句。不知文忠何缘弃此而赏彼?文章大概亦如女色,好恶止系于人。

——《山谷集》

林逋是位清苦的隐逸诗人,淡于名利,终身布衣,幽居于西湖孤山之畔,以梅为妻,以鹤为子。他有咏梅诗七律八首,前人誉之为"孤山八梅"。八梅诗中尤以《山园小梅》最为著名,欧阳修极赏其"疏影"、"暗香"二语,谓"前世咏梅者多矣,未有此句也"(《归田录》)。后世诗家更推尊此联为"古今绝唱"、"脍炙天下"。黄庭坚在本文中独持新见,认为林逋《梅花》诗"雪后"、"水边"一联,"似胜前句"。此语一出,便招来诗坛800年的争论。元人方回云:"山谷专论格,欧公专取意味精神。"(《瀛奎律髓》卷二十)明人王世贞又批评"疏影"一联"景态虽佳,已落异境,是许浑至语,非开元、大历人语"(《艺苑卮言》卷四)。清人冯班则不满黄庭坚之论,说:"山谷专喜硬语,山谷论未精。"(《瀛奎律髓》冯评)纪昀同意方回的说法,谓:"此论平允,然终当以山谷为然。"(《瀛奎律髓刊误》)查晚晴则折衷二家,说:"欧黄各赏一联,由其性之所近,而出于中心之好。非比后人人黑我白,人甲我乙也。近来强作解事,多祖涪翁。余谓二联神韵意趣具足,今人无二公之才识,不得妄为轩轾。"(见《瀛奎律髓汇评》)

山谷此论,是与他一贯的诗学观一致的,虽然他自己设喻说:"文章大概亦如女色，好恶止系于人。”其实并没有这么简单。山谷本人的诗，前人每许其“格高”，所谓“格”，在这里当指诗歌的艺术形式、语言风格而言。山谷诗的格高，亦从诗律句法而来，讲求琢句炼字，精研句法句眼，强调“自出己意”。林逋的两首梅诗，“暗香”一联，从南唐五代江为残句“竹影横斜水清浅，桂香浮动月黄昏”化出，虽是点铁成金，毕竟语非己出；“雪后”一联，则语意生新，戛戛独造，形神兼备，且力炼“才”字“忽”字，句中有眼。从山谷的诗学观看来，自然是后者胜于前者了。

千年之后，我们重读两首梅诗，撇开宗派家数的偏见，客观地去评量，则应该承认它们都是名篇佳制，不必强为轩轾。近代宋诗选本，多只选“暗香”、“疏影”一首，独钱仲联《宋诗三百首》采入“雪后”、“水边”一首，并认为是林逋咏梅诗的代表作，则钱氏可谓独具只眼了。

（陈永正）

书幽芳亭

士之才德盖一国，则曰国士；女之色盖一国，则曰国色；兰之香盖一国，则曰国香。自古人知贵兰，不待楚之逐臣[①]而后贵之也。兰盖甚似乎君子，生于深山丛薄之中，不为无人而不芳，雪霜凌厉而见杀，来岁不改其性也，是所谓“遯世无闷[②]，不见是而无闷”者也。兰虽含香体洁，平居萧艾不殊，清风过之，其香蔼然，在室满室，在堂满堂，是所谓含章[③]以时发者也，然兰蕙之才德不同，世罕能别之。予放浪江湖之日，久乃尽知其族姓，盖兰似君子，蕙似士，大概山林中十蕙而一兰也。《楚辞》曰：“予既滋兰之九畹，又树蕙之百亩。”以是知不独今，楚

【原文】

人贱蕙而贵兰久矣。兰蕙丛生,初不殊也,至其发花,一干一花而香有余者兰,一干五七花而香不足者蕙,蕙之虽不若兰,其视椒榝则远矣。世论以为国香矣,乃曰"当门不得不锄"④,山林之士,所以往而不返者耶?

——《山谷集》

〔注〕 ① 楚之逐臣:指屈原。《楚辞》中有不少关于兰的描述。 ② 遯世无闷:语本《易·乾》。意谓避世而不烦忧。 ③ 含章:语本《易·坤》。意谓包含美质。 ④ 当门不得不锄:《三国志·蜀书》载,张裕因触犯刘备下狱,诸葛亮表请其罪,刘备答曰:"芳兰生门,不得不锄。"

这是一篇兰的颂歌,可与屈原《橘颂》、宋璟《梅花赋》、周敦颐《爱莲说》同读。

山谷称兰为"国香",以与"国士"、"国色"同列,除了谓兰有香甲一国之意外,主要还是从其象征意义去说的。《左传·宣公三年》载,燕姞"梦天使与己兰","以兰有国香,人服媚之如是"。自此之后,人皆以国香称兰。兰之香,亦如士之才德,如女之色,自古以来,为人所贵。屈原则以美人香草设喻,兰更成为众芳之首,象征贤人君子了。

山谷在文中,指出兰之所以像君子,主要有三种独特的才德:它生在荒山野草之中,不因没有人去欣赏它而不发出芳香;它经过严寒霜雪的摧残后,依然不改它的本性;它平日跟野草没有什么区别,可是一到适宜的时节便远送幽香。这样的君子之操,其实也是山谷本人道德品质的具体写照。他在《晓起临汝》诗中说:"玄云默垂空,意有万里润。寒暗不成雨,卷怀就肤寸。观象思古人,动静配天运。物来斯一时,无得乃至顺。"他要像雨云那样,沾溉万里山河,如果理想一时无法实现,那就收敛起来等待着。顺应时势,恬静寡欲,得失不介于怀。纵使无人赏识,也不改初衷,遭到困难挫折,依旧处之泰然。在北宋后期尖锐复杂的党争之中,山谷就以这种思想作为他的精神支柱。“平居”数句,可与《书嵇叔夜诗与侄榎》共参:“视其平居,无以异于俗人,临大节而不可夺,此不俗人也。”平居时和光同尘,临事时则凛然大节。国士有如国香,山谷是深味其旨的。

文中复以兰蕙并论,以蕙作衬,加深一层写兰之才德。兰虽一干一花而香有余,蕙则一干五七花而香不足。在这里恐怕也是有所寄慨的。世上的士人,其才德不称为君子而自以为君子者比比皆是。在党争中,旧党中人,如司马光辈固然被认为是大节不夺的君子,而他的门生故吏及各式各样的攀附者也俨然以君子自命,藉以猎取名声。这些人虽无过恶,或有微劳,但始终是不能与真正的君子相比的。

文中最末数语,为点睛之笔。世皆知兰为国香,复有“芳兰当门,不得不锄”之说,真足以令人闻之而寒心。刘备之杀张裕,纯因个人的积怨,并没有充足的理由,而他居然振振有辞地对诸葛亮说出那句话,与秦桧的“莫须有”三字狱或有一比。所以贤人君子,隐于山林,长往而不返,是有其客观因素的,更何况“香兰自判前因误,生不当门也被锄”(龚自珍《己亥杂诗》第一百二十首)呢?

最后顺便说一下,山谷在文中所引《楚辞》九畹之兰及“当门不得不锄”之兰,跟幽芳亭中“一干一花”之兰完全是两回事。前者之兰,指兰草,又称泽兰,为菊科植物,多年生草本,高三四尺,全体有芳香,秋末开淡紫色小花。后者之兰,则为兰科植物,开花时先抽出花茎,着花若干。宋朱熹《楚辞辨正》已详言之,可参看。

(陈永正)

【原文】

写真自赞

或问鲁直[①]：似不似汝？似与不似，是何等语！前乎鲁直，若甲若乙，不可胜纪；后乎鲁直，若甲若乙，不可胜纪。此一时也，则鲁直而已矣。一以我为牛，予因以渡河而彻源底；一以我为马，予因以日千里。计鲁直之在万化，何翅太仓一稊米[②]。吏能不如赵、张、三王，文章不如司马、班、扬。期期以富贵鸩毒，而鸩毒不能入其城府；投之以世故豺虎，而豺虎无所措其爪角，则于数子有一时之长。

——《豫章黄先生文集》

〔注〕 ① 鲁直：黄庭坚字。 ② 稊(tí)：一种形似稗的草，实如小米。

此题下共有六篇，兹选其第四篇。

"赞"是古代文体的一种。本用于颂美，后来也用于评述，一般篇幅简短句式整齐有韵。

这是一篇自题肖像赞，古人将摹画人物肖像称作写真。这幅像中人乃作者自己。

这篇像赞，写得很有玄学机趣，表现了作者豁达兀傲的襟怀，是山谷题赞中的佳作。

文章的开头很诙谐，是作者代人发问："画中之人，像不像你呀？"此问提得平常，但作者的回答却睿智机敏，意味深长。他首先以不可思议的吃惊语气，否定了这个不确切的提问："似与不似，是何等语！"他之所以觉得这个问题难以回答，是因为在黄庭坚看来，人之一生，是个迁流不息、生灭无常的过程，作为个体的我，亦无时无刻不处在这样一个生命的流转过程中，它稍瞬即逝，是我非我，没有恒常固定的主体存在，一个人从出生到幼年童年少年青年壮年老年直至死亡，是个我我相续的生命之流，过去之黄鲁直不可胜数，将来的黄山谷亦难以算计，那么，像中之人，到底应该像其中哪一位呢？我之为我，只存在于刹那之一时，故文中云："此一时也，则鲁直而已矣。"过去之我与现在之我，画上之鲁直与生活中之鲁直，既同属一生命之流，但又各生分别，永不相同，这样，就有个既像又不像的问题。他在另一篇题像赞中也曾这样说："道是鲁直也得，道不是鲁直也得；道似鲁直也得，道不似鲁直也得，世间八万四千，究竟谁分皂白。"（《题传神》）八万四千乃佛教术语，泛言其多。以上这些玄学机锋无疑取自佛教，佛教认为世界上一切事物（当然包括人）都是生灭无常，相续不断的，没有恒常不变的存在，黄庭坚在此是借机发挥，显示自己学佛有得。"一以我为牛"、"一以我为马"，两句出自《庄子·应帝王》，原意是不辨物我是非，作者在此借用并有所增益。前句"渡河而彻源底"比喻自己道力深厚、坚定无比。他在《深明阁》一文中有"象踏恒河彻底，日行阎浮破冥"句，显示自己不变难移的恒常本性。而后句的日行千里之速，则象征着自己迁逝速化的生命之流。

黄庭坚这些取益于佛道的思想，对他的立身处世产生了深刻的影响，使之明瞭了自己在万物造化过程中的所处的位置："计鲁直之在万化，何翅（啻）太仓一稊米。"其句出自《庄子·秋水》："不似稊米之在太仓乎？"以往人们常以沧海一粟形容自己在人生的长河中微不足道，渺小可悲。但作者太仓稊米的比喻，却无自怜自哀的情味。这是因为，他已将自己渺小而短暂的一生，融化于宇宙万物迁灭无常的造作之流中，于此明白了自己的人生意义与价值，从而形成为一种兀傲自信，淡泊名利，随缘任运，超尘拔俗的人生态度。所以,他能在文章最后不无自豪地宣称:“吏能不如赵、张、三王,文章不如司马、班、扬。期期以富贵鸩毒,而鸩毒不能入其城府;投之以世故豺虎,而豺虎无所措其爪角,则于数子有一日之长。”“赵”或指赵岐,“张”当指张良,“三王”或为东汉时王尊、王章、王骏,俱是佐君有功、吏治有声之臣。“司马”即司马迁,“班”指班固,“扬”为扬雄,均为汉代史家文豪。对他们的吏能文才,作者固自认弗如,但其兀傲豁达的襟怀,作者又自许是前人未有的。“富贵鸩毒”、“世故豺虎”是古人对功名利禄、人情世态的贬词,比喻其伤人害人之酷烈。而黄庭坚却认为自己能出污泥而不染,保持淡泊自守的人格品节。这在相当程度上要归之于他出入释老的思想修养。文章中那些睿智机敏的言辞,不仅表现了作者深邃执著的玄学思辨,更是他卓荦不群,豁达自信的人品独白。他既是这样说的,也正是如此做的,所谓身体而力行之。作者一生踬仆困顿,虽几经贬谪,仍置生死荣利于度外。读了这篇《写真自赞》,亦可知其充内形外之渊源所自了。

(祝振玉)

题徐巨鱼

徐生作鱼,庖中物耳。虽复妙于形似,亦何所赏,但令馋獠生涎耳。向若能作底柱折城,龙门岌嶪,惊涛险壮,使王鲔赤鲤之流,仰波而上泝,或其瑰怪雄杰,乘风霆而龙飞,彼或不自料其能薄,乘时射势不至乎中流,折角点额,穷其变态,亦可以为天下壮观也。

——《豫章黄先生文集》

一般的书画题跋，出于画侣书友的酬赠应答，多为褒美奖掖之辞。这一篇却不然。文章开门见山，即直截了当地指出了画形的不足：所画之鱼，只不过是庖厨中的死物，虽形似逼真，酷肖之处甚至可让馋獠（水獭）生涎，但却为绘画鉴赏家所不取。这意味徐巨所画之鱼只有生物意义而无审美价值。那么，如何才能体现审美价值被人作为艺术品鉴赏呢？作者在题跋中用文学语言，形象而扼要地指出了绘事三昧。就画鱼而言，根本是要将美人口腹的庖中之鱼，变为一种审美对象来描写，首先要画出鱼所生活的典型环境："底柱折城，龙门岌嶪，惊涛险壮"，形成山水激荡之势。"王鲔赤鲆"是鱼之大者，如此出入其里，"仰波而上泝，或其瑰怪雄杰，乘风霆而龙飞"，才是供人鉴赏的画中之鱼。虽然"彼或不自料其能薄"，对鱼未必然，但于画鱼人未必不然，因为"穷其变态"的创作目的，是"为天下壮观"，不是为人们佐酒下饭。古人说："凡画山水，最要得山水性情。"（唐志契《绘事微言》）写虫鱼亦不出其外，因为进入艺术表现的自然事物，不同于生活原型。由此可见艺术创作的真谛，不在于再现生活的真实，而是要体现高于生活的艺术魅力，它应该有想象、有夸张。在此，作者既表示了自己卓越的艺术见解，也对徐生提出了殷切的期望。

黄庭坚以诗名家，虽不善绘事，但精于画道，后人编集的《山谷题跋》中，多有真知灼见，且要言不烦，富于文采，此篇可供隅反。

（祝振玉）

解　疑

或议涪翁御奴婢不用鞭挞，能慈而不能威，涪翁笑曰："奴婢贱人，不过为恶而诈善，慢令而诈恭，当其见效在前，虽我亦

【原文】

不能不怒，退而自省不肖之状，在予躬者甚多，方且自鞭其后，又何暇舍己之沐猴而治人之沐猴哉？”或曰：“孔子曰：‘小惩而大戒，小人之福。’[①]然则非欤？”涪翁曰：“然。有是言也。不曰‘不教而诛谓之虐，不戒视成谓之暴，慢令致期谓之贼’[②]乎？今之用鞭挞者，有能离此三过者乎？昔陶渊明为彭泽令，遣一力助其子之耕耘，告之曰：‘此亦人子也，善遇之。’[③]此所谓临人而有父母之心者也。夫临人而无父母之心，是岂人也哉！是岂人也哉！”

——《山谷集》

〔注〕 ①“小惩”二句：语出《易·系辞下》：“小人不耻不仁，不畏不义，不见利不劝，不威不惩；小惩而大戒，此小人之福也。”意谓稍加惩罚，使接受教训，以免犯更大的错误，这对于小人来说是件好事。 ②“不教”三句：语本《论语·尧曰》。原文“诛”作“杀”。意谓不加教育便加以杀戮叫做虐；不加申戒便要成绩叫做暴；起先怠懈，突然作出限期叫做贼。 ③语见《南史·隐逸传·陶潜》。

本文中论述的虽是主人对待奴婢态度的问题，但其所喻者甚深，侧面反映了黄庭坚的处世为人的态度和教育思想，表达了一位有良知的读书人的心声。

文章的核心是：“临人而有父母之心。”用父母之心对待比自己地位低微的人，包括奴婢这样的处于社会最底层的人。作为封建士大夫的山谷，从小受着良好的教育，儒家的人本思想对他有着深刻的影响。山谷在自己的诗歌中，多次表达出对贫苦人民的关切和同情。他在江西任太和县官时，不怕劳苦，深入民间，体察下情，在《金刀坑迎将家待追浆坑十余户山民不至因题其壁》诗中写道：“属为民父母，未教忍先诛。”他非常痛恨那些“向来豪杰吏，治之以牛羊”

(《己未过太湖……》)的苛政,提出"当官莫避事,为吏要清心"(《送徐景道尉武宁》)的做官原则。他赞美那些"佩刀买犊剑买牛,作民父母今得职"的"清如水"(《答永新宗令寄石耳》)官员。山谷在诗歌中抒写人民的疾苦,表示了深切的关怀。他尤其反对鞭扑百姓,说:"按省其家资,可忍鞭轶之?"可见"御奴婢不用鞭挞"是山谷一贯的主张。文中引述陶渊明的话:"此亦人子也,善遇之。"这也是孟子"老吾老以及人之老,幼吾幼以及人之幼"(《孟子·梁惠王》)的思想。如果一个人没有这种推己及人的"父母之心",那就不能算是人了。

在文中,山谷还进行了深刻的自省。奴婢是一般人,一般人自有其弱点和缺点,而山谷看到他们种种"不肖之状"时,起初也"不能不怒",但再一转念,这些不肖之状在自己身上也甚多,自责还来不及,哪里还能去指责别人呢?在山谷的诗作中,也反映出类似的自省自责的心情:"我愧疲民欲归去,麦田春雨把锄头。""我不忍敌民,教养如儿甥。""滕口终自愧,吾敢乏王师?""早衰观水鉴,内热愧邻邦。"放下了士大夫的身份和架子,把自己与一般人(甚至是奴婢)等同起来,经常感到不安和内疚,努力去自我完善,这在当时是很难得的。

(陈永正)

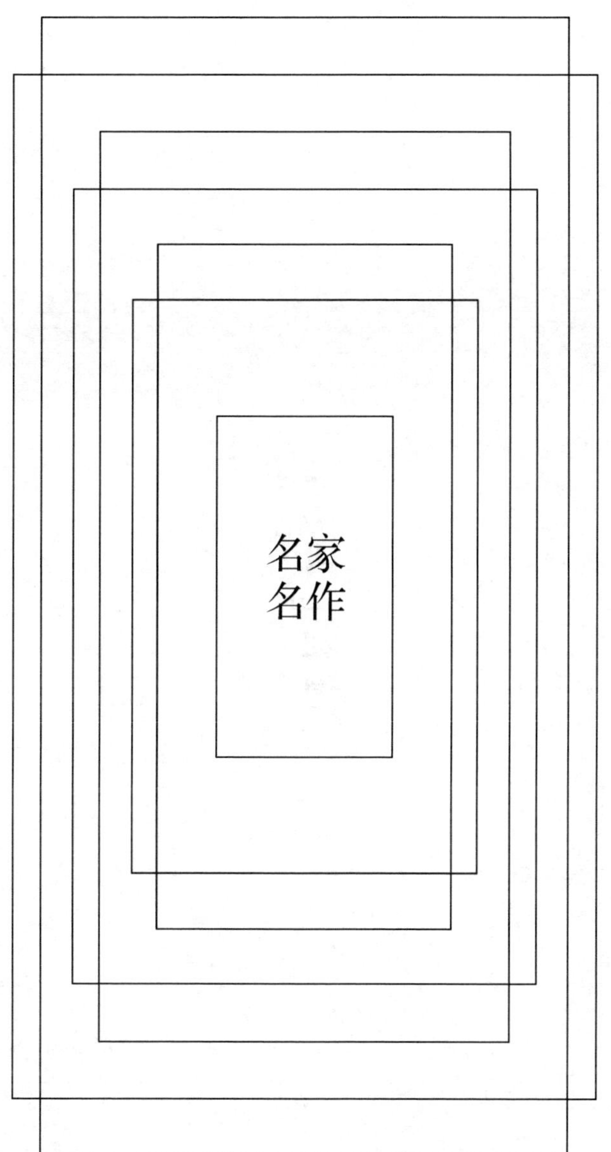

缪钺 羊春秋 周振甫 霍松林 陶文鹏 赵昌平 韦凤娟 胡中行 等撰写

【附录】

黄庭坚生平与文学创作年表

纪 年	年岁	生平经历	主要作品	相关大事
宋仁宗 庆历五年 (1045) 乙酉	1	六月十二日生于洪州分宁县高城乡双井村。		父黄庶为庆历二年进士。母李氏，李常(公择)姊妹。庆历新政失败，范仲淹等离朝，欧阳修谪知滁州。范仲淹 57 岁，梅尧臣 44 岁，欧阳修 39 岁，曾巩 27 岁，王安石 25 岁，苏轼 10 岁。
皇祐元年 (1049) 己丑	5	读五经，警悟过人，为父所奇。		舅父李常进士及第。秦观生。
皇祐三年 (1051) 辛卯	7	能诗，《牧童诗》播传人口。		弟叔达生。
皇祐四年 (1052) 壬辰	8	作《送人赴举诗》。		范仲淹卒。贺铸生。
至和二年 (1055) 乙未	11			幼弟仲熊（字非熊）生。晏殊卒。
嘉祐三年 (1058) 戊戌	14	失怙，家计困窘。		父黄庶卒。前一年，欧阳修知贡举，程颢、张载、苏轼、苏辙、曾巩皆及第，文体大变。
嘉祐四年 (1059) 己亥	15	随舅李常游学淮南，进步神速，为舅父所奇。与王回论王安石《明妃曲》，得其赏识。		王安石倡言变法。
嘉祐六年 (1061) 辛丑	17	随舅李常谒孙觉（莘老），莘老爱其才，以女兰溪许之。		欧阳修任参知政事。
嘉祐七年 (1062) 壬寅	18	与俞澹(清老)交游，自称“清风客”。		

续表

纪　年	年岁	生 平 经 历	主 要 作 品	相 关 大 事
嘉祐八年 (1063) 癸卯	19	首赴乡举,得洪州第一,以乡贡进士入京赴试。		三月仁宗崩,英宗即位。
英宗 治平元年 (1064) 甲辰	20	至京赴礼部试,不第。		
治平二年 (1065) 乙巳	21	南归。		
治平三年 (1066) 丙午	22	再贡于乡,得考官李询激赏。与黄介(幾复)交往。	诗《云涛石》	苏洵卒。
治平四年 (1067) 丁未	23	再赴礼部试,登许安世榜进士第,得汝州叶县尉。归家与兰溪成婚。		英宗崩,神宗即位。欧阳修罢参政,知亳州。宰相韩琦免。
神宗 熙宁元年 (1068) 戊申	24	因到叶县尉任迟,为镇相富弼所拘。	诗《清明》、《徐孺子祠堂》、《弈棋二首呈任公渐》	
熙宁二年 (1069) 己酉	25	夫人兰溪卒于其任所。河北水灾,灾民流向叶县,参与赈灾而时愧赈济不力。	诗《次韵裴仲谋同年》	王安石任参知政事,主持变法。御史中丞吕诲弹劾王安石,出知邓州。富弼罢相。苏轼还朝。
熙宁三年 (1070) 庚戌	26			妹卒。舅父李常、岳父孙觉因反对新法被贬。王安石拜相。
熙宁四年 (1071) 辛亥	27	作诗思亲,厌弃官场。叶县任满,赴洛阳候调。	诗《郭明甫作西斋于颍尾,请予赋诗二首》、《过平舆,怀李子先,时在并州》	孙觉移守吴兴。新法全面执行,反对者多被黜免,司马光罢归洛阳。欧阳修致仕,退居颍川。
熙宁五年 (1072) 壬子	28	赴湖州谒孙觉。诗作于孙觉处为苏轼所见,为其激赏。识秦观。参加四京学官考试,除北京国子监教授。		欧阳修卒。

续表

纪　年	年岁	生平经历	主要作品	相关大事
熙宁六年(1073)癸丑	29	在北京任国子监教授。后为府判文彦博赏识,留两任,共八年。		朝廷设“经义局”,修三经义,王安石提举。周敦颐卒。
熙宁七年(1074)甲寅	30	在北京任国子监教授。续娶谢景初(师厚)女。		王安石罢相,知江宁府,吕惠卿继续施行新法。文彦博判大名府。苏轼知密州,过扬州,孙觉向其荐秦观。
熙宁八年(1075)乙卯	31	在北京任国子监教授。	诗《秋怀二首》	吕惠卿罢相,王安石复任,进《三经新义》,立于学宫。
熙宁九年(1076)丙辰	32	在北京任国子监教授。		王安石罢相,知江宁府,神宗主持续行新政。
熙宁十年(1077)丁巳	33	在北京任国子监教授。生女睦。		北宋理学代表人物之一邵雍卒。“关学”创始人张载卒。
元丰元年(1078)戊午	34	在北京任国子监教授。寄《古诗二首上苏子瞻》于苏轼,轼有和作,此为二人首度唱和。		秦观携李常书谒苏轼。张先卒。
元丰二年(1079)己未	35	在北京任国子监教授。与苏轼通信,受其“乌台诗案”牵连,被罚铜二十斤。	诗《次韵盖郎中率郭郎中休官二首》、《和陈君仪读太真外传五首》;词《菩萨蛮》(半烟半雨)	苏轼因以诗“谤讪朝廷”下御史台狱,史称“乌台诗案”。
元丰三年(1080)庚申	36	改任吉州太和知县。继室谢夫人卒。携家赴任,经高邮,访秦观。经芜湖,泊舟皖溪口,游舒州三祖山,流连忘返,自号山谷道人。	诗《赣上食莲有感》、《次韵伯氏长芦寺下》、《池口风雨留三日》、《题落星寺四首》	王安石封荆国公。
元丰四年(1081)辛酉	37	在吉州太和任知县。与苏辙订交。与周敦颐二子寿、焘交往。	诗《秋思寄子由》、《次元明韵寄子由》	苏辙谪监筠州盐酒税。陈师道游京师。曾巩诏充史馆修撰。

续表

纪　年	年岁	生平经历	主要作品	相关大事
元丰五年（1082）壬戌	38	在吉州太和任知县。深入山区销售官盐。	诗《登快阁》；文《〈胡宗元诗集〉序》	宋与西夏交战，兵败永乐城。新官制施行。富弼、文彦博、司马光等为"洛阳耆英会"。
元丰六年（1083）癸亥	39	移监德州德平镇，顺道返乡。	诗《奉答李和甫代简二绝句》、《夜发分宁寄杜涧叟》	西夏攻宋，宋兵败求和。曾巩卒。富弼卒。
元丰七年（1084）甲子	40	途经金陵，访王安石于钟山。经扬州，见同学老友俞清老。遇陈师道，师道拜入其门。抵德州，通判赵挺之推行市易法，力阻之。	诗《送王郎》	司马光等修成《资治通鉴》。苏轼改贬汝州。李清照生。
元丰八年（1085）乙丑	41	入京为秘书省校书郎。	诗《寄黄幾复》	神宗崩，哲宗即位，太皇太后垂帘听政，起用司马光。秦观进士及第。程颢卒。
哲宗元祐元年（1086）丙寅	42	年初，见苏轼。为司马光所荐，与司马康等校《资治通鉴》。奉诏与晁补之、张耒等参加苏轼主持的学士院考试。任神宗实录院检讨官。	诗《送范德孺知庆州》、《次韵王荆公题西太一宫壁二首》、《次韵子瞻武昌西山》	王安石卒。吕公著拜右相，诏起文彦博平章军国重事。哲宗年幼，高太后临朝，起用司马光主持政事，尽废新法，史称"元祐更化"。九月司马光卒。苏轼为翰林学士，苏辙任起居郎。吕公著提举修《神宗实录》。
元祐二年（1087）丁卯	43	在秘书省，除著作佐郎，兼史局。与苏轼等为友人顾临、张商英等作诗饯行。苏轼上《举黄庭坚自代状》，有"瑰玮之文，妙绝当世；孝友之行，追配古人"之语。与苏轼同为赵挺之弹劾。	诗《子瞻诗句妙一世……》、《双井茶送子瞻》、《戏呈孔毅父》、《陈留市隐》、《次韵子瞻题郭熙画秋山》、《题郑防画夹五首》、《次韵王定国扬州见寄》、《次韵柳通叟寄王文通》、《次韵幾复和答所寄》、《题郑防画夹》、《题阳关图二首》	程颐与苏轼交恶，党徒互讦，史称"洛蜀党争"。程颐罢经筵，苏辙迁户部侍郎。陈师道授亳州司户参军，充徐州教授。赵挺之任监察御史。

续表

纪　年	年岁	生平经历	主要作品	相关大事
元祐三年（1088）戊辰	44	与苏轼诣李公麟。与秦观、张耒、晁补之同充馆阁，多有唱和，人称“苏门四学士”。	诗《次韵子瞻以红带寄眉山王宣义》、《听宋宗儒摘阮歌》、《题子瞻枯木》、《题竹石牧牛》	舅父李常任龙图阁直学士。吕公著授司空，同平章军国重事。
元祐四年（1089）己巳	45	除集贤校理。	诗《寺斋睡起二首》、《北窗》	苏轼除龙图阁学士，出知杭州。舅父李常罢新除兵部尚书，出知邓州。《神宗实录》定稿。
元祐五年（1090）庚午	46	任职秘书省兼书局。		舅父李常、岳父孙觉卒。苏辙升御史中丞，加龙图阁直学士、龙图阁学士。张耒为著作佐郎。加集贤校理。陈与义生。
元祐六年（1091）辛未	47	任职秘书省兼书局。进《神宗实录》，诏为起居舍人，旋复为著作佐郎。母李氏病逝，护母丧归分宁。		苏轼任吏部尚书。苏辙为中大夫，尚书右丞。党争复起，刘挚罢相。苏轼出知颍州。张耒升著作郎。
元祐七年（1092）壬申	48	抵家，居母丧。		叔父黄康卒于京师。张耒等奉诏修《神宗正史》。苏轼除兵部尚书，改端明殿学士、礼部尚书，兼翰林侍读学士。苏颂为右相，苏辙进门下侍郎。
元祐八年（1093）癸酉	49	除秘书丞，提点明道宫，兼国史编修官，具奏辞免编修之任。		苏轼罢礼部尚书，出知定州。九月，太皇太后高氏崩，哲宗亲政。
绍圣元年（1094）甲戌	50	除知宣州、鄂州。后奉命于开封府居住。与苏轼遇于彭蠡湖。以修《神宗实录》不实，贬涪州别驾、黔州安置。		哲宗恢复新政，罢斥元祐诸臣。章惇拜相，蔡卞为国史编修官。苏轼谪惠州，苏辙被贬筠州。秦观被贬监处州酒税，晁冲之隐居。

续表

纪　年	年岁	生平经历	主要作品	相关大事
绍圣二年（1095）乙亥	51	由长兄大临陪伴远赴贬所。	词《醉蓬莱》（对朝云叆叇）	
绍圣三年（1096）丙子	52	由长兄大临陪伴远赴贬所。弟叔达携家至其黔州贬所。与黔州太守曹谱宴饮赏月。	诗《和答元明黔南赠别》	秦观被一再贬谪。陈师道罢职。
绍圣四年（1097）丁丑	53	生计艰难，躬耕于贬所，自称黔中老农。	词《定风波》（次高左藏使君韵）	表兄张向提举夔州路常平。苏轼兄弟等旧党一再被贬。文彦博卒。
绍圣五年/元符元年（1098）戊寅	54	移置戎州，寓居南无等院，名其居为“槁木寮”、“死灰庵”。在戎州三年，与文同内侄画家黄斌老交往。	诗《次韵黄斌老画横竹》、《又答斌老病愈遣闷二首》；词《念奴娇》（断虹霁雨）	苏轼贬居儋州。
元符二年（1099）己卯	55	移居城南，名其舍“任运堂”。	诗《寄题荣州祖元大师此君轩》；词《谒金门》（山又水）、《诉衷情》（一波才动）、《南乡子》（诸将说封侯）	弟叔达往成都。
元符三年（1100）庚辰	56	起为宣德郎。	文《大雅堂记》	弟叔达返戎州，后卒于归江南途中。哲宗崩，徽宗即位，向太后听政，元祐旧党渐次召还，苏轼遇赦。秦观卒于北归途中。
徽宗建中靖国元年（1101）辛巳	57	舟经江安东下。至峡州，闻改复奉议郎权知舒州之命。至荆南，泊家沙市。又召为吏部员外郎，以疾辞，乞知太平州或无为军，遂待命荆南。在荆州期间，与知州马瑊（中玉）多有唱和。	诗《病起荆江亭即事十首》、《次韵马荆州》、《次韵中玉水仙花二首》、《王充道送水仙花五十枝……》；文《题东坡字后》	朝廷调和党争，兼用新旧。苏轼卒。

续表

纪　年	年岁	生平经历	主要作品	相关大事
崇宁元年(1102)壬午	58	知太平州,九日而罢。贺铸来访。寓居鄂州。与张耒相会。	诗《次韵高子勉十首》、《蚁蝶图》、《雨中登岳阳楼望君山二首》、《自巴陵略平江……》、《题胡逸老致虚庵》、《新喻道中寄元明用觞字韵》、《跋子瞻和陶诗》、《武昌松风阁》、《次韵文潜》、《鄂州南楼书事四首》;词《木兰花令》(凌歊台上)	张耒因为苏轼举哀而被贬。蔡京用事,兴元祐党案。与黄庭坚并称"黄陈",被称为江西诗派三宗之一的陈师道卒。
崇宁二年(1103)癸未	59	寄诗于贺铸。被劾幸灾谤国,羁管宜州。途经长沙,遇秦观子婿护其丧北归。与苏轼、秦观等同被蔡京毁其文集。	诗《寄贺方回》、《十二月十九日夜中……》;文《答洪驹父书》	蔡京为尚书左仆射兼门下侍郎,禁元祐党人子孙与宗室通婚。
崇宁三年(1104)甲申	60	寓家永州,只身往宜州贬所。名其城南寓处为"喧寂斋"。兄大临来探。	诗《书磨崖碑后》;词《蓦山溪》(赠衡阳妓陈湘)、《西江月》(月仄金盆)、《虞美人》(天涯也有)、《千秋岁》(苑外花边);文《题自书卷后》	
崇宁四年(1105)乙酉	61	卒于宜州贬所。次年叙复其职。	词《南乡子》(诸将说封侯)	次年元祐党禁除。

(忆　慈)

图书在版编目(CIP)数据

黄庭坚诗文鉴赏辞典/上海辞书出版社文学鉴赏辞典编纂中心编著. —上海：上海辞书出版社，2012.5(2023.2重印)
(中国文学名家名作鉴赏辞典系列)
ISBN 978-7-5326-3590-0

Ⅰ.①黄…　Ⅱ.①上…　Ⅲ.①黄庭坚(1045～1105)-古典诗歌-文学欣赏-词典②黄庭坚(1045～1105)-古典散文-文学欣赏-词典　Ⅳ.①I206.2-61

中国版本图书馆CIP数据核字(2011)第247047号

黄庭坚诗文鉴赏辞典

上海辞书出版社文学鉴赏辞典编纂中心　编著

装帧设计　姜　明
技术编辑　顾　晴

出版发行　上海世纪出版集团
上海辞书出版社(www.cishu.com.cn)
地　　址　上海市闵行区号景路159弄B座(邮编201101)
印　　刷　上海新艺印刷有限公司
开　　本　890毫米×1240毫米　1/32
印　　张　8.625　插页5
字　　数　220 000
版　　次　2012年5月第1版　2023年2月第3次印刷
书　　号　ISBN 978-7-5326-3590-0/I·156
定　　价　98.00元